수능까지 이어지는

이어지는

초등 고학년

문학 독해

5학년

어떻게 학습할까요?

〈수능까지 이어지는 초등 고학년 문학 독해〉는 초등학교 고학년이 반드시 알아야 할 문학 독해를 체계적으로 훈련하기 위한 25개의 필수 지문과 실전 문제, 그리고 지문 익힘 어휘 문제로 구성되어 있습니다. 하루 15분 내로 다양한 갈래의 지문과 실전 문제를 푸는 사이에 부쩍 성장한 독해력을 확인할 수 있습니다.

작품 지문 읽기

실전 독해 문제

★다양한 갈래의 지문 읽기

• 초등학생이 꼭 읽어 두어야 할 작품이나 공감할 만한 시, 소설, 수필, 희곡 등의 핵심 장면을 지문으로 사용했습니다.

• 우리나라 및 세계 문학 작품의 주요 장면을 읽으면서 핵심 내용과 함께 갈래별 특징, 표현상의 특징을 파악하는 훈련을 합니다.

★수능형 독해 문제를 포함한 7문항 실전 문제

• 핵심어 및 전개, 서술 방식 파악 → 세부 정보 확인 → 고난이도 사고력 측정으로 이어지는 7문항을 사고의 흐름에 맞추어 구조적으로 배열해 해당 지문을 입체적으로 이해할 수 있습니다.

• 매 일자에 실제 수능 유형을 분석한 수능 연계 문항을 1문항씩 배치해 고난도 문항 유형의 문제 해결력을 키울 수 있습니다.

낱말 풀이	별 개수 및 글자 수	큐아르(QR) 코드
낱말 및 관용 표현의 사전적 의미 확인	글의 길이와 난이도 확인	지문 및 문제 풀이 시간 측정

〈수능까지 이어지는 초등 고학년 문학 독해〉로 매일 4쪽씩 15분간
꾸준히 수능 독해 문제를 연습해요!

어휘력
다지기

자세한
오답 해설

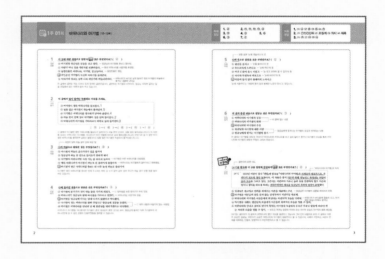

★3단계로 지문에 나온 어휘 정리

- 지문에 나온 낱말 중 핵심 낱말이나 꼭 알아 두어야
할 필수 어휘를 문제로 정리합니다.

- 지문 속 중요 어휘는 의미 확인→어휘 활용→어휘
확장의 3단계로 체계적으로 학습해 둡니다.

★틀린 문제는 반드시 정오답 풀이로 확인하기

- 문제를 풀고 나서 정답을 확인한 다음에는 내가 이해
한 내용이 맞는지 또는 내가 잘못 이해한 부분이 무
엇인지 반드시 풀이를 통해 확인해야 합니다.

- 틀린 문제는 따로 표시해 두고, 내가 고르지 않은 답
까지 오답 풀이를 통해 완벽하게 학습해 둡니다.

어휘 의미	어휘 활용	어휘 확장
낱말의 사전적 의미 확인	실제 예문으로 낱말 적용	낱말 간의 의미 관계, 속담, 관용 표현, 한자 성어 연습 등

어떻게 활용할까요?

〈수능까지 이어지는 초등 고학년 독해〉는 문학과 비문학을 나누어 각 제재에 대한 독해를 집중적으로 훈련하는 초등 국어 독해서입니다. 이 책은 본책과 정답 책, 모의고사로 구성되어 매일 정해진 분량을 스스로 공부할 수 있을 뿐 아니라, 자신의 학습 수준과 상황을 되돌아볼 수 있는 자기 주도 학습서입니다.

교재 구성

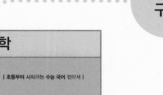

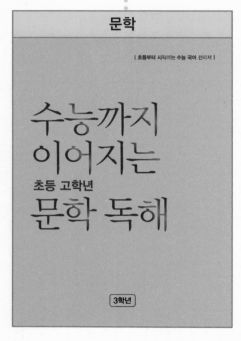

학년	대상	주요 영역
3학년	3학년~4학년	인문, 사회, 과학, 기술, 예술·체육
4학년	4학년~5학년	
5학년	5학년~6학년	
6학년	6학년~예비 중	

★주요 주제

- **3학년** 스마트폰과 고릴라(사회/사회 문화), 비눗방울의 과학적 비밀(과학/물리), 하얀 거짓말(인문/윤리)
- **4학년** 역사를 알려 주는 우리말 유래(인문/언어), 웨어러블 로봇(기술/첨단 기술), 공해가 되어 버린 빛(사회/사회 문화)
- **5학년** 혐오 표현(사회/사회 문화), 보온병의 물이 식지 않는 까닭(과학/물리), 조선판 하멜 표류기, 『표해시말』(인문/한국사)
- **6학년** 한·중·일의 젓가락(사회/사회 문화), 다수를 위한 소수의 희생(인문/철학), 유전자 편집 시대(기술/첨단 기술)

학년	대상	주요 영역
3학년	3학년~4학년	창작·전래·외국 동화, 신화·전설, 동시, 희곡
4학년	4학년~5학년	
5학년	5~6학년	현대·고전·외국 소설, 신화·전설, 현대시, 현대·고전 수필
6학년	6학년~예비 중	

★주요 작품

- **3학년** 바위나리와 아기별(마해송), 할머니 집에 가면(박두순), 대별왕과 소별왕, 크리스마스 캐럴(찰스 디킨스)
- **4학년** 산새알 물새알(박목월), 곰이와 오푼돌이 아저씨(권정생), 큰 바위 얼굴(나다니엘 호손), 저승 사자가 된 강림 도령
- **5학년** 꿈을 찍는 사진관(강소천), 자전거 도둑(박완서), 늙은 쥐의 꾀(고상안), 유성(오세영), 마녀의 빵(오 헨리)
- **6학년** 소음 공해(오정희), 양반전(박지원), 배추의 마음(나희덕), 사막을 같이 가는 벗(양귀자), 동물 농장(조지 오웰)

〈수능까지 이어지는 초등 고학년 독해〉로 꾸준히 공부하면
탄탄한 독해 실력을 키울 수 있어요. 모의고사로
달라진 내 실력을 확인해 보세요!

교재 활용법

"3단계 독해 집중 훈련 코스"

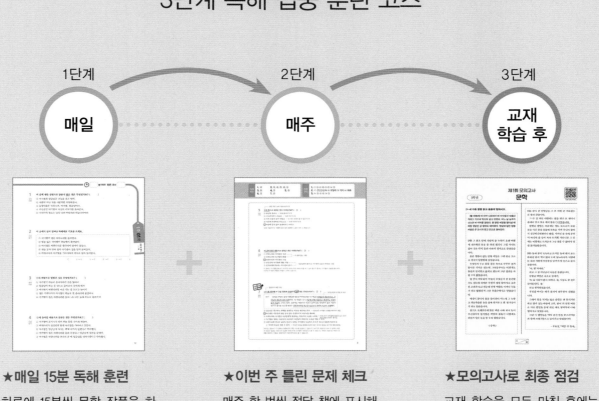

★매일 15분 독해 훈련

하루에 15분씩 문학 작품을 하나씩 읽고 실전 문제를 풀며 독해 훈련을 합니다.

★이번 주 틀린 문제 체크

매주 한 번씩 정답 책에 표시해 둔 이번 주에 틀린 문제만 한 번씩 다시 풀면서 복습합니다.

★모의고사로 최종 점검

교재 학습을 모두 마친 후에는 모의고사로 자신의 실력을 최종 점검합니다.

☑ 매일 15분씩 하나의 지문을 해결하면 25일만에 한 권을 완성할 수 있습니다.

☑ 매주 정답 책으로 틀린 문제를 복습해 자신이 취약한 문제 유형을 파악합니다.

☑ 5주 학습을 모두 마친 후에는 모의고사 문제로 자신의 최종 실력을 확인합니다.

CONTENTS

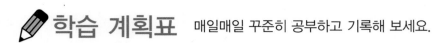

학습 계획표 매일매일 꾸준히 공부하고 기록해 보세요.

	주제	쪽수	공부한 날	공부 시간	맞은 개수	
					독해	어휘
01	꿈을 찍는 사진관	10~13쪽	월 일	분	/ 7	/ 3
02	몽실 언니	14~17쪽	월 일	분	/ 7	/ 3
03	나는 나무가 좋습니다	18~21쪽	월 일	분	/ 7	/ 3
04	자전거 도둑	22~25쪽	월 일	분	/ 7	/ 3
05	마녀의 빵	26~29쪽	월 일	분	/ 7	/ 3
06	복실이네 가족사진	32~35쪽	월 일	분	/ 7	/ 3
07	홍길동전	36~39쪽	월 일	분	/ 7	/ 3
08	유성	40~43쪽	월 일	분	/ 7	/ 3
09	막내의 야구방망이	44~47쪽	월 일	분	/ 7	/ 3
10	사람은 무엇으로 사는가	48~51쪽	월 일	분	/ 7	/ 3
11	왕치와 소새와 개미와	54~57쪽	월 일	분	/ 7	/ 3
12	장끼전	58~61쪽	월 일	분	/ 7	/ 3
13	웃는 기와	62~65쪽	월 일	분	/ 7	/ 3
14	땅에 그리는 무지개	66~69쪽	월 일	분	/ 7	/ 3
15	목걸이	70~73쪽	월 일	분	/ 7	/ 3
16	사랑손님과 어머니	76~79쪽	월 일	분	/ 7	/ 3
17	늙은 쥐의 꾀	80~83쪽	월 일	분	/ 7	/ 3
18	풀잎	84~87쪽	월 일	분	/ 7	/ 3
19	나의 소원	88~91쪽	월 일	분	/ 7	/ 3
20	데미안	92~95쪽	월 일	분	/ 7	/ 3
21	사춘기 가족	98~101쪽	월 일	분	/ 7	/ 3
22	주몽 신화	102~105쪽	월 일	분	/ 7	/ 3
23	햇비	106~109쪽	월 일	분	/ 7	/ 3
24	안네의 일기	110~113쪽	월 일	분	/ 7	/ 3
25	크리스마스 선물	114~117쪽	월 일	분	/ 7	/ 3

1주

한자 出 (날 출) 자

9

[앞 이야기] 봄날의 일요일, '나'는 뒷산에 올랐다가 꽃나무에 달려 있는 간판을 보고 꿈을 찍는 사진관을 찾아간다. 꿈을 찍고 싶다는 나에게 주인은 7호실로 가라며 책 한 권을 주었는데, 책에는 하늘빛 글씨로 꿈을 찍는 방법이 쓰여 있었다.

자, 그럼 당신도 곧 그리운 이를 만나는 꿈을 꾸십시오. 그리운 이의 꿈을 사진 찍어 드릴 테니.

그 방법 – 당신이 있는 방 한구석에 종이 한 장과 만년필* 한 개가 놓여 있습니다. 당신은 그 종이에 그 파란 잉크로 당신이 만나고 싶은 이와의 지난날의 추억 한 토막*을 써서, 그걸 가슴 속에 넣고 오늘 밤을 주무십시오. 내일 날이 밝으면, 당신이 지난밤에 본 꿈과 똑같은 사진을 가지고 집으로 돌아갈 수가 있을 것입니다.

한 가지 미안한 것은, 이곳은 산중*이어서 손님들에게 대접할 음식이 준비되어 있지 못합니다. 미안하지만 하룻밤 그냥 주무셔 주십시오.

　　　　　　　　　　　　　　　　　　　　　– 꿈을 찍는 사진관 아룀*.

나는 종이쪽에 이렇게 썼습니다.

살구꽃 활짝 핀 내 고향 뒷산–따스한 봄볕을 쬐며, 잔디 위에서 같이 놀던 순이, 노랑 저고리에 하늘빛 치마–할미꽃을 꺾어 들고 봄 노래 부르던 순이, 오늘 밤 정말 우리는 만날 수 있을까?

아직 해가 지기엔 시간이 좀 남아 있을는지 모릅니다. 그러나 내가 글 쓴 종이를 가슴에 품고 방바닥에 눕자, 방은 그만 캄캄해졌습니다. 참말 신기한 일입니다. 그러나 나는 잠이 오질 않았습니다.

샘처럼 솟아오르는* 지난날의 추억들. 정말 내가 민들레와 할미꽃을 좋아하는 까닭은 순이 때문이었는지도 모릅니다. (중략)

내가 사진관 주인에게 아직 채 마르지도 않은 사진 한 장을 받았을 때, 나는 깜짝 놀라지 않을 수가 없었습니다. / 그것은 순이와 나의 나이 차이 때문이었습니다. 실지* 나이로는 순이와 나는 동갑*입니다. 그런데 사진에는 여덟 해나 차이가 있는 게 아닙니까?

순이의 나이는 열두 살 그냥 그대로인데, 나는 지금의 나이 스무 살이니까요. 그동안 나만 여덟 해 나이를 더 먹은 것입니다. / 생각하면 그도 그럴 수밖에 없는 일입니다.

사실 순이도 북한 땅 어디에 그냥 살아 있다면 꼭 내 나이와 똑같을 게 아닙니까? 그러나 나는 그 뒤의 순이를 본 적이 없습니다. 내 마음속에 살아 있는 순이는 언제나 열두 살 그대로입니다.

스무 살–스무 살이면 제법 처녀가 되었을 순이. 머리채를 치렁치렁* 땋았을까? 제법 얼굴에 분*을 발랐을지도 몰라. 지금은 노랑 저고리와 하늘빛 치마가 어울리지 않을까? 모처럼* 찍어 준 꿈 사진도 그런 걸 생각하니 ㉠우습기 짝*이 없었습니다.

낱말풀이

*만년필 펜의 몸통에 잉크를 넣어 글씨를 쓸 수 있게 만든 필기도구. *토막 말이나 글, 생각 등에서 잘려지거나 떼어낸 짤막한 부분. *산중 산속 깊숙한 곳. *아룀 말씀드려 알림. *솟아오르는 감정이나 기운 등이 힘차게 일어나는. *실지 있는 그대로의 상태나 사실. *동갑 나이가 서로 같은 것. *치렁치렁 길게 늘어진 천이나 물건이 이리저리 부드럽게 흔들리는 모양. *분 얼굴에 바르는 고운 가루로 된 화장품. *모처럼 벼르고 별러서 처음으로. *짝 비교할 데가 없을 만큼 정도가 매우 심함을 나타내는 말.

그러나 내게 있어서는 이게 제일 귀한 보물이 아닐 수 없습니다. 사진을 가슴에 품은 채, 사진관 주인에게 몇 번이나 감사를 드리고 나는 그곳을 나왔습니다.

– 강소천, 「꿈을 찍는 사진관」

• • • •

1
세부
내용

그리운 이의 꿈을 사진으로 찍는 방법은 무엇인가요? (   )

① 종이 한 장과 만년필 한 개를 가슴 속에 넣고 잔다.
② 만나고 싶은 사람과 함께 찍은 사진을 가슴 속에 넣고 잔다.
③ 종이에 파란 잉크로 만나고 싶은 사람의 얼굴을 그려서 가슴 속에 넣고 잔다.
④ 종이에 파란 잉크로 만나고 싶은 이와 하고 싶은 일을 써서 가슴 속에 넣고 잔다.
⑤ 종이에 파란 잉크로 만나고 싶은 사람과 있었던 추억을 써서 가슴 속에 넣고 잔다.

2
세부
내용

사진관 주인에게 받은 사진에서 '나'와 순이의 나이가 달랐던 까닭은 무엇인가요? (   )

① 순이의 키가 열두 살 때와 같아서
② 순이가 열두 살 때 입던 옷을 입어서
③ '내'가 열두 살 때 순이와 사진을 찍어서
④ '나'와 순이의 나이가 실제로 여덟 살 차이가 나서
⑤ '내'가 열두 살 때 순이를 보고 그 뒤로 본 적이 없어서

3
구조
알기

이 글에서 일이 일어난 차례대로 기호를 쓰세요.

> ㉮ '나'는 사진을 가슴에 품은 채 사진관을 나왔다.
> ㉯ '나'는 종이에 순이와의 추억을 쓰고 방바닥에 누웠다.
> ㉰ '나'는 그리운 이의 꿈을 찍는 방법이 쓰인 글을 읽었다.
> ㉱ 사진관 주인에게 '나'와 순이가 여덟 살이나 차이가 나는 사진을 받았다.

(   ) → (   ) → (   ) → (   )

4
어휘
어법

㉠의 뜻으로 알맞은 것은 무엇인가요? (   )

① 우습지 않았습니다.   ② 대단히 우스웠습니다.
③ 우스울 것 같았습니다.   ④ 우스운 모습이 없었습니다.
⑤ 함께 웃을 짝이 없었습니다.

5 순이에 대한 '나'의 마음으로 가장 알맞은 것은 무엇인가요? (   )

추론
하기

① 밉고 서운하다.

② 미안하고 고맙다.

③ 그립고 보고 싶다.

④ 어색하고 쑥스럽다.

⑤ 속상하고 안타깝다.

6 이 글을 알맞게 감상한 친구는 누구인가요? (   )

감상
하기

① 동하: 이 글을 통해 새롭고 신기한 과학 기술을 알게 되었어.

② 혜민: 글쓴이인 '나'는 자신이 실제로 겪었던 일을 바탕으로 이 글을 썼어.

③ 나율: '나'는 순이와 함께 찍은 사진이 생겨서 순이를 쉽게 찾을 수 있게 됐어.

④ 찬진: 힘들게 찍은 사진에서 자신만 나이 든 모습을 본 '나'의 화난 마음을 느낄 수 있어.

⑤ 서현: 이제는 만나지 못하는 순이와의 추억을 선물받은 '나'는 아픈 마음을 위로받았을 거야.

7 [보기]를 참고할 때, '나'와 순이가 헤어진 까닭을 알맞게 짐작한 친구는 누구인가요? (   )

추론
하기

> [보기]   강소천의 작품에는 6·25 전쟁의 상처가 진하게 깔려 있다. 강소천은 6·25 전쟁 중
> 에 그동안 써 놓은 동시와 동요, 동화가 담긴 공책 한 권만 들고 북한에서 남한으로
> 넘어왔다. 그 뒤에 강소천은 가족을 잃은 자신은 물론 다른 사람들의 아픔을 바라보
> 며 그것을 위로해 줄 수 있는 작품을 쓰기 시작했다. 그가 쓴 「꿈을 찍는 사진관」은
> 전쟁의 아픔을 담은 대표적인 작품이다.

① 시온: '나'와 순이는 크게 다투어서 헤어졌을 거야.

② 나영: '내'가 외국으로 이사를 가며 순이와 헤어진 것 같아.

③ 진우: 순이는 건강이 좋지 않아서 '나'와 만나지 못했을 거야.

④ 도연: '나'와 순이는 전쟁 중에 헤어져서 만나지 못했을 거야.

⑤ 서진: 순이가 다른 학교로 전학을 가서 '나'와 만나지 못했을 거야.

01회 지문 익힘 어휘

1

어휘
의미

낱말과 그 뜻이 알맞게 짝 지어지지 <u>않은</u> 것은 무엇인가요? (   )

① 산중: 산속 깊숙한 곳.

② 실지: 있는 그대로의 상태나 사실.

③ 모처럼: 같은 일이 되풀이되는 간격이 짧게.

④ 토막: 말이나 글, 생각 등에서 잘려지거나 떼어 낸 짤막한 부분.

⑤ 치렁치렁: 길게 늘어진 천이나 물건이 이리저리 부드럽게 흔들리는 모양.

2

어휘
활용

빈칸에 들어갈 알맞은 낱말을 찾아 선으로 이으세요.

(1) 유적지에 가서 보니 [   ] 모습이 더 멋있었다. •

(2) 형은 시험을 위해 [   ]에 있는 절에서 공부하기로 했다. •

(3) 엄마는 거실에 레이스가 [   ] 달린 커텐을 달고 계셨다. •

(4) 감명 깊게 읽은 글의 한 [   ]을/를 동생에게 읽어 주었다. •

(5) [   ] 가족 여행을 왔는데 태풍 때문에 아무것도 할 수 없었다. •

• ㉮ 산중

• ㉯ 실지

• ㉰ 토막

• ㉱ 모처럼

• ㉲ 치렁치렁

3

어휘
확장

[보기]의 빈칸에 공통으로 들어갈 알맞은 낱말은 무엇인가요? (   )

[보기]
• 눈싸움을 심하게 하다가 장갑 두 [ ]에 모두 구멍이 났다.
• 수빈이는 바빴는지 [ ]이/가 맞지 않는 양말을 신고 나왔다.
• 생일 선물로 갖고 싶던 게임기를 받아 기쁘기 [ ]이/가 없었다.
• 작은아버지는 마땅한 [ ]을/를 찾지 못해 아직 결혼을 못 하셨다.

① 해   ② 벌   ③ 통   ④ 짝   ⑤ 채

14분 안에 푸세요.

[앞 이야기] 해방 후 가난하게 살던 몽실의 어머니 밀양댁은 먹고살기 위해 어린 몽실을 데리고 재혼을 했다. 새아버지 댓골 김 씨는 동생이 태어나자 몽실에게 모질게 대해 몽실은 결국 절름발이가 되어 친아버지에게 돌아왔다. 몽실은 새어머니 북촌댁에게 정을 느끼며 살지만 새어머니도 6·25 전쟁 중에 동생 난남이를 낳고 죽은 후, 아버지는 전쟁터로 끌려간다.

난남이는 몽실의 등에서 좀처럼 떨어지지 않으려 했다. 잘 때도 내려놓지 못하고 등에 업은 채 엎드려서 잤다. 난남이는 암죽*을 먹고 있었지만 해골이 드러날 만큼 여위었다*. 사람들은 그런 난남이를 보고 ㉠혀를 찼다.

"쯧쯧, 저 어린것이 젖을 못 먹으니 저 모양이구나. 보자, 숨은 쉬고 있니?"

몽실은 등에 업힌 난남이를 일부러 건드려 보고 턱을 젖혀 보기도 했다. 그러나 난남이는 질기게도 숨을 쉬면서 하루하루 버티며 살아 주었다.

7월 그믐께*부터 비행기 폭격*이 심해졌다. 쌕쌕이*가 날아오면 소리가 귀청*이 떨어질 듯 요란했다*. 그 요란한 소리가 바로 머리 위에 지나가는 듯싶어 쳐다보면 비행기는 벌써 훨씬 앞에서 산을 넘어가고 있었다. 아이들은 이젠 별로 겁을 내지 않았다. 기차 정거장이 있는 마을에 폭격을 퍼부었다. 학교가 타고 정미소*가 불에 탔다.

그러나 전쟁에 익숙해진 아이들은 재미있게 구경을 하고 흉내를 냈다. 총 쏘는 시늉, 쓰러져 죽는 시늉, 칼로 찌르고 자빠뜨리고*, 몽둥이로 패고 함성*을 질렀다. 노루실 비탈 마을을 돌아가는 건너편 신작로*로 탱크가 지나가고, 그것도 모자라 이상하게 생긴 전쟁 마차도 지나갔다. (중략)

을순이가 저희 어머니와 함께 보리쌀을 바가지에 담아 왔다.

"몽실아, 그동안 모르는 척했구나. 얼마나 고생이 심했니?" / "고맙습니다."

몽실은 을순이네 어머니 수원댁이 부어 주는 보리쌀을 귀*가 조금 떨어져 나간 헌 바가지에 받았다. 남주네도 주었고 장골 할머니도 주었고, 모두 조금씩 거둬 주는 식량으로 몽실은 목숨을 부지해* 가고 있었다.

"몽실아." / 을순이가 불렀다.

"응?" / "난남이 데리고 우리 집에 가서 함께 살자, 응?"

"……." / 몽실은 대답을 안 했다. 이런 말은 장골 할머니한테도 들었고, 남주네 어머니한테도 들었다. / "아버지 오실 때까지 우리 집에서 살면 되잖니?"

"나, 그냥 이 집에서 살 거야. 난남이하고 둘인데 괜찮아."

몽실은 댓골 김 씨와 할머니 생각이 떠올랐다. 남의 자식을 누가 거둬 주고, 귀여워해 줄 수 있단 말인가. 그렇게 되면 난남이가 더 불쌍해질 것 같았다.

낱말
풀이

＊**암죽** 어린아이에게 젖 대신 먹이는 곡식이나 밤의 가루로 묽게 쑨 죽. ＊**여위었다** 살이 빠져 몹시 말랐다. ＊**그믐께** 음력으로 한 달의 마지막 날에 가까울 무렵. ＊**폭격** 비행기에서 폭탄을 떨어뜨려 공격하는 일. ＊**쌕쌕이** '제트기'를 속되게 이르는 말. ＊**귀청** 귓구멍 안에 있는 얇은 막. ＊**요란했다** 시끄럽고 떠들썩했다. ＊**정미소** 쌀 찧는 일을 전문적으로 하는 곳. ＊**자빠뜨리고** 뒤 또는 옆으로 넘어지게 하고. ＊**함성** 여러 사람이 함께 크게 외치는 소리. ＊**신작로** 자동차가 다닐 수 있을 만큼 넓게 새로 만든 길. ＊**귀** 항아리나 그릇 등을 들 수 있도록 만든 손잡이. ＊**부지해** 상당히 어렵게 보존하거나 유지해. ＊**참말** 사실과 조금도 틀림이 없는 말. ＊**신세** 다른 사람에게 도움을 받거나 실례가 되는 일. ＊**지껄이면서** 말하면서. ＊**찡하도록** 눈물이 나올 만큼 가슴이 뭉클하도록. ＊**서러웠다** 마음이 답답하고 슬펐다.

"몽실아, 그렇게 너 혼자 있어도 무섭지 않니?"

수원댁이 참말*인지 일부러 해 보는 소리인지 그렇게 물었다.

"괜찮아요, 무서운 건 신세* 지는 것보다 나아요." / "어머나! 넌 어른처럼 말하는구나."

"아이들이라도 그런 건 다 알아요." / 몽실은 지껄이면서* 가슴이 찡하도록* 서러웠다*.

– 권정생, 「몽실 언니」

● ● ●

1
세부
내용

'몽실'에 대한 설명으로 알맞은 것은 무엇인가요? (　　　)

① 어린 난남이를 업어서 키웠다.

② 장골 할머니 댁에서 함께 살았다.

③ 아버지와 어머니의 미움을 받고 살았다.

④ 친구들과 학교를 다니며 전쟁 놀이를 했다.

⑤ 식량이 넉넉해서 난남이를 배부르게 먹였다.

2
세부
내용

'몽실'이 을순이네 집에서 함께 살지 않으려고 한 까닭은 무엇인가요? (　　　)

① 몽실의 부모님이 반대하셔서

② 몽실의 집에 먹을 것이 많아서

③ 을순이에게 섭섭한 마음이 들어서

④ 난남이가 을순이네 집에 가기 싫어서

⑤ 남의 집에서 살면 난남이가 더 불쌍해질 것 같아서

3
어휘
어법

㉠에 담긴 뜻으로 알맞은 것은 무엇인가요? (　　　)

① 함부로 말했다.　　　　　　② 재미있는 소리를 냈다.

③ 부러운 마음을 나타냈다.　　④ 안타까운 마음을 나타냈다.

⑤ 화가 나서 말을 하지 못했다.

4
추론
하기

'몽실'이 살고 있던 당시의 시대 상황으로 알맞은 것은 무엇인가요? (　　　)

① 나라가 한창 발전해서 많은 사람이 풍족하게 살았다.

② 신분이 높은 사람들이 신분이 낮은 사람들을 괴롭혔다.

③ 우리 민족이 나라를 빼앗겨 다른 나라에 지배를 받았다.

④ 전쟁으로 많은 사람이 죽고 먹을 것이 부족해서 살기 어려웠다.

⑤ 형편이 넉넉하지는 않지만 사람들이 조용하고 평화롭게 살았다.

5 이 글에 나타난 '몽실'의 성격은 어떠한가요? (   )

추론
하기

① 겁이 많고 소심하다.   ② 꿋꿋하고 속이 깊다.
③ 덤벙대고 조심성이 없다.   ④ 욕심이 많고 배려심이 없다.
⑤ 힘든 일을 싫어하고 게으르다.

6 '몽실'에게 해 줄 말로 가장 알맞은 것은 무엇인가요? (   )

비판
하기

① 연우: 힘든 일이 있을 때 울기만 한다고 일이 해결되지 않아.
② 하진: 아무리 힘들어도 다른 사람에게 고마움을 표현해야 해.
③ 채은: 어린 동생에게 암죽만 먹이다니 더 야위면 어쩌려고 그래?
④ 은하: 힘든 상황에서도 동생 난남이를 정성껏 보살피는 모습이 참 어른스럽구나.
⑤ 서준: 식량도 없는데 자존심 때문에 을순이네에게 신세 지는 것을 거절한 것은 잘못이야.

7 [보기]를 참고할 때, 글쓴이가 이 글을 통해 전하고자 하는 내용은 무엇인가요? (   )

주제
찾기

> [보기] 『몽실 언니』는 6·25 전쟁을 전후로 한 시기에 '몽실'이라는 소녀가 온갖 고난을 헤
> 치며 살아가는 이야기를 담고 있다. 글쓴이는 어린 몽실의 삶을 통해 참혹한 전쟁 때
> 문에 고통스럽게 살아가는 사람들을 생생하게 보여 준다. 몽실은 부모를 잃고 전쟁으
> 로 모든 것이 부족하고 힘든 상황에서도 어린 동생들을 자신보다 소중히 돌본다. 어
> 린 나이에 감당하기 힘든 불행을 겪으면서도 묵묵히 자신이 해야 할 일을 하며 동생
> 들까지 돌보는 몽실은 착한 마음을 잃지 않으며 성장해 나간다.

① 삶을 즐기는 태도의 중요성
② 자연과 동물을 사랑하는 마음
③ 어려운 시대에 물질적인 가치의 중요성
④ 어른을 공경하는 마음과 예의 바른 태도
⑤ 전쟁의 참혹함 속에서도 착한 마음을 잃지 않는 삶

02회 지문 익힘 어휘

1 뜻에 알맞은 낱말을 낱말 카드로 만들어 쓰세요.

어휘
의미

| 부 | 귀 | 함 | 란 | 세 | 지 | 청 | 성 | 요 | 신 |

(1) 시끄럽고 떠들썩하다. → ☐☐하다

(2) 귓구멍 안에 있는 얇은 막. → ☐☐

(3) 여러 사람이 함께 크게 외치는 소리. → ☐☐

(4) 상당히 어렵게 보존하거나 유지하다. → ☐☐하다

(5) 다른 사람에게 도움을 받거나 실례가 되는 일. → ☐☐

2 빈칸에 들어갈 알맞은 낱말을 [보기]에서 찾아 쓰세요.

어휘
활용

| [보기] | 부지 | 귀청 | 함성 | 요란 | 신세 |

(1) 아빠는 (   )한 자동차 소리와 함께 캠핑장에 도착하셨다.

(2) 해찬이는 시간이 늦어서 친구 집에서 하룻밤 (   )을/를 졌다.

(3) 선수가 경기장에 들어서자 응원하는 소리에 (   )이/가 따가웠다.

(4) 상대 팀의 타자가 홈런을 치자 3루에서 '와' 하는 (   )이/가 일어났다.

(5) 야생 동물들은 겨울이 되면 인간이 주는 먹이에 생명을 (   )해 살아간다.

3 밑줄 친 낱말의 뜻을 찾아 선으로 이으세요.

어휘
확장

(1) 나는 폭죽 소리에 귀를 막았다. •

(2) 내가 제일 좋아하는 책은 많이 봐서 귀가 다 닳았다. •

(3) 누나가 물이 가득 든 냄비의 귀를 잡고 들어 올렸다. •

• ㉮ 모가 난 물건의 한 모서리.

• ㉯ 항아리나 그릇 등을 들 수 있도록 만든 손잡이.

• ㉰ 사람이나 동물의 머리 양옆에 있어 소리를 듣는 몸의 한 부분.

나는 나무가 좋습니다

오순택

나는
나무가 좋습니다.

혼자 서서
생각하는 나무

㉠새가 날아와
가지에 똥을 누고 가도
㉡바람이 잎을 마구* 흔들어도
말없이 서서
하늘을 향해 기도하는*
나무

┌ 나무의 몸에
㈎ 가만히* 등을 기대면
└ 따스한 체온*이 묻어나는* 것 같고
잎을 만지면
손은 온통
초록물이 드는* 것 같은
나무

나는
나무가 좋습니다.

날말
풀이

*마구 매우 심하게. *기도하는 바라는 바를 이루게 해 달라고 신에게 비는. *가만히 드러나지 않게 조용히. *체온 몸의 온도. *묻어나는 칠하거나 바른 것이 다른 것에 옮아 묻는. *드는 빛, 색깔, 물, 소금기가 스미거나 배는.

1
세부
내용

이 시에 대한 설명으로 알맞지 <u>않은</u> 것은 무엇인가요? (   )

① 5연 19행으로 이루어져 있다.

② 이 시에서 말하는 이는 '나'이다.

③ 반복되는 낱말을 사용해서 운율이 느껴진다.

④ 흉내 내는 말을 사용하여 감각적으로 표현했다.

⑤ 똑같은 문장을 처음과 끝에 반복해 안정감을 준다.

2
세부
내용

'말하는 이'가 나무를 좋아하는 까닭은 무엇인가요? (   )

① 나무의 쓰임새가 다양해서

② 나무의 몸에 등을 기댈 수 있어서

③ 계절마다 잎이 여러 가지 색깔로 바뀌어서

④ 새나 바람과 친구처럼 지내는 모습이 정겹게 느껴져서

⑤ 말없이 서서 하늘을 향해 기도하는 사람처럼 느껴져서

3
어휘
어법

이 시에서 반복되는 낱말이 <u>아닌</u> 것은 무엇인가요? (   )

① -도   ② 나는   ③ 나무가

④ 흔들어도   ⑤ 좋습니다

4
추론
하기

⊙과 ⓒ의 함축적 의미로 알맞은 것은 무엇인가요? (   )

① 나무가 이용하는 대상

② 나무를 괴롭히는 시련

③ 나무가 되고 싶은 모습

④ 나무에게 도움을 주는 존재

⑤ 나무와 정답게 지내는 친구

5 이 시를 읽고 떠오르는 장면으로 가장 알맞은 것은 무엇인가요? (　　　　)

추론
하기

① 목수가 나무를 베어 가는 장면
② 온 마을에 눈이 소복하게 내린 장면
③ 농부들이 논에서 모내기를 하는 장면
④ 아이가 큰 나무에 기대어 서 있는 장면
⑤ 새장 속의 새들이 아름답게 노래하는 장면

6 다음 조건에 맞게 ㈎ 부분을 고쳐 쓰지 <u>못한</u> 것을 찾아 기호를 쓰세요.

적용
창의

> [조건]　• ㈎와 같은 문장의 짜임으로 쓴다.
> 　　　　• 대상의 성격이나 특성과 어울리게 쓴다.

㉮	㉯	㉰
나무의 몸에 가만히 손을 대 보면 단단한 마음 느껴지는 것 같고	나무의 몸에 가만히 코를 대 보면 향긋한 냄새 퍼지는 것 같고	나무의 몸에 가만히 귀를 대 보면 시끄럽게 떠드는 소리 들리는 것 같고

(　　　　　　　　　)

7 [보기]를 참고할 때, 이 시에서 글쓴이가 말하려는 내용은 무엇인가요? (　　　　)

주제
찾기

> [보기]　　이 시에서 말하는 이가 좋아하는 나무는 혼자 서서 생각하는 나무, 말없이 서서 하
> 늘을 향해 기도하는 나무이다. 이러한 나무를 사람에 빗대어 생각해 보면, 온갖 어려
> 움을 불평 없이 꿋꿋하게 견디는 모습일 것이다. 말하는 이는 나무에 기대어 보면 따
> 스한 체온이 묻어나는 것 같고, 잎을 만지면 초록물이 드는 것 같다고 했다. 이를 통
> 해 나무의 모습을 닮고 싶어 하고, 나무와 같은 삶을 추구하는 글쓴이의 마음을 엿볼
> 수 있다.

① 환경을 보호해야 하는 까닭
② 다양하게 사용되는 나무의 실용성
③ 생명의 소중함과 동물을 사랑하는 마음
④ 형편이 어려운 사람을 돕는 이웃 사랑의 마음
⑤ 어려움 속에서도 흔들리지 않는 나무와 같은 삶의 추구

03회 지문 익힘 어휘

1

어휘
의미

낱말에 알맞은 뜻을 찾아 선으로 이으세요.

(1) 마구 •

(2) 체온 •

(3) 가만히 •

(4) 기도하다 •

(5) 묻어나다 •

• ㉮ 몸의 온도.

• ㉯ 매우 심하게.

• ㉰ 드러나지 않게 조용히.

• ㉱ 칠하거나 바른 것이 다른 것에 옮아 묻다.

• ㉲ 바라는 바를 이루게 해 달라고 신에게 빌다.

2

어휘
활용

밑줄 친 낱말의 쓰임이 알맞지 <u>않은</u> 것은 무엇인가요? (   )

① 나는 친구의 이야기를 <u>가만히</u> 들어 주었다.

② 우리는 어머니의 병이 나으시기를 간절히 <u>기도했다</u>.

③ 노래를 하려고 수많은 관객 앞에 서니 가슴이 <u>마구</u> 뛰었다.

④ 언니가 받아 준 목욕물의 <u>체온</u>이 너무 높아서 손을 델 뻔했다.

⑤ 선우는 얼마나 청소를 안 했는지 책상을 만진 손에 먼지가 <u>묻어났다</u>.

3

어휘
확장

밑줄 친 낱말의 뜻을 [보기]에서 찾아 기호를 쓰세요.

> [보기] • 들다: ㉮ 나이가 많아지다.
> ㉯ 빛, 색깔, 물, 소금기가 스미거나 배다.
> ㉰ 어떤 일에 돈, 시간, 노력 등이 쓰이다.
> ㉱ 어떤 것에 대한 생각이나 느낌이 생기다.

(1) 가을이 되자 나무에 단풍이 <u>들었다</u>. (   )

(2) 이사를 하는 데 많은 비용이 <u>들었다</u>. (   )

(3) 친구를 만나자 반가운 마음이 <u>들었다</u>. (   )

(4) 삼촌은 나이가 <u>들어</u> 머리가 하얗게 되었다. (   )

[앞 이야기] 수남이는 전기 용품 도매상의 꼬마 점원이다. 힘든 일도 마다하지 않고 온종일 성실하게 일하는 수남이는 단골 손님들과 주인 영감에게 귀여움을 받는다. 그러던 어느 봄, 바람이 세차게 몰아치던 날 수남이는 배달을 나가게 된다. 수남이가 한참을 기다려 겨우 수금을 하고 나와 보니 세워 놓았던 자전거가 바람에 쓰러져 있다. 자전거를 다시 세워 출발하려는데 한 신사가 다짜고짜 화를 냈다.

"임마, 네놈의 자전거가 쓰러지면서 내 차를 들이받았단 말야. 이런 고급차를 말야. 이런 미련한 놈, 왜 눈은 째려, 째리긴. 그러니 내 차에 흠이 안 나고 배겼겠냐*. 내 차는 임마, 여자들 손톱만 살짝 닿아도 생채기*가 나는 고급차야 임마, 알간?"

그러고는 거울처럼 티 하나 없이 번들대는 차체*를 면밀히* 훑어보더니 "그러면 그렇지." 하고 환성*을 질렀다. 아마 생채기를 찾아낸 모양이다.

"일은 컸다. 임마, 칠만 살짝 긁혔어도 또 모르겠는데 여 봐라, 여기가 이렇게 우그러지기까지* 했으니 일은 컸다, 컸어."

신사가 덩칫값도 못하게 팔짝팔짝 뛰면서, 잘 봐 두라는 듯이 수남이의 얼굴을 차에다 바싹 밀어붙였다.

수남이는 차체에 비친 울상이 된 자기 얼굴을 볼 수 있을 뿐이었다. 꼭 오늘 ㉠재수 옴 붙은* 일이 날 것 같더라만 이런 끔찍한 일이 일어나고 말았구나. 울음이 왈칵 솟구친다. 그러자 제 얼굴도, 차체의 흠도 아무것도 안 보이고 온 세상이 부옇게 흐려 보일 뿐이다.

"울긴, 임마. 너 한 달에 얼마나 버나?"

신사의 목청이 다분히* 누그러지며 목소리에 연민*이 담긴 것을 수남이는 재빨리 알아차린다. 그러자 흑흑 소리까지 내어 운다.

"울긴 짜아식, 할 수 없다. 너나 나나 오늘 재수 옴 붙은 걸로 치고 반반씩 손해 보자. 오천 원만 내."

수남이는 너무 놀라 울음까지 끄르륵 삼키고 신사를 쳐다본다. 그사이 사람들이 큰 구경이나 난 것처럼 모여들어 신사와 수남이를 에워싼다. (중략)

수남이는 바보가 돼 버린 아이처럼 조용히 멍청히 서 있었다. 누군가가 나직이 속삭였다.

"토껴라* 토껴. 그까짓 것 갖고 토껴라."

그것은 악마의 속삭임처럼 은밀하고* 감미로웠다*. 수남이의 가슴은 크게 뛰었다. 이번에는 좀 더 점잖고 어른스러운 소리가 나섰다.

"그래라, 그래. 그까짓 거 들고 도망가렴. 뒷일은 우리가 감당할게*."

그러자 모든 구경꾼이 수남이의 편이 되어 와글와글 외쳐 댔다.

"도망가라, 어서어서 자전거를 번쩍 들고 도망가라, 도망가라."

낱말
풀이

＊배겼겠냐 참고 견뎠겠냐.   **＊생채기** 할퀴어지거나 긁혀서 생긴 작은 상처.   **＊차체** 자동차나 기차 등의 몸체.   **＊면밀히** 자세하고 빈틈이 없이.   **＊환성** 크고 세차게 지르는 소리.   **＊우그러지기까지** 물체가 안쪽으로 우묵하게 휘어지기까지.   **＊재수 옴 붙은** 재수가 아주 없는.   **＊다분히** 상당히 많이.   **＊연민** 불쌍하고 가엾게 여김.   **＊토껴라** '도망가라'를 속되게 이르는 말.   **＊은밀하고** 겉으로 드러나지 않아 깊숙하고 비밀스럽고.   **＊감미로웠다** 달콤한 느낌이 있었다.   **＊감당할게** 일을 맡아서 잘 해낼게.   **＊검부러기** 가느다란 마른 나뭇가지나 마른 풀, 낙엽 등의 부스러기.   **＊질풍** 몹시 빠르고 강하게 부는 바람.   **＊쾌감** 매우 기분이 좋은 느낌.

수남이는 자기 편이 되어 준 이 많은 사람들을 도저히 배반할 수 없었다. 이상한 용기가 솟았다. 수남이는 자전거를 마치 검부러기*처럼 가볍게 옆구리에 끼고 질풍*같이 달렸다.

　정말이지 조금도 안 무거웠다. 타고 달릴 때보다 더 신나게 달렸다. 달리면서 마치 오래 참았던 오줌을 시원스레 내깔기는 듯한 쾌감*까지 느꼈다.

– 박완서, 「자전거 도둑」

● ● ● ●

1
어휘
어법

㉠의 뜻으로 알맞은 것은 무엇인가요? (　　　)

① 뜻밖의 좋은 일　　　　　　② 놀랍고 신기한 일

③ 특별할 것 없는 일　　　　　④ 재수가 매우 좋은 일

⑤ 재수가 매우 없는 일

2
세부
내용

'신사'와 '수남이' 사이에 갈등을 일으킨 사건은 무엇인가요? (　　　)

① 수남이의 자전거가 고장 난 일

② 오천 원을 주고 자전거를 산 일

③ 수남이의 자전거가 우그러진 일

④ 자전거를 타고 신사의 심부름을 한 일

⑤ 수남이의 자전거가 신사의 차를 들이받은 일

3
세부
내용

신사에게 돈을 물어 주게 된 상황에서 '수남이'가 한 일은 무엇인가요? (　　　)

① 신사에게 화를 냈다.　　　　② 오천 원을 물어 주었다.

③ 부모님께 전화를 걸었다.　　④ 자전거를 들고 도망갔다.

⑤ 사람들에게 도움을 청했다.

4
추론
하기

이 글에 나타난 '수남이'의 마음 변화로 알맞은 것은 무엇인가요? (　　　)

① 기대되고 설레는 마음 → 속상하고 우울한 마음

② 통쾌하고 시원한 마음 → 편안하고 행복한 마음

③ 속상하고 억울한 마음 → 두렵지만 시원한 마음

④ 속상하고 괴로운 마음 → 어색하고 부끄러운 마음

⑤ 뿌듯하고 자랑스러운 마음 → 쓸쓸하고 그리운 마음

5 이 글을 읽고 '수남이'와 비슷한 경험을 떠올린 친구는 누구인가요? (   )

적용
창의

① 기준: 학교 앞에서 자전거와 자동차의 교통사고를 보았어.

② 단아: 부모님께 생일 선물로 자전거를 선물받은 적이 있어.

③ 시아: 수업 시간에 선생님께 칭찬을 받고 뿌듯한 마음이 들었어.

④ 찬호: 친구들이 부추겨서 엄마 몰래 학원 수업에 빠진 적이 있어.

⑤ 범수: 누나 몰래 누나가 아끼는 필통을 가져다 쓰고 미안한 마음이 들었어.

6 '수남이'의 행동에 대해 알맞게 평가한 것은 무엇인가요? (   )

비판
하기

① 신사가 얼마를 버냐고 물었을 때 울지 말고 대답을 했어야 해.

② 신사에게 잘못을 사과하지 않고 화를 낸 행동은 잘못한 일이야.

③ 신사의 돈을 물어 주지 않고 도망친 행동은 잘못한 일이라고 생각해.

④ 신사가 오천 원을 내라고 했을 때 자신의 자전거가 아니라고 말했어야 해.

⑤ 구경꾼들이 뒷일을 감당하겠다고 했으니 수남이는 교통사고에 책임이 없어.

7 [보기]는 이 글의 뒷이야기를 간추린 줄거리입니다. [보기]를 참고할 때 이 글의 주제로 알맞은 것은 무엇인가요? (   )

주제
찾기

> [보기] 가게로 돌아온 수남이는 주인 영감이 자신을 혼내기는커녕 오히려 칭찬하는 모습에 실망한다. 그리고 그날 밤 수남이는 자전거를 들고 도망가면서 쾌감을 느꼈던 자신을 되돌아보고, 자신의 모습에 양심의 가책을 느낀다. 이에 수남이는 도덕적으로 자신을 꾸짖고 올바른 충고를 해 줄 수 있는 어른이었던 아버지가 그리워 가게를 떠나 고향으로 향하기 위해 짐을 꾸린다.

① 어른들의 삶을 통해 지혜를 배워야 한다.

② 친구와의 우정을 소중하게 생각해야 한다.

③ 성실하게 일해서 물질적으로 풍요롭게 살아야 한다.

④ 끝없는 사랑을 베풀어 주신 부모님께 효도해야 한다.

⑤ 물질적인 이익보다 도덕적이고 양심적인 삶을 추구해야 한다.

04회 지문 익힘 어휘

1
어휘
의미

빈칸에 들어갈 알맞은 낱말을 찾아 기호를 쓰세요.

(1) 연민: ⬚ 가엾게 여김. ··· (　　)
　㉮ 부끄럽고　　　㉯ 불쌍하고

(2) 면밀히: ⬚ 빈틈이 없이. ··· (　　)
　㉮ 자세하고　　　㉯ 엉성하고

(3) 감당하다: 일을 맡아서 잘 ⬚. ··· (　　)
　㉮ 해내다　　　㉯ 벌이다

(4) 생채기: 할퀴어지거나 긁혀서 생긴 작은 ⬚. ························ (　　)
　㉮ 무늬　　　㉯ 상처

(5) 은밀하다: 겉으로 드러나지 않아 ⬚ 비밀스럽다. ··················· (　　)
　㉮ 얕고　　　㉯ 깊숙하고

2
어휘
활용

첫소리를 참고해 빈칸에 들어갈 알맞은 낱말을 쓰세요.

진우: 어제 본 아이의 딱한 사연을 들으니 (1) ⬚ㅇ⬚ㅁ 이 들더라.

해원: 그러게. 얼굴에 (2) ⬚ㅅ⬚ㅊ⬚ㄱ 도 엄청 많아서 걱정되었어.

진우: 맞아. 아이가 혼자서 집안일을 다 (3) ⬚ㄱ⬚ㄷ 하다니 정말 대단해.

해원: 어린이 보호 단체에서 (4) ⬚ㅁ⬚ㅁ⬚ㅎ 살펴보고 도움을 주었으면 좋겠어.

3
어휘
확장

밑줄 친 낱말의 뜻을 [보기]에서 찾아 기호를 쓰세요.

[보기]　• 환성: ㉮ 크고 세차게 지르는 소리.
　　　　　　㉯ 기쁘고 반가워서 지르는 소리.

(1) 결승선에 도착한 나와 동생은 <u>환성</u>을 질렀다. (　　)

(2) 민아는 벌을 보고 깜짝 놀라서 <u>환성</u>을 질렀다. (　　)

(3) 우리나라 선수들이 경기에서 이기자 사람들은 <u>환성</u>을 질렀다. (　　)

(4) 운동장에서 훈련하는 선수들의 <u>환성</u> 때문에 동네가 시끄러웠다. (　　)

13분 안에 푸세요.

마사 미첨 양은 길모퉁이에 있는 작은 빵집을 운영했다. 어느 날부터인가 그녀는 일주일에 두세 번 찾아오는 한 중년*의 남자 손님에게 관심을 가졌다. 그는 늘 딱딱해진 묵은* 빵 두 덩이를 사 갔다. 신선한 빵은 한 덩이에 5센트*였고, 묵은 빵은 두 덩이에 5센트였다.

한번은 마사 양이 그의 손에 적갈색 얼룩이 묻어 있는 것을 보았다. 그녀는 그가 가난한 화가가 분명하다고 생각했다. 그는 다락방*에 살면서 그림을 그리고, 묵은 빵을 먹으며 마사 양의 빵집에 있는 다른 맛있는 빵들을 생각하는 것이 틀림없었다. 그녀는 그가 사 가는 초라한* 빵에 무엇인가 맛있는 것을 보태* 주고 싶은 생각이 간절했다.

어느 날, 그 화가가 평소처럼 가게로 들어와서 묵은 빵을 주문했다. 마사 양이 빵을 집으려고 하는데 소방차가 요란한 소리를 내며 가게 앞을 지나갔다. 화가는 문 쪽으로 달려가서 밖을 내다보았다. 순간 마사 양은 한 가지 생각이 떠올랐고, 그 기회를 놓치지 않았다.

계산대 뒤편 선반의 아래 칸에는 우유 장수가 십 분 전에 놓고 간 신선한 버터가 있었다. 마사 양은 빵칼로 묵은 빵의 가운데를 깊숙이 가르고는 버터를 듬뿍 바른 후에 빵을 다시 붙여 놓았다. 화가가 다시 돌아왔을 때 그녀는 빵을 종이로 싸고 있었다.

그가 떠나고 얼마 후에 현관의 종이 거칠게 울리고, 누군가가 시끄러운 소리를 내며 가게로 들어왔다. 마사 양이 서둘러 출입구로 나가 보니 그곳에는 두 남자가 서 있었다. 한 명은 처음 보는 젊은 남자였고, 나머지 한 명은 그 화가 손님이었다. 그는 마사 양을 향해 꽉 움켜쥔 두 주먹을 사납게* 흔들어 대며 소리쳤다.

"당신이 다 망쳐 버렸어. 이 ㉠오지랖 넓은* 마녀야!"

"자, 이제 갑시다. 그만하면 됐잖아요."

젊은 남자는 화가 손님을 문밖으로 데리고 나간 뒤 다시 돌아왔다.

"왜 이런 소동*이 벌어졌는지 말씀드려야 할 것 같아 돌아왔어요. 저분은 블룸베르거 씨라고 하는 건축 설계사*예요. 저는 같은 사무실에서 일하고 있지요. 블룸베르거 씨는 지난 석 달 동안 공모전*을 위해 새 시청 건물의 설계도*를 그려 왔어요. 어제 저 분은 선에 잉크를 덧그리는* 작업을 끝냈지요. 아시겠지만, 건축 설계사는 먼저 연필로 선을 그려요. 그 작업이 끝나면 묵은 빵으로 연필 선을 지우지요. 블룸베르거 씨는 이 가게에서 계속 지우개로 쓸 빵을 샀어요. 그런데 오늘 그 버터가…… 블룸베르거 씨의 설계도는 이제 조각조각 잘라서 포장하는 데나 써야겠군요."

– 오 헨리, 「마녀의 빵」

날말풀이

*중년 마흔 살 전후의 나이. *묵은 일정한 때를 지나서 오래된 상태가 된. *센트 미국의 화폐 단위. *다락방 집의 천장과 지붕 사이에 이 층처럼 만들어 사람이 생활할 수 있게 꾸민 방. *초라한 제대로 갖추어진 것이 없고 보잘것없는. *보태 부족한 것을 더하여 채워. *사납게 성격이나 행동이 거칠게. *오지랖 넓은 쓸데없이 지나치게 아무 일에나 참견하는 면이 있는. *소동 시끄럽게 떠들고 어지럽게 행동하는 일. *건축 설계사 건물의 형태나 재료 등에 대한 계획을 세우고 도면을 그리는 사람. *공모전 공개적으로 모집한 작품의 전시회. *설계도 집이나 물건을 만들려고 계획하여 그린 그림. *덧그리는 이미 그린 그림 위에 더 그리는.

1
구조
알기

이 글에서 가장 <u>먼저</u> 일어난 일은 무엇인가요? (   )

① 화가 손님이 돌아와 마사 양에게 사납게 화를 냈다.

② 마사 양은 늘 묵은 빵을 사 가는 남자 손님에게 관심을 가졌다.

③ 젊은 남자가 돌아와 화가 손님이 화를 낸 까닭을 자세히 설명해 주었다.

④ 화가 손님이 묵은 빵을 주문하자 마사 양이 몰래 빵 속에 버터를 넣었다.

⑤ 마사 양은 남자 손님의 손에 적갈색 얼룩을 보고 그가 가난한 화가라고 생각했다.

2
세부
내용

[보기]에서 설명하는 소재는 무엇인가요? (   )

[보기] · 화가 손님에 대한 마사 양의 호감을 표현함.
· 화가 손님이 마사 양에 대한 태도를 바꾸게 된 원인이 됨.
· 마지막 부분에서 사건의 흐름을 뒤바꾸는 계기가 되어 충격과 재미를 줌.

① 버터   ② 지우개   ③ 묵은 빵

④ 신선한 빵   ⑤ 적갈색 얼룩

3
세부
내용

'화가 손님'이 '마사 양'에게 화를 낸 까닭은 무엇인가요? (   )

① 마사 양이 묵은 빵을 주지 않아서

② 마사 양이 방금 구운 빵을 주어서

③ 마사 양이 빵을 제대로 포장해 주지 않아서

④ 마사 양이 빵 속에 버터를 조금만 넣어 주어서

⑤ 마사 양이 빵 속에 넣은 버터 때문에 설계도가 엉망이 되어서

4
어휘
어법

㉠과 바꾸어 쓸 수 있는 말은 무엇인가요? (   )

① 무섭게 생긴   ② 넓은 웃옷을 입은

③ 나쁜 마음을 가진   ④ 화려한 옷을 입은

⑤ 쓸데없이 참견하기 좋아하는

5

추론
하기

이 글에 나타난 '마사 양'의 성격으로 알맞은 것은 무엇인가요? (   )

① 게으르다.   ② 샘이 많다.   ③ 장난스럽다.
④ 인정이 많다.   ⑤ 욕심이 많다.

6

비판
하기

등장인물의 행동에 대한 평가로 알맞지 <u>않은</u> 것은 무엇인가요? (   )

① 마사 양이 화가 손님을 도와주기 전에 솔직히 물어보았다면 좋았을 텐데.
② 젊은 남자가 나중이라도 마사 양을 위해 사실을 말해 준 것은 잘한 일이야.
③ 마사 양이 묵은 빵 대신 신선한 빵을 주었다면 화가 손님이 화를 내지 않았을 거야.
④ 화가 손님이 아무것도 모르는 마사 양에게 무턱대고 화를 낸 것은 잘못된 행동이야.
⑤ 마사 양이 손님의 직업이나 처지에 대해 자신의 입장에서 생각하고 판단한 것은 잘못이야.

7

비판
하기

[보기]를 참고할 때, 이 글에 대한 독서 토론 주제로 가장 알맞은 것은 무엇인가요? (   )

> [보기]   이 글에서 마사 양은 자신의 마음대로 빵집의 손님을 가난한 화가라고 판단한다. 그가 늘 값이 싼 묵은 빵을 사고, 그의 손에 물감이 묻어 있는 것을 근거로 마사 양은 그가 가난한 화가라고 확신한 것이다. 결국 자기중심적으로 상대방을 이해하고 판단한 마사 양의 배려는 건축 설계사였던 손님에게 큰 불행을 가져오게 된다.

① 물감을 사용하는 직업은 무엇이 있는가?
② 가난한 이웃을 돕는 방법에는 무엇이 있는가?
③ 가난한 화가에게 버터를 바른 빵이 필요한가?
④ 묵은 빵으로 연필 선을 지우는 것이 효과적인가?
⑤ 상대방의 의사를 물어보지 않은 배려는 진정한 배려인가?

05회 지문 익힘 어휘

1 뜻에 알맞은 낱말을 [보기]에서 찾아 쓰세요.

어휘
의미

[보기]	묵다	소동	설계도	보태다	초라하다

(1) ( ): 부족한 것을 더하여 채우다.

(2) ( ): 시끄럽게 떠들고 어지럽게 행동하는 일.

(3) ( ): 제대로 갖추어진 것이 없고 보잘것없다.

(4) ( ): 일정한 때를 지나서 오래된 상태가 되다.

(5) ( ): 집이나 물건을 만들려고 계획하여 그린 그림.

2 빈칸에 들어갈 알맞은 낱말을 찾아 선으로 이으세요.

어휘
활용

(1) 어머니께서 [　　] 김치를 썰어 주셨다.　●　　　　●　㉮ 소동

(2) 정약용은 거중기를 만들려고 [　　]을/를 그렸다.　●　　　　●　㉯ 묵은

(3) 교실에 벌이 들어와서 한바탕 [　　]이/가 일어났다.　●　　　　●　㉰ 초라한

(4) 누나는 학비에 [　　] 방학 동안 아르바이트를 했다.　●　　　　●　㉱ 설계도

(5) 친구는 차린 것 없이 [　　] 밥상이었지만 맛있게 먹었다.　●　　　　●　㉲ 보태려고

3 [보기]의 관용 표현에서 빈칸에 공통으로 들어갈 알맞은 낱말은 무엇인가요? (　　　)

어휘
확장

[보기]　• 모양이 [　　]: 보기에 아주 흉하다.
　　　　• 소문이 [　　]: 돌고 있는 소문이 매우 나쁘다.
　　　　• 눈꼴이 [　　]: 보기에 거슬리거나 비위가 상하다.

① 세다　　　　② 사납다　　　　③ 무섭다
④ 예쁘다　　　　⑤ 신선하다

出

날 출

'출(出)'자는 사람의 한쪽 발이 동굴 밖으로 나가는 모습을 본떠서 만든 글자예요. 사람이 입구를 떠나는 모습에서 '나가다', '떠나다'라는 뜻을 갖게 되었어요.

● 다음 획순에 따라 한자를 따라 쓰세요.

出 ｜ 屮 屮 出 出

出 出 出

수출 輸出
(보낼 수, 날 출)

국내의 상품이나 기술을 외국으로 팔아 내보냄.
예 우리나라는 해외에 반도체를 수출한다.

반대말 수입(輸入): 외국의 상품이나 기술 등을 국내로 사들임.

일출 日出
(날 일, 날 출)

해가 떠오름.
예 가족들과 새해에 일출을 보러 동해안에 다녀왔다.

비슷한말 해돋이   반대말 일몰(日沒): 해가 짐.

출입구 出入口
(날 출, 들 입, 입 구)

나갔다가 들어왔다가 하는 곳.
예 공연장의 출입구는 양쪽 모두 혼잡했다.

Q 밑줄 친 글자의 뜻으로 알맞은 것은 무엇인가요? (   )

| 수출 | 일출 | 출입구 |

① 먹다   ② 나가다   ③ 당기다   ④ 들어가다   ⑤ 날아가다

2주

한자 光 (빛 광) 자

13분 안에 푸세요.

[앞 이야기] 복실이는 세 여동생 연실, 세실, 남실과 남동생 훈이를 살뜰하게* 돌보는 큰딸이다. 훈이의 돌* 기념으로 가족 사진을 찍었는데 사진관 아저씨의 실수로 남실이가 가족사진에 찍히지 못했다. 엄마는 크게 화를 내며 가족사진을 찢어 버렸고, 아버지가 사진관에서 다시 가족사진을 찾아 왔다.

"어디, 어디 좀 봅시다." / 엄마는 사진 속으로 쑥 들어가는 듯했습니다.

"보세요. 우리 남실이 얼굴이 없잖아요. 그리고 복실이는 이게 뭐냐? 얼굴을 옆으로 돌리고 있고."

엄마는 또 화를 냈습니다. 그러나 어제처럼 크게 화내지는 않았습니다. 엄마는 아버지가 집에 있을 때는 화를 잘 내지 않습니다.

"여보, 이 ㉠사진이라도 갖고 있는 게 좋겠어. 사진에 얼굴이 안 나왔다고 우리 남실이가 없어지는 건 아니잖아?"

결국, 복실이네 안방에는 이상한 가족사진이 걸려 있게 되었습니다. 아버지가 남실이의 돌 때 찍은 ㉡사진을 오려서 엄마 옆에 밥풀로 붙였죠. 참 재미있는 ㉢가족사진이 된 겁니다. (중략)

"복실아, 남실이는 좀 괜찮냐?"

문을 들어서는 아버지의 손에 미제* 생선 통조림이 하나 들려 있습니다. 아버지는 가끔씩 미군 부대*에서 초콜릿이나 사탕, 통조림을 갖고 옵니다. 복실이네 아이들은 이것 때문에 동네 아이들에게 인기가 좋습니다.

"복실아, 무슨 일이냐?" / 방 안에서 두 아주머니가 울고 있자 아버지는 방에 들어오지 못했습니다. 그저 선 채로 부르르 떨기만 했습니다. 이미 알아차린 것입니다.

"아버지, 우리 남실이가, 남실이가……."

복실이는 또다시 통곡*을 했습니다. 아버지를 보자 더욱 서러운 마음이 든 것입니다. 아버지는 깡통을 땅바닥에 내동댕이치고는* 방으로 후닥닥* 뛰어들어왔습니다.

"남실아!" / 아버지는 남실이 이름을 부르더니 주저앉았습니다.

"이러다가 너희 아버지까지 쓰러지겠다. 내가 가서 신경 안정제*라도 사 와야겠어."

공숙이 엄마는 얼른 약국으로 달려갔습니다.

"남, 남실아. 엄마 아버지 얼굴은 보고 가야지. 남실아, 눈 떠 봐라……."

아버지는 정신이 나간 사람처럼 혼자 중얼거렸습니다.

㉮ "복실이 아버지, 어쩌겠어요. 남은 애들 생각해서 마음 굳게 잡수세요*. 복실이 엄마는 또 얼마나 놀라겠어요."

석호 엄마는 흐르는 눈물을 닦으며 아버지를 위로했습니다*.

시간이 갈수록 복실이는 엄마가 미웠습니다. 하나님도 미웠습니다.

---

*살뜰하게 남을 돌보는 태도가 자상하고 정성스럽게. *돌 아기가 태어나서 처음 맞는 생일. *미제 미국에서 만듦. *미군 부대 국내에서 미국 군인이 주둔하는 부대. *통곡 큰 소리로 슬프게 우는 것. *내동댕이치고는 아무렇게나 힘껏 내던지고는. *후닥닥 갑자기 마구 뛰거나 몸을 일으키는 모양. *신경 안정제 정신적 흥분을 가라앉히는 약. *잡수세요 '먹어요'의 높임말. *위로했습니다 따뜻한 말로 몸과 마음을 달래 주었습니다. *자존심 남에게 굽히지 않고 스스로 높이려는 마음.

(나) '왜 우리 착한 남실이를 학교도 가기 전에 죽게 해요? 그럴려면 왜 내 동생으로 태어나게 했어요. 왜? 왜? 엄마도 미워요. 동네에서 돈을 꿀 수도 있는데 창피하다고 미루다가 이모네까지 가다니. 엄마의 자존심*만 아니었으면 우리 남실인 안 죽었어요. 엄마가 미워요, 엄마. 집에 오지 말아요. 흑흑…….' / 그러면서도 복실이는 엄마를 기다렸습니다.

– 노경실, 『복실이네 가족사진』

• • • •

1
구조 알기

이 글에 대한 설명으로 알맞은 것은 무엇인가요? (   )

① 어떤 대상을 다른 대상에 빗대어 표현했다.
② 등장인물이 사건을 관찰해 객관적으로 보여 준다.
③ 주로 인물의 행동과 대사를 통해 사건을 표현했다.
④ 작품 속 주인공이 자신의 이야기를 들려주고 있다.
⑤ 어떤 대상에 대해 그림을 그리듯이 자세히 나타냈다.

2
세부 내용

등장인물에 대한 설명으로 알맞지 <u>않은</u> 것은 무엇인가요? (   )

① 남실이는 복실이의 여동생이다.
② 남실이는 학교에 입학하기도 전인 어린 나이에 죽었다.
③ 복실이는 부모님이 없는 집에서 남실이의 죽음을 맞이했다.
④ 아버지는 집에 돌아와서 뒤늦게 남실이의 죽음을 알고 크게 슬퍼했다.
⑤ 어머니는 이웃에게 남실이의 병원비를 빌리고자 했지만 돈을 빌리지 못했다.

3
세부 내용

㉠~㉢에 대한 설명으로 알맞지 <u>않은</u> 것은 무엇인가요? (   )

① ㉠: 남실이의 얼굴이 보이지 않는 가족사진이다.
② ㉠: 복실이가 고개를 옆으로 돌리고 있는 가족사진이다.
③ ㉡: 남실이가 어릴 때 모습이 들어 있는 돌 사진이다.
④ ㉢: 복실이네 집 거실에 걸려 있는 가족사진이다.
⑤ ㉢: 다섯 남매와 아버지, 어머니가 다 보이는 가족사진이다.

4
어휘 어법

㈎ 부분에 나타난 '석호 엄마'의 마음을 표현하는 한자 성어는 무엇인가요? (   )

① 측은지심(惻隱之心): 불쌍히 여기는 마음.
② 일장춘몽(一場春夢): 인생의 부귀영화가 덧없이 사라짐.
③ 결초보은(結草報恩): 죽은 뒤에라도 은혜를 잊지 않고 갚음.
④ 타산지석(他山之石): 다른 사람의 나쁜 행동이 자신의 몸과 마음을 닦는 데 도움이 됨.
⑤ 동상이몽(同床異夢): 여럿이 같이 행동하더라도 속으로는 서로 다른 생각을 하고 있음.

5 ㈐ 부분에 나타난 '복실이'의 마음으로 알맞지 <u>않은</u> 것은 무엇인가요? (   )

추론
하기

① 남실이의 죽음을 슬퍼하는 마음

② 남실이를 죽게 한 하나님을 원망하는 마음

③ 돈을 빨리 빌리지 못한 엄마를 원망하는 마음

④ 어린 나이에 죽은 남실이를 안타까워하는 마음

⑤ 엄마가 집에 오지 않기를 진심으로 바라는 마음

6 '복실이'에게 해 줄 말로 가장 알맞은 것은 무엇인가요? (   )

비판
하기

① 가난보다 이웃의 무관심 속에 죽어간 남실이가 불쌍해.

② 아무 잘못이 없는 하나님을 원망하다니 이해할 수 없어.

③ 엄마 때문에 남실이가 죽었으니 엄마를 용서해서는 안 돼.

④ 동생인 남실이가 죽어서 얼마나 슬플지 짐작조차 가지 않아.

⑤ 네가 남실이를 더 잘 돌봤다면 남실이가 죽지 않았을지도 몰라.

7 [보기]를 참고해 이 글을 알맞게 감상하지 <u>못한</u> 것은 무엇인가요? (   )

감상
하기

> [보기]   소설에서 글쓴이는 앞으로 일어날 일에 대해 미리 독자에게 넌지시 알려 준다. 앞서
> 일어난 일을 활용해 뒤에 일어날 일을 알려 주기도 하고, 인물이나 배경을 통해 독자
> 들이 앞으로 일어날 일을 미리 추측하게 도와주기도 한다.

① 뒷이야기를 보면 가족사진은 남실이의 죽음을 미리 넌지시 알려 준 사건이야.

② 처음 부분에서 남실이가 가족 사진에 찍히지 못한 사건은 특별한 의미가 있구나.

③ 남실이의 사진을 따로 오려 붙인 것은 남실이가 죽어도 가족이라는 것을 뜻하고 있어.

④ 가족사진에서 남실이가 빠진 것은 가족들이 남실이를 잊어야 한다는 것을 뜻하는 거야.

⑤ 가족사진에 남실이만 돌 사진을 넣은 것은 가족 중에 남실이만 어린 나이에 죽는 것을 미리 알
려 준 거야.

06회 지문 익힘 어휘

1
어휘
의미

뜻에 알맞은 낱말을 찾아 선으로 이으세요.

(1) 큰 소리로 슬프게 우는 것. •	• ㉮ 통곡
(2) 아무렇게나 힘껏 내던지다. •	• ㉯ 자존심
(3) 따뜻한 말로 몸과 마음을 달래 주다. •	• ㉰ 위로하다
(4) 남을 돌보는 태도가 자상하고 정성스럽다. •	• ㉱ 살뜰하다
(5) 남에게 굽히지 않고 스스로 높이려는 마음. •	• ㉲ 내동댕이치다

2
어휘
활용

빈칸에 들어갈 알맞은 낱말을 [보기]에서 찾아 쓰세요.

[보기]	통곡	위로	살뜰	자존심	내동댕이쳐

(1) 내가 먼저 사과하는 것은 (   )이/가 허락하지 않는다.

(2) 세찬이와 나는 가방을 방에 (   ) 놓고 게임을 하러 나갔다.

(3) 시험에 떨어진 친구의 아픔을 (   )하는 따뜻한 말을 건넸다.

(4) 할아버지는 어머니가 (   )하게 보살핀 덕분에 건강을 되찾으셨다.

(5) 아빠의 병을 걱정하는 가족들의 흐느낌은 이내 (   )(으)로 변해 갔다.

3
어휘
확장

[보기]처럼 밑줄 친 낱말을 알맞게 고치지 못한 것은 무엇인가요? (   )

[보기]	남은 애들 생각해서 마음 굳게 <u>먹어요</u>. → 잡수세요

① 어머니는 지금 어디에 <u>있니?</u> → 계시니

② 궁금한 것은 선생님께 <u>물어봐라.</u> → 여쭈어봐라

③ 오랜만에 작년 담임 선생님을 <u>보러</u> 찾아갔다. → 뵈러

④ 할아버지께서 <u>아파서</u> 병원에 입원하셨다. → 편찮으셔서

⑤ 엄마는 성적이 오를 것이라는 누나의 말을 굳게 <u>믿었다.</u> → 신뢰했다

[앞 이야기] 조선 세종 때, 홍길동은 재상 홍 판서와 여종 춘섬의 아들로 태어났다. 어릴 때부터 하나를 배우면 열을 깨치는 비상한 재주를 가졌지만 천한 출신이라 인정받지 못하고, 아버지의 첩* 초란에게 목숨마저 위협당하는 일이 벌어지자 홍길동은 집을 떠나기로 결심한다.

(가) "밤이 깊었는데 ㉠무슨 까닭으로 자지 않고 방황하느냐*?"

"집 안에 ㉡소인*을 해치려는 사람이 있어 ㉢상공*을 오래 모실 수 없게 되었습니다. 그래서 소인이 집을 떠나는 길에 대감께 마지막 인사를 드리러 왔습니다."

길동이 눈물을 흘리며 말하자 대감은 한숨을 깊이 쉬며 길동에게 말했다.

"내가 너의 ㉣깊은 한*을 짐작하겠구나. 오늘부터 나를 아버지라 부르고, 형을 형이라 부르는 것을 허락하겠다."

"아버님께서 소자*의 소원을 풀어 주시니 죽어도 한이 없습니다. 엎드려 바라옵건대 아버님께서는 부디 만수무강하옵소서*."

(나) 홍길동은 그날로 집을 나와 정처* 없이 떠돌다가 경치가 비할 수 없이 좋은 곳에 이르렀다. 이곳은 어느 도적의 소굴*이었는데, 길동은 천 근이나 되는 돌을 번쩍 드는 재주로 도적의 우두머리가 되었다. 길동은 도적들에게 무예를 가르치고 군법*을 엄히 세웠다. 그러고는 도적의 무리에게 '활빈당'이라는 새 이름을 지어 주었다.

(다) 어느 날, 길동은 활빈당을 모아 함경 감사*를 혼내 주기로 ㉤계획을 세웠다. 당시 함경 감사는 백성들을 착취하기로* 손꼽히는 탐관오리*였다. 길동은 먼저 성 밖에 불을 질렀다. 함경 감사와 병졸*들이 성 밖의 불을 끄느라 허둥대는 동안 홍길동은 성안에 들어가 곡식과 무기, 돈을 훔쳐 나왔다. 함경 감사는 뒤늦게 홍길동 무리에게 도둑질을 당했다는 것을 알고, 군사들을 모아 뒤쫓기 시작했다. 이에 홍길동은 짚으로 허수아비를 일곱 개 만들었다. 여기에 주문*을 외우며 숨을 불어넣자 일곱 명의 홍길동이 생겨났다. 활빈당 부하들이 아무리 살펴봐도 진짜 홍길동을 구분할 수 없었다. 여덟 명의 홍길동은 조선 팔도에 흩어져 활약하기 시작했다. 가는 곳마다 탐관오리들의 창고를 열어 가난한 백성에게 곡식과 재물을 나누어 주었다. 그러면서도 백성과 나라의 재산에는 전혀 손대지 않아 홍길동의 이름은 날로 높아졌다.

(라) ㉥하지만 전국의 수령*들과 탐관오리들은 잠을 이루지 못했다. 밤새 창고를 지킨다 해도 홍길동이 비와 바람을 몰고 다니며 도술*을 부려 순식간에 재물을 털어 가 버렸다. 이에 각 고을의 수령들

낱말
풀이

*첩 정식 아내 외에 함께 데리고 사는 여자. *방황하느냐 이리저리 헤매며 돌아다니느냐. *소인 옛날에 신분이 높은 윗사람 앞에서 자기를 낮추어 이르던 말. *상공 '재상'을 높여 이르던 말. *한 몹시 원망스럽고 억울하거나 슬퍼서 응어리진 마음. *소자 옛날에 아들이 부모 앞에서 자기를 낮추던 말. *만수무강하옵소서 병이나 사고 없이 건강하게 오래 사십시오. *정처 정해진 곳. *소굴 나쁜 짓을 하는 무리가 모여 있는 본거지. *군법 군대에서 지켜야 하는 법. *감사 조선 시대에 각 도에서 가장 높은 벼슬. *착취하기로 일한 대가를 제대로 주지 않고 마구 부리고 빼앗는 것으로. *탐관오리 백성의 재물을 빼앗고 못된 짓을 일삼는 관리. *병졸 계급이 낮은 군인. *주문 요술을 부리거나 점을 칠 때 외는 말. *수령 옛날에 각 지역을 맡아 다스리던 관리. *도술 도를 닦아서 신기한 일을 일으키는 기술. *포도 대장 조선 시대에, 범죄자를 잡거나 다스리는 일을 맡아보던 관청의 가장 높은 벼슬. *사태 일의 형편이나 상태. *꼬리를 물고 계속 이어지고. *기막히고 어떤 일이 매우 놀랍거나 언짢아서 어이없고.

은 조정에 포도대장*을 보내 홍길동을 잡아 달라며 앞다투어 글을 올렸다.

㈐ 임금도 사태*가 심각하다고 생각해 좌우의 포도대장을 보내 홍길동을 잡으라는 명령을 내렸다. 그러나 포도대장도 길동에게 붙들려 실패하고 말았다. 심지어 같은 날, 같은 시각, 조선 팔도 곳곳에서 홍길동이 나타났다는 보고가 꼬리를 물고* 올라오니 기막히고* 답답할 뿐이었다.

– 「홍길동전」

1 이 글의 특징으로 알맞지 <u>않은</u> 것은 무엇인가요? (   )

구조 알기

① 시간의 흐름에 따라 이야기가 전개되고 있다.
② 조선 시대의 우리나라를 배경으로 하고 있다.
③ 등장 인물의 내면 심리를 자세하게 보여 주고 있다.
④ 현실에서 일어나기 어려운 신기하고 괴이한 일이 일어났다.
⑤ 뛰어난 능력을 가진 주인공을 중심으로 이야기가 전개되고 있다.

2 홍길동에 대한 설명으로 알맞지 <u>않은</u> 것은 무엇인가요? (   )

세부 내용

① 양반인 아버지와 노비인 어머니 사이에서 태어났다.
② 도술을 부려 자기와 똑같은 일곱 명의 허수아비를 만들었다.
③ 활빈당이라 불리던 도적의 무리에 들어가 우두머리가 되었다.
④ 어린 시절 아버지를 아버지라고, 형을 형이라고 부르지 못했다.
⑤ 탐관오리의 재산만 훔칠 뿐 나라와 백성의 재산은 손대지 않았다.

3 ㉠~㉤에 대한 설명으로 알맞지 <u>않은</u> 것은 무엇인가요? (   )

세부 내용

① ㉠: 홍길동이 홍 판서를 아버지라고 부르기 위한 까닭.
② ㉡: 홍길동이 자신을 낮추어 부르는 말.
③ ㉢: 홍 판서를 가리키는 말.
④ ㉣: 아버지와 형을 제대로 부르지 못하는 한.
⑤ ㉤: 성 밖에 불을 지른 다음 혼란한 틈을 타 재물을 훔칠 계획.

4 ㉮의 상황에 어울리는 한자 성어는 무엇인가요? (   )

어휘 어법

① 노심초사(勞心焦思): 몹시 마음을 쓰며 애를 태움.
② 좌충우돌(左衝右突): 이리저리 마구 찌르고 부딪침.
③ 구사일생(九死一生): 죽을 뻔한 상황을 여러 번 넘기고 겨우 살아남.
④ 전화위복(轉禍爲福): 불행하고 나쁜 일이 바뀌어 오히려 좋은 일이 됨.
⑤ 갑론을박(甲論乙駁): 서로 자신의 주장을 내세우고 상대의 주장을 반대하여 말함.

5 글 ㈎~㈁ 중 다음 편지글이 들어가기에 알맞은 곳은 어디인가요? (   )

구조
알기

> 임금께 아룁니다.
> 홍길동이라는 도적이 각 고을에 나타나 소란을 피웁니다. 어느 날은 이 고을의 무기를 훔치고, 어느 날은 저 고을의 곡식을 훔치고 달아나 각 고을의 피해가 큽니다. 하지만 저희들의 능력이 부족해 잡지 못했으니 부디 임금께서 포도대장을 내어 홍길동과 그 무리들을 잡아 주시기를 부탁드립니다.

① 글 ㈎의 뒤   ② 글 ㈏의 뒤   ③ 글 ㈐의 뒤
④ 글 ㈑의 뒤   ⑤ 글 ㈒의 뒤

6 이 글에 나타난 홍길동의 행동을 알맞게 평가하지 <u>못한</u> 것은 무엇인가요? (   )

비판
하기

① 아무리 탐관오리의 재물이라도 남의 것을 빼앗는 일은 잘못이야.
② 자신의 뛰어난 재주를 이용해 백성에게 도움을 준 것은 잘한 일이야.
③ 아버지와 형을 제대로 부르지 못하는 한 때문에 집을 나간 것은 잘한 일이야.
④ 탐관오리의 재물을 뺏기 위해서라고 해도 함부로 불을 지른 것은 잘못한 일이야.
⑤ 탐관오리의 재물은 원래 백성의 것이므로 백성에게 다시 나누어 준 것은 잘한 일이야.

7 [보기]를 참고해 이 글을 알맞게 감상하지 <u>못한</u> 사람은 누구인가요? (   )

감상
하기

> [보기]   조선의 신분 제도는 양반, 중인, 상민, 천민으로 나뉘었다. 신분은 대대로 자손에게 이어졌는데, 어머니의 신분이 기준이었다. 어머니가 노비나 기생 같은 천민이면 아버지가 양반이어도 자손은 노비의 신분으로 살아야 했다. 천민은 과거 시험을 볼 수 없었고, 재산, 결혼 등의 생활에도 제약이 심했다.

① 홍길동의 어머니는 여종이었으니 천민의 신분이었군.
② 홍길동은 과거 시험도 볼 수 없고 생활에도 제약이 심했을 거야.
③ 홍길동이 활빈당을 만든 까닭은 신분 제도를 없애기 위한 것이겠군.
④ 홍길동은 신분이 낮아서 홍 판서를 아버지 대신 상공, 대감이라고 불렀어.
⑤ 글쓴이는 홍길동을 주인공으로 삼아 당시 신분 제도의 문제점을 비판하고 있어.

07회 지문 익힘 어휘

1 뜻에 알맞은 낱말을 [보기]에서 찾아 쓰세요.

어휘
의미

[보기]	사태	정처	착취하다	기막히다	방황하다

(1) (   ): 정해진 곳.

(2) (   ): 일의 형편이나 상태.

(3) (   ): 이리저리 헤매며 돌아다니다.

(4) (   ): 어떤 일이 매우 놀랍거나 언짢아서 어이없다.

(5) (   ): 일한 대가를 제대로 주지 않고 마구 부리고 빼앗다.

2 빈칸에 들어갈 알맞은 낱말을 찾아 선으로 이으세요.

어휘
활용

(1) 나는 진정한 꿈을 찾기 위해 오랫동안 [　　　　]했다.   •

(2) 엄마는 연예인이 되겠다는 형의 말에 [　　　　] 아무 말도 못 하셨다.   •

(3) 할아버지는 어렸을 때부터 [　　　　] 없는 떠돌이 신세였다고 하셨다.   •

(4) 일제 강점기에 일본은 우리나라 사람들의 식량과 자원을 [　　　　]했다.   •

(5) 홍수가 일어나자 공무원들은 만약의 [　　　　]에 대비해 24시간 근무했다.   •

  • ㉮ 착취

  • ㉯ 정처

  • ㉰ 방황

  • ㉱ 사태

  • ㉲ 기막혀

3 [보기]에서 밑줄 친 관용 표현의 뜻으로 알맞은 것은 무엇인가요? (   )

어휘
확장

[보기]	동생이 밤늦게까지 집에 들어오지 않자 나쁜 생각이 <u>꼬리를 물었다</u>.

① 계속 이어졌다.   ② 자취를 감추었다.

③ 정체가 알려졌다.   ④ 겁이 나서 슬금슬금 피했다.

⑤ 못된 짓을 오래 두고 계속했다.

유성*

오세영

밤하늘은
별들의 ㉠운동장
┌ 오늘따라 별들 부산하게* 바자닌다*.
㉮ 운동회를 벌였나*
└ 아득히* 들리는 함성,
먼 곳에서 아슴푸레* 빈 우레* 소리 들리더니
㉡빛나간* 야구공 하나
쨍그랑
유리창을 깨고
또르르 지구로 떨어져 구른다.

낱말풀이 ＊**유성** 우주에서 지구로 들어오면서 공기에 부딪쳐 밝은 빛을 내며 떨어지는 물체. 별똥별. ＊**부산하게** 몹시 서두르거나 떠들어서 어수선하게. ＊**바자닌다** 부질없이 짧은 거리를 오락가락 거닌다. '바장이다'의 옛말. ＊**벌였나** 어떤 일을 베풀거나 펼쳐 놓았나. ＊**아득히** 보이거나 들리는 것이 희미하고 매우 먼. ＊**아슴푸레** 빛이 약하거나 멀어 조금 어둡고 희미하게. ＊**우레** 천둥소리와 함께 번개가 치는 현상. ＊**빛나간** 목표에서 벗어나 한쪽으로 기울어지게 나간.

1 이 글을 감상하는 방법으로 알맞지 <u>않은</u> 것은 무엇인가요? (   )

구조
알기

① 대상과 관련한 구체적인 이미지를 떠올려 본다.

② 대상에 대한 말하는 이의 생각이나 감정을 파악한다.

③ 글을 읽을 때 감각적인 느낌이나 운율을 살려 읽는다.

④ 다양한 비유적인 표현이 어떻게 쓰이고 있는지 살펴보며 읽는다.

⑤ 글에 쓰인 낱말의 뜻을 사전에서 찾아 파악하는 것이 효과적이다.

2 이 시에 대한 설명으로 알맞지 <u>않은</u> 것은 무엇인가요? (   )

세부
내용

① 1연 10행으로 구성된 시이다.

② 이 시는 내용상 크게 두 부분으로 나눌 수 있다.

③ 말하는 이는 별로 가득찬 밤하늘에서 유성을 바라보고 있다.

④ 친구와 대화하는 것처럼 표현해 밤하늘이 생생하게 느껴진다.

⑤ 밤하늘의 별들과 유성을 경쾌하고 생동감 넘치는 분위기로 표현하고 있다.

3 ㉠이 뜻하는 대상으로 알맞은 것은 무엇인가요? (   )

어휘
어법

① 별   ② 유성   ③ 지구

④ 밤하늘   ⑤ 아이들의 함성

4 ㉡과, ㉢이 뜻하는 대상 사이의 공통점은 무엇인가요? (   )

추론
하기

① 스스로 빛을 내고 있다.

② 같은 모양과 크기를 지닌다.

③ 잘 부서지거나 깨지는 특징이 있다.

④ 예정된 궤도에서 벗어난 움직임을 보인다.

⑤ 밤하늘에서 날아가는 모습을 자주 볼 수 있다.

5 (가) 부분에 대한 설명으로 알맞은 것은 무엇인가요? (   )

세부
내용

① 별들이 빠르게 이동하는 모습을 표현했다.
② 별들이 사라진 까닭을 묻는 문장으로 표현하고 있다.
③ 별이 거의 없는 캄캄한 밤하늘의 모습을 떠올릴 수 있다.
④ 별들이 반짝이는 모습을 사람이 움직이는 것처럼 표현했다.
⑤ 운동장에서 바쁘게 움직이는 아이들을 별에 빗대어 표현했다.

6 [보기]를 참고해 이 시를 감상한 것으로 알맞지 <u>않은</u> 것은 무엇인가요? (   )

감상
하기

> [보기]   '이미지'는 심상이라고 하는데, 마음속으로 떠오르는 그림이라는 뜻이다. 이미지 중
> 눈을 통해 느껴지는 시각, 소리로 느껴지는 청각, 피부의 감촉으로 느껴지는 촉각, 맛
> 으로 느껴지는 미각, 냄새로 느껴지는 후각 등을 '감각적 이미지'라고 한다. '감각적
> 이미지'를 사용하면 표현하려고 하는 시적 대상의 이미지가 훨씬 구체적이고 생생하
> 게 보여져 생동감이 느껴진다.

① 이 시는 밤하늘의 별이 반짝이는 모습을 시각적 이미지로 생생하게 표현했어.
② '유성'이 나타나는 순간을 청각적 이미지를 사용해서 표현한 것이 인상적이야.
③ 3행은 밤하늘에 별이 반짝이는 모습을 촉각적 이미지를 써서 생생하게 표현했어.
④ '유성'과 '빗나간 야구공' 사이에 시각적 이미지의 공통점을 발견했다는 것이 놀라워.
⑤ '쨍그랑' 같은 청각적 이미지를 나타내는 낱말로 실제 현장에 있는 느낌이 들도록 표현했어.

7 이 시의 주제로 알맞은 것은 무엇인가요? (   )

주제
찾기

① 밤하늘에서 떨어지는 유성의 위험성
② 밤하늘 별들과 아이들의 평화로운 공존
③ 밤하늘의 별들과 유성의 혼란스러운 모습
④ 밤하늘에서 떨어질 수밖에 없는 유성의 슬픔
⑤ 밤하늘 별들의 아름다운 모습과 유성의 생동감

08회 지문 익힘 어휘

1 낱말에 알맞은 뜻을 찾아 선으로 이으세요.

어휘
의미

(1) 빗나가다 ●	㉮ 몹시 서두르거나 떠들어서 어수선하다.
(2) 아득하다 ●	㉯ 빛이 약하거나 멀어 조금 어둡고 희미하게.
(3) 부산하다 ●	㉰ 보이거나 들리는 것이 희미하고 매우 멀다.
(4) 아슴푸레 ●	㉱ 목표에서 벗어나 한쪽으로 기울이지게 나가다.

2 빈칸에 들어갈 알맞은 낱말을 [보기]에서 찾아 쓰세요.

어휘
활용

[보기]	부산	아득	빗나간	아슴푸레

(1) 넓게 펼쳐진 갯벌 끝에 수평선이 (   )하게 보였다.

(2) 체험 학습에 들뜬 아이들이 학교 앞을 (   )하게 돌아다녔다.

(3) 숲속을 헤매던 선비의 눈에 굴뚝에서 나오는 연기가 (   ) 보였다.

(4) 골대를 살짝 맞고 (   ) 공이 두 팀의 승부를 다시 원점으로 만들었다.

3 밑줄 친 낱말의 뜻을 [보기]에서 찾아 기호를 쓰세요.

어휘
확장

[보기]	• 벌이다: ㉮ 여러 가지 물건을 늘어놓다.
	㉯ 어떤 일을 베풀거나 펼쳐 놓다.
	• 벌리다: ㉰ 둘 사이를 넓히거나 멀게 하다.
	㉱ 일을 하여 돈 등이 얻어지거나 모이다.

(1) 나는 두 팔을 힘껏 벌려 기지개를 폈다. (   )

(2) 온 동네 사람들이 모여 씨름판을 벌이고 즐겼다. (   )

(3) 지아는 책상 위에 책을 어지럽게 벌여 놓고 공부를 한다. (   )

(4) 아버지가 가게를 열자마자 손님이 몰려 돈이 잘 벌리기 시작했다. (   )

"왜 이렇게 늦었니?"

"야구 연습 좀 하느라구요."

"이 캄캄한 밤에 공이 보이니?"

막내는 말이 없었다. / "또 이렇게 늦으면 혼날 줄 알아."

그러나 그다음 날도 여전히 늦었다. 나는 적이* 걱정스러웠다. 초등학교 5학년짜리들이 야구를 한다면 그건 취미 활동에 불과한 것이다. 그런데 무엇에 쏠려서* 별이 떠야 돌아오는 것일까? (중략)

그런데 배치해* 주는 대로 가 보니 그 반 아이들의 괄시*가 말이 아니었다. 그런 괄시를 받을 때마다 옛날의 자기 반이 그리웠다. 선생님을 졸졸 따라 소풍 가던 일, 운동회에서 다른 반 아이들과 당당하게 겨루던 일, 이런저런 자기 반의 아름다운 역사가 안타깝게 명멸하는* 것이다. 때로는 편찮으신 선생님이 무척 보고 싶어서 길도 잘 모르는 병원도 찾아갔다.

㉠그러는 동안에 아이들은 선생님이 다 나으셔서 오실 때까지 우리 기죽지 말자 하며 서로서로 격려하게 되었고, 이런 기운이 팽배해지자* 이른바 간부였던 아이들은 ㉡자기네의 사명*을 깨닫게 되었다. 그래서 몇 아이들이 우리 집에 모였던 것이고, 그 ㉢기죽지 않을 방법으로 채택된* 것이 야구 대회를 주최하여 우승을 차지하는 것이었다.

(가) 연습은 참으로 피나는 것이었다. 배 속에서 쪼르륵거리는 소리가 나도 누구 하나 배고프다는 말을 하지 않았다. 연습이 끝나면 또 작전 계획을 세우고 검토했다. ㉣그러느라면 어느새 하늘에 푸른 별이 떴다.

그리하여 마침내 결승전에 진출했다*. 이 반 저 반으로 헤어진 반 아이들은 예선부터 한 사람 빠짐없이 응원에 나섰다. 그 응원의 외침은 차라리 처절한* 것이었다. 그러나 열광*의 도가니*처럼 들끓던 결승에서 그만 패하고 만 것이다.

"아빠, 우린 해야 돼. 다음번엔 우승해야 돼. 선생님이 다 나으실 때까지 우린 누구 하나도 기죽을 수 없어."

막내는 이야기를 마치면서 이렇게 말했다. 나는 아무 말도 하지 못했다. 무슨 망국민*의 독립운동사라도 읽은 것처럼 감동 비슷한 것이 가슴에 꽉 차 오는 것 같았다. 학교라는 데는 단순히 국어, 수학이나 가르치는 데가 아니구나 하는 생각도 들었다.

이튿날 밤 나는 늦게 돌아오는 막내의 방망이를 ㉤미더운* 마음으로 소중하게 받아 주었다. 그때도 막내와 그 애의 친구 애들의 초롱초롱한 눈 같은 맑고 푸른 별이 두어 개 하늘에 떠 있었다. 나는 그때처럼 ㉥맑고 푸른 별을 일찍이 본 일이 없다.

– 정진권, 「막내의 야구 방망이」

낱말 풀이

＊**적이** 꽤 많이. ＊**쏠려서** 시선이나 마음이 한쪽으로 집중되어서. ＊**배치해** 자리를 정하여 두어. ＊**괄시** 업신여겨 하찮게 대함. ＊**명멸하는** 나타났다 사라졌다 하는. ＊**팽배해지자** 기세가 매우 거세게 일어나자. ＊**사명** 맡겨진 임무. ＊**채택된** 여럿 가운데 하나를 골라서 뽑아 쓴. ＊**진출했다** 더 높은 단계나 더 넓은 세계로 나아갔다. ＊**처절한** 몹시 슬프고 끔찍한. ＊**열광** 아주 기쁘거나 좋아서 마구 날뛰는 것. ＊**도가니** 쇠붙이를 녹이는 그릇. 여기서는 '흥분이나 감격 등으로 들끓는 상태'를 비유적으로 말함. ＊**망국민** 망하여 없어진 나라의 백성. ＊**미더운** 믿을 만한.

1

구조
알기

글쓴이가 이 글을 쓴 까닭은 무엇인가요? (   )

① 근거를 들어 자신의 의견을 주장하려고

② 과학적 사실을 객관적으로 알려 주려고

③ 훌륭한 인물의 일생을 기록해 교훈을 주려고

④ 자신이 읽은 책 내용과 느낀 점을 기록하려고

⑤ 경험을 통해 얻은 느낌과 깨달음을 표현하려고

2주 09회
정답 및 풀이
18~19쪽

2

구조
알기

'막내'에게 일어난 일의 차례대로 기호를 쓰세요.

> ㉮ 막내네 반 아이들이 다른 반에 흩어져 괄시를 받고 기가 죽었다.
>
> ㉯ 막내는 야구 대회 우승을 위해 반 아이들과 밤늦게까지 야구 연습을 했다.
>
> ㉰ 막내네 반의 간부였던 아이들이 야구 대회를 개최해 우승을 하자는 제안을 했다.
>
> ㉱ 막내네 반 아이들은 결승전에서 패했지만 다시 다음 대회를 준비하며 연습에 나섰다.

(   ) → (   ) → (   ) → (   )

3

추론
하기

이 글에 나타난 '글쓴이'의 마음 변화로 알맞은 것은 무엇인가요? (   )

① 화남 → 궁금함 → 대견함

② 궁금함 → 통쾌함 → 미안함

③ 궁금함 → 즐거움 → 대견함

④ 걱정스러움 → 감동함 → 대견함

⑤ 걱정스러움 → 감동함 → 실망함

4

세부
내용

㉠~㉤에 대한 설명으로 알맞지 <u>않은</u> 것은 무엇인가요? (   )

① ㉠: 각자 다른 반으로 흩어져 자기 반을 그리워하는 동안에.

② ㉡: 자신들을 괄시하던 다른 반 아이들을 혼내 주는 일.

③ ㉢: 야구 대회를 개최해 우승을 차지하는 일.

④ ㉣: 저녁 늦게까지 야구 연습에 몰두했다.

⑤ ㉤: 막내의 순수한 열정에 공감하고 믿어 주는 마음.

5

어휘
어법

㉮ 부분의 상황에 어울리는 한자 성어는 무엇인가요? (   )

① 백전백승(百戰百勝): 싸울 때마다 다 이김.

② 임전무퇴(臨戰無退): 전쟁에 나아가서 물러서지 않음.

③ 유비무환(有備無患): 미리 준비를 해 놓으면 걱정할 것이 없음.

④ 진퇴양난(進退兩難): 이렇게도 저렇게도 하지 못하는 어려운 처지.

⑤ 악전고투(惡戰苦鬪): 몹시 힘들고 어려운 조건에서 힘을 다해 싸움.

6

감상
하기

이 글에 대한 감상으로 알맞지 <u>않은</u> 것은 무엇인가요? (   )

① 글쓴이는 야구 대회 결승전의 열기를 '열광의 도가니'에 비유해서 표현했어.

② '망국민'과 이 반 저 반으로 헤어진 막내의 반 아이들은 비슷한 처지에 놓여 있어.

③ 막내의 이야기에서 글쓴이가 일상생활에서 실제로 겪은 일이라는 것을 알 수 있어.

④ '초롱초롱한 눈 같은'은 아이들의 초롱초롱한 눈을 맑게 빛나는 푸른 별에 비유한 거야.

⑤ '이 캄캄한 밤에 공이 보이니?'에는 늦게까지 연습하는 막내에 대한 걱정이 드러나 있어.

7

추론
하기

[보기]를 참고할 때, ㉱의 상징적인 의미로 알맞은 것은 무엇인가요? (   )

> [보기] '상징'이란 말로 설명하기 힘든 사물이나 개념 등을 구체적인 사물로 나타내는 표현
> 방법이다. '비둘기'가 '평화'를, '칼'이 '무력'을 뜻하는 것처럼 오랫동안 반복되면서 특
> 별한 뜻으로 굳어진 상징도 있고, 글쓴이가 자신만의 특별한 뜻을 담은 상징도 있다.
> 글쓴이는 '야구 방망이'에 '막내와 막내 반 친구들의 노력과 단결심'이라는 상징적인
> 뜻을 담았다.

① 별처럼 예쁜 막내의 눈

② 아이들의 맑고 순수한 마음

③ 다른 날보다 밝게 빛나는 별

④ 막내네 반이 우승할 것이라는 예감

⑤ 다른 아이보다 더 뛰어난 막내의 실력

09회 지문 익힘 어휘

1 낱말과 그 뜻이 알맞게 짝 지어지지 <u>않은</u> 것은 무엇인가요? (   )

어휘
의미

① 적이: 꽤 많이.

② 괄시: 업신여겨 하찮게 대함.

③ 배치하다: 자리를 정하여 두다.

④ 명멸하다: 나타났다 사라졌다 하다.

⑤ 팽배하다: 여럿 가운데 하나를 골라서 뽑아 쓰다.

2 빈칸에 들어갈 알맞은 낱말을 찾아 선으로 이으세요.

어휘
활용

(1) 선생님은 예상치 못한 내 답변에 [   ] 놀라셨다. •

(2) 작은아버지는 직업을 잃은 다음 식구들에게 [   ]을/를 당하셨다. •

(3) 정부에서는 우리나라의 방어를 위해 무기를 더 [   ]하기로 결정했다. •

(4) 우리나라의 역사는 나라를 구한 수많은 영웅들이 [   ]하며 이어져 왔다. •

(5) 물가가 갑자기 오르자 사람들 사이에는 경제가 어렵다는 생각이 [   ]해졌다. •

• ㉮ 명멸

• ㉯ 적이

• ㉰ 팽배

• ㉱ 괄시

• ㉲ 배치

3 밑줄 친 낱말과 바꾸어 쓸 수 있는 낱말을 찾아 기호를 쓰세요.

어휘
확장

(1) 슈바이처는 의료 봉사라는 <u>사명</u>을 띠고 아프리카로 떠났다. ············· (   )

㉮ 권리   ㉯ 임무   ㉰ 사무

(2) 학생들이 스스로 공부하는 모습을 보고 <u>미더운</u> 마음이 들었다. ·········· (   )

㉮ 점잖은   ㉯ 복잡한   ㉰ 믿음직한

(3) 승객들의 시선은 휠체어를 밀어 준 청년에게 자연스럽게 <u>쏠렸다</u>. ······ (   )

㉮ 모였다   ㉯ 흩어졌다   ㉰ 가다듬었다

47

[앞 이야기] 추운 겨울 밤, 가난한 구둣방 주인인 세묜은 벌거벗은 채 떨고 있는 미하일을 집으로 데려가 보살핀다. 미하일은 세묜의 일을 도우며 함께 살게 되었는데, 미하일이 구두를 튼튼하게 잘 만든다는 소문이 퍼지자 세묜의 수입은 점점 늘어난다. 어느 날, 한 여인이 두 여자아이와 함께 세묜의 구둣방에 찾아온다.

옷을 말쑥하게* 차려입은 여인은 두 여자아이를 먼저 들여보내고 자기도 뒤따라 들어왔다.

"안녕하세요? 이 아이들이 봄에 신을 구두를 맞추어* 주려고요."

"네. 그러시지요. 우리 집 미하일은 솜씨가 보통이 아니랍니다*."

세묜은 미하일을 돌아보았다. 미하일은 하던 일을 멈추고 아이들에게 눈을 뗄 줄 몰랐다. 마치 오래전부터 두 아이를 알고 있던 것만 같았다.

세묜이 치수*를 재며 말했다. / "아이들이 엄마를 무척 잘 따르는군요."

여인이 말했다. / "이 애들은 제 친딸이 아니에요. 6년 전, 애들이 태어나자마자 부모가 모두 죽었지요. 저는 가난했고 어린 아들도 있었지만 아이들이 너무 가여워* 집에 데려왔어요. 그런데 이 두 아이는 무럭무럭 잘 자랐지만 제 아들은 두 살 때 세상을 떠났지요. 그 뒤로 살림은 점점 불어났고 전 쌍둥이를 친자식처럼 사랑하며 살았어요. 지금 이 아이들은 저에게 ㉠촛불과도 같아요."

여인은 눈물을 닦고 잠시 이야기를 주고받은 뒤 떠났다. 세묜이 여인과 아이들을 전송하자* 미하일은 빙그레 미소를 지었다. 세묜이 미하일 곁으로 가서 물었다.

"미하일, 나는 알고 있네. 자네가 보통 사람이 아니라는 것을. 자네한테 광채가 나는 것처럼 보이는데 왜 그런지 말해 주겠나?"

"그것은 제가 하나님께 용서받았기 때문이에요. 저는 오늘 본 두 아이를 잘 알아요. 사실 전 하늘나라 천사로, 한 여자의 영혼을 거두는 임무*를 맡았지요. 그 여자가 바로 두 아이의 어머니랍니다. 그녀는 부모가 없으면 아이들은 살 수 없으니 살려 달라며 애원했어요*. 저도 하나님께 그 여자를 살려 달라고 부탁했지요. 그러나 하나님께서는 '그 여자의 영혼을 가져오너라. 그러면 사람의 마음속에는 무엇이 있는가, ㉡사람에게 주어지지 않은 것은 무엇인가. ㉢사람은 무엇으로 사는가, 이 세 가지 물음에 대한 답을 알게 될 것이다.'라고 하며 저를 다시 보내셨어요. 전 할 수 없이 그 여자의 영혼을 거둬 올라오던 중 바람에 날개가 꺾여 땅으로 추락했고*, 그날 세묜, 당신을 만났답니다."

미하일이 계속 말을 이어 갔다.

"전 오늘 마지막 질문에 대한 답을 얻었어요. 자식을 키우게 해 달라는 어머니의 말을 들었을 때 저는 부모 없이 아이들이 자라지 못할 거라고 생각했어요. 그러나 오늘 본 아이들은 사랑 속에 훌륭하게 자라고 있었지요. 여인이 남의 자식을 가엾게 여기고 눈물을 흘렸을 때 저는 세 번째 질문의 답을 깨달았습니다."

– 레프 톨스토이, 「사람은 무엇으로 사는가」

낱말
풀이

*말쑥하게 단정하고 세련되게. *맞추어 물건을 만들도록 미리 주문해. *보통이 아니랍니다 솜씨가 특별해서 뛰어나답니다. *치수 옷, 신발, 몸의 일부분 등의 길이를 잰 값. *가여워 딱하고 불쌍해. *전송하자 예를 갖추어 떠나보내자. *임무 맡은 일. *애원했어요 애처롭게 사정하여 간절히 부탁했어요. *추락했고 높은 곳에서 떨어졌고.

1 이 글에 대한 설명으로 알맞은 것은 무엇인가요? (   )

구조
알기

① 등장인물의 소개와 함께 이야기가 시작되고 있다.

② 이야기가 벌어지는 장소가 바뀌면서 사건이 전개된다.

③ 등장인물의 대화를 통해 과거의 비밀이 드러나고 있다.

④ 등장인물 사이의 갈등이 폭발해 사건이 급박하게 진행된다.

⑤ 여러 개의 사건이 쌓여 등장인물 간의 갈등이 높아지고 있다.

2 '미하일'에 대한 설명으로 알맞지 <u>않은</u> 것은 무엇인가요? (   )

세부
내용

① 하늘나라 천사로, 세몬의 일을 도우며 함께 살고 있다.

② 두 아이가 다른 사람의 도움으로 살 수 있다고 믿었다.

③ 두 아이의 어머니인 여자의 영혼을 거두는 임무를 맡은 적이 있다.

④ 두 아이의 어머니인 여자의 영혼을 가져가던 중 날개가 꺾여 추락했다.

⑤ 하나님께 두 아이의 어머니인 여자의 영혼을 거두지 말아 달라고 부탁했다.

3 ㉠의 뜻으로 알맞은 것은 무엇인가요? (   )

어휘
어법

① 촛불처럼 쉽게 녹아 버려 불안한 존재들이에요.

② 촛불처럼 급할 때만 나에게 필요한 존재들이에요.

③ 촛불처럼 내 삶을 비추어 나에게 힘을 준 존재들이에요.

④ 촛불처럼 힘이 약해 내가 도와주어야 하는 존재들이에요.

⑤ 촛불처럼 쉽게 흔들려 내가 잡아 주어야 하는 존재들이에요.

4 '여인'의 성격으로 알맞지 <u>않은</u> 것은 무엇인가요? (   )

추론
하기

① 착하고 정이 많다.

② 자신의 삶을 열심히 살아간다.

③ 자신의 가족만 사랑으로 돌본다.

④ 불쌍한 사람을 외면하지 못한다.

⑤ 어려운 처지에도 다른 이를 돕는 일에 앞장선다.

5

추론
하기

[보기]를 참고할 때, ⓒ에 대한 답으로 알맞은 것은 무엇인가요? (   )

> [보기] 어느 날, 화려한 옷을 입은 부자가 세묜의 구둣방을 찾아와 장화를 주문했다.
> "돈은 얼마든지 줄 테니 1년이 지나도 끄떡없을 만큼 튼튼한 장화를 만들어 주게나."
> 그런데 다음 날, 부자의 하인이 급하게 세묜을 찾아왔다.
> "주인님이 주문한 장화는 필요없게 됐어요. 어젯밤에 갑자기 돌아가셨거든요. 대신 관 속에서 신으실 슬리퍼를 만들어 주세요."
> 이 말을 들은 세묜이 혀를 차며 말했다.
> "쯧쯧, 당장 필요한 건 장화가 아니라 슬리퍼였는데……. 어떻게 알았겠나?"

① 자신이 언제 가장 행복한지 아는 것이다.

② 얼마나 많은 재산을 벌어야 할지 아는 것이다.

③ 누가 자신을 진심으로 사랑하는지 아는 것이다.

④ 자신에게 진정 필요한 것이 무엇인지 아는 것이다.

⑤ 자신이 진심으로 사랑하는 사람은 누구인지 아는 것이다.

6

주제
찾기

ⓒ의 답이면서 이 글의 주제로 알맞은 것은 무엇인가요? (   )

① 마음속의 사랑   ② 신에 대한 믿음

③ 자신에 대한 걱정   ④ 고난을 극복하는 의지

⑤ 앞날을 풀어 가는 지혜

7

감상
하기

이 글을 읽고 난 독자의 반응으로 알맞지 <u>않은</u> 것은 무엇인가요? (   )

① 다른 사람을 사랑할 때 내게도 행복이 온다는 것을 알게 됐어.

② 어려운 시련도 이웃 간의 사랑으로 극복할 수 있다고 생각했어.

③ 어려운 이웃을 도우려면 집안 형편이 넉넉해야 한다고 생각했어.

④ 우리 주변의 어려운 이웃들에게 관심을 가져야겠다는 생각을 했어.

⑤ 모두가 이웃에 관심을 가지면 세상이 더 따뜻해질 것이라고 생각했어.

10회 지문 익힘 어휘

1 뜻에 알맞은 낱말을 찾아 선으로 이으세요.

어휘
의미

(1) 딱하고 불쌍하다.	•		•	㉮ 가엾다
(2) 단정하고 세련되다.	•		•	㉯ 애원하다
(3) 높은 곳에서 떨어지다.	•		•	㉰ 추락하다
(4) 예를 갖추어 떠나보내다.	•		•	㉱ 말쑥하다
(5) 애처롭게 사정하여 간절히 부탁하다.	•		•	㉲ 전송하다

2 빈칸에 들어갈 알맞은 낱말을 [보기]에서 찾아 쓰세요.

어휘
활용

[보기]	추락	애원	전송	말쑥	가여워

(1) 호랑이를 만난 선비는 살려 달라고 (   )했다.

(2) 나는 다리를 다친 고양이가 (   ) 집에 데려왔다.

(3) 폭풍우에 비행기가 (   )했다는 소식이 들려왔다.

(4) 고모의 결혼식날, 아빠는 양복을 (   )하게 입으셨다.

(5) 우리 가족은 군대에 들어가는 형을 (   )하기 위해 부대 앞까지 왔다.

3 [보기]의 밑줄 친 낱말과 <u>같은</u> 뜻으로 쓰인 것은 무엇인가요? (   )

어휘
확장

[보기]	여인은 아이들이 봄에 신을 구두를 <u>맞추어</u> 주려고 왔다.

① 동생은 엄마의 비위를 <u>맞추려고</u> 애교를 떨었다.

② 아저씨는 문짝을 문틀에 <u>맞추려고</u> 길이를 쟀다.

③ 나는 안경을 <u>맞추러</u> 엄마와 동네 안경점에 갔다.

④ 아빠는 내가 하교하는 시간에 <u>맞추어</u> 전화를 하셨다.

⑤ 아이들은 서로 정답을 <u>맞추어</u> 보느라고 정신이 없었다.

 →

빛 광

'광(光)' 자는 '빛' 또는 '빛나다'라는 뜻을 가지고 있어요. 어진 사람 인(儿) 자와 불 화(火) 자가 합쳐져 사람의 머리 위가 빛나는 모습을 표현했어요.

● 다음 획순에 따라 한자를 따라 쓰세요.

光	ㅣ	ㅓ	ㅓ	ㅗㅏ	业	并	光		
光	光	光							

광선 光線
(빛 광, 줄 선)

빛의 줄기.
예 엑스선 같은 광선은 의료용으로 사용된다.
비슷한말 빛살

광채 光彩
(빛 광, 채색 채)

밝고 아름다운 빛.
예 엄마의 다이아몬드 반지에서는 광채가 났다.

발광 發光
(필 발, 빛 광)

빛을 냄.
예 반딧불은 몸 안에 발광 물질을 가지고 있다.

Q 밑줄 친 글자의 뜻으로 알맞은 것은 무엇인가요? (   )

| 광선 | 광채 | 발광 |

① 선   ② 줄   ③ 강   ④ 빛   ⑤ 길

3주

한자 答 (대답 답) 자

[앞 이야기] 옛날에 왕치*와 소새*, 그리고 개미가 한집에 살았다. 어느 가을날, 셋은 하루씩 맡아 잔치를 치르기로 한다. 첫 날은 개미가 촌 마누라의 넓적다리를 물어 그녀가 내팽개친 밥 광주리로 푸짐한 상을 차리고, 둘째 날은 소새가 잉어를 잡아 와서 맛있게 먹었다. 셋째 날을 맡은 왕치는 물가에서 잉어를 잡으려다 잉어에게 잡아먹혀서 친구들이 찾아 나섰다.

　어느덧 날은 저물어 땅거미*가 져서 더 찾을래야 찾을 수도 없고, 소새는 마음만 한껏 초조하면서, 거듭 뉘우쳐 싸면서 하릴없이* 집으로 돌아가기로 했다. 혹시 그동안 왕치가 제풀에* 돌아와서 있으면 얼마나 좋을까 하는 작은 희망을 가지고.

　그리하여 마침 수면을 날아 건너는데, 잉어가 한 놈 굼실거리며* 물 위로 떠오르는 게 보였다. 이 왕이니 사냥이나 해 가지고 갈 생각으로 홱, 몸을 떨어뜨리면서 주둥이로 잉어의 눈을 꿰어 찼다*.

　집에서는 개미가 먼저 돌아와서 까맣게 혼자 기다리고 있었다.

　둘이는 필경* 일을 저지른 일이라고 걱정에 땅이 꺼졌으나*, 다시 더 찾아본들 날은 이미 저물었고, 밝는 다음 날로 미루는 수밖에 없었다.

　하나가 빠졌는데 집 안이 텅 빈 것 같이 섭섭한 집 안에서, 둘이는 방금 소새가 잡아 가지고 온 잉어를 먹기 시작했다. 좋은 음식을 대하니, 한결* 없는 동무가 생각이 나서 목에 걸렸다*.

　중간쯤 먹었을 때였다.

　별안간 후루룩하더니 둘이가 먹고 있던 잉어 배때기 속에서 왕치가 풀쩍 뛰어나오는 것이었다. 아까, 왕치를 산 채로 먹은 그 잉어를 공교로이* 소새가 잡아 온 것이었다.

　소새와 개미는 (반가운 것도 반가운 것이지만, 깜짝 놀라) 뒤로 나자빠지는데, 풀쩍 그렇게 잉어 배때기 속에서 뛰어나오면서 하는 왕치의 거동*이 과연 절창*이었다.

　㉠"휘! 더워! 어서들 먹게! 아, 이놈의 걸 내가 잡느라고 어떻게 그만 애를 썼던지! 에이 덥다! 어서들 먹게!"

　이렇게 너스레*를 떨면서, 땀 난 이마를 쓱쓱 손바닥으로 씻으면서.

　㉡소새는 반가운 것도 놀란 것도 인제는 어디로 가고, 슬그머니 배알*이 상했다. 잡기를 번연히* 소새 제가 잡아, 그 덕에 생선 배때기 속에서 귀신도 모르게* 죽을 것을 살려 냈어, 한 것을, 넉살* 좋게, 제가 잡느라고 애를 쓴 것은 무어며, 숫제* 어서들 먹으라고 계속 생색*을 내니, 세상에 그런 비위 장도 있더냐 말이었다.

　소새는 그래서 주둥이가 한 자*나 되게 뚜― 하니 나와 가지고는 샐룩한* 눈을 깔아뜨리고 앉아 말이 없었다.

낱말
풀이

*왕치 방아깨비의 큰 암컷. *소새 물새의 한 종류. *땅거미 해가 진 후 밤이 되기 전까지 조금 어두운 상태. *하릴 없이 달리 어떻게 할 방법이 없이. *제풀에 내버려 두어도 자기 혼자 저절로. *굼실거리며 신체 일부를 느리게 자꾸 움직이며. *찼다 날쌔게 움켜 가졌다. *필경 마지막에 가서는. *땅이 꺼졌으나 몹시 깊고도 크게 한숨을 쉬었으나. *한결 전보다 훨씬 더. *목에 걸렸다 마음이 편치 않고 걱정되었다. *공교로이 우연히 뜻밖의 일이 일어나서 놀랍게. *거동 몸을 움직이는 태도나 행동. *절창 뛰어나게 잘 부르는 노래. *너스레 수다스럽게 떠벌려 늘어놓는 말. *배알 '속마음'을 낮잡아 이르는 말. *번연히 훤하게 들여다보이듯이 분명하게. *귀신도 모르게 아무런 티가 나지 않을 정도로 아주 감쪽같게. *넉살 부끄러운 기색 없이 비위 좋게 구는 것. *숫제 아예 전적으로. *생색 자기가 잘한 일을 지나치게 드러내는 태도. *자 길이의 단위. 30.3센티미터. *샐룩한 한쪽으로 쏠리거나 기울어지게 움직인. *단박 그 자리에서 바로. *발 길이의 단위.

개미는 비로소 정신을 차려 둘이를 다시금 보니, 참 우스워 기절을 하였겠다.

속을 못 차리고 공짜를 너무 바라면 이마가 벗어진다더니, 정말 왕치는 이마의 땀을 쓱쓱 씻는데 보기좋게 대머리가 훌러덩 단박*에 벗어지고 만 것이었다.

소새는 또 주둥이가 한 발*이나 쑥– 나와 버렸고.

개미는 하도하도 우습다 못해 대굴대굴 구르다가 그만 허리가 부러지고 말았다.

– 채만식, 「왕치와 소새와 개미와」

1 이 글에 대한 설명으로 알맞지 <u>않은</u> 것은 무엇인가요? (   )

세부
내용

① 동물을 주인공으로 하여 교훈을 전하는 우화이다.

② 동물에 대한 지식이나 정보를 알기 쉽게 풀어 썼다.

③ 동물의 생김새에 대한 이야기를 재미있게 꾸며 썼다.

④ 소리나 모양을 흉내 내는 말을 사용해 내용을 실감 나게 표현했다.

⑤ 세 동물들의 행동을 통해 여러 유형의 인간들을 빗대어 보여 주고 있다.

2 이 글에서 일이 일어난 차례대로 기호를 쓰세요.

구조
알기

㉮ 잉어 배 속에서 왕치가 뛰어나왔다.

㉯ 집에 돌아온 소새는 개미와 잡아 온 잉어를 먹었다.

㉰ 왕치는 자신이 잉어를 잡았으니 어서 먹으라고 말했다.

㉱ 소새가 왕치를 찾아 나섰다가 물 위로 떠오른 잉어를 사냥했다.

㉲ 왕치는 대머리가 되고, 소새는 주둥이가 길어지고, 개미는 허리가 부러졌다.

(   ) → (   ) → (   ) → (   ) → (   )

3 ㉠에 나타난 '왕치'의 태도에 어울리는 속담은 무엇인가요? (   )

어휘
어법

① 등잔 밑이 어둡다

② 고양이 목에 방울 달기

③ 남의 떡으로 선심 쓴다

④ 사공이 많으면 배가 산으로 간다

⑤ 콩 심은 데 콩 나고 팥 심은 데 팥 난다

4

세부
내용

ⓒ처럼 '소새'가 마음이 상한 까닭은 무엇인가요? (   )

① 왕치가 무사히 살아 돌아와서
② 왕치를 먹은 잉어를 잡지 못해서
③ 오랜만에 만난 왕치가 인사를 하지 않아서
④ 소새가 왕치가 잡은 것보다 작은 잉어를 잡아와서
⑤ 소새가 왕치를 구했는데 왕치가 자신이 잉어를 잡았다고 생색을 내서

5

추론
하기

'왕치'의 성격으로 알맞은 것은 무엇인가요? (   )

① 점잖고 침착하다.   ② 억세고 야무지다.
③ 너그럽고 다정하다.   ④ 매정하고 쌀쌀맞다.
⑤ 뻔뻔하고 이기적이다.

6

비판
하기

등장인물에게 해 줄 말로 알맞지 <u>않은</u> 것은 무엇인가요? (   )

① 왕치야, 너의 목숨을 구해 준 소새에게 고맙다는 인사를 해야지.
② 소새야, 왕치가 공짜를 좋아하다가 대머리가 되어 안타까웠겠구나.
③ 왕치야, 솔직하지 못하고 거짓말만 하면 친구들과 잘 지낼 수 없어.
④ 개미야, 친구의 외모가 우습다고 해서 친구 앞에서 웃어서는 안 돼.
⑤ 소새야, 네가 잡은 잉어를 왕치가 자신이 잡았다고 말해서 속상했지?

7

감상
하기

[보기]를 참고해 이 글을 알맞게 감상하지 <u>못한</u> 것은 무엇인가요? (   )

[보기]   '풍자'란 개인의 어리석음이나 사회의 문제를 드러내려고 인물이나 사건을 사실보
다 부풀려서 과장하거나 웃음을 일으킬 수 있게 넌지시 비판하는 방법이다. 글쓴이는
'풍자'의 방법으로 이치에 맞지 않는 부당한 세상일과 이기적이고 겉과 속이 다른 인
간들의 성격과 태도를 거침없이 비웃으며 날카롭게 비판하고 있다.

① 글쓴이는 이 글에 등장하는 세 동물의 행동을 통해 세상일을 풍자하고 있어.
② 왕치와 소새, 개미가 한집에 사는 모습은 여럿이 함께 살기 힘든 현실을 드러내고 있어.
③ 공짜로 생색을 내려는 왕치의 말과 행동을 우습게 표현해 사람은 염치를 알아야 한다는 교훈
을 주고 있어.
④ 집으로 돌아와 생색내는 왕치를 보고 마음 상한 소새는 속이 좁고 쉽게 토라지는 사람을 빗대
어 표현한 거야.
⑤ 글쓴이는 왕치와 소새, 개미가 가진 생김새의 내력과 다양한 인간들의 성격과 태도를 간접적
으로 보여 주고 있어.

11회 지문 익힘 어휘

1
어휘
의미

낱말과 그 뜻이 알맞게 짝 지어지지 <u>않은</u> 것은 무엇인가요? (   )

① 하릴없다: 달리 어떻게 할 방법이 없다.

② 제풀에: 내버려 두어도 자기 혼자 저절로.

③ 거동: 부끄러운 기색 없이 비위 좋게 구는 것.

④ 공교롭다: 우연히 뜻밖의 일이 일어나서 놀랍다.

⑤ 생색: 자기가 잘한 일을 지나치게 드러내는 태도.

2
어휘
활용

빈칸에 들어갈 알맞은 낱말을 찾아 선으로 이으세요.

(1) 경찰은 [   ]이/가 수상한 남자를 계속 지켜보았다. •

(2) 감나무에 달린 홍시가 너무 익었는지 [   ] 떨어졌다. •

(3) 우리 가족이 오랜만에 갔던 동물원은 [   ] 수리중이었다. •

(4) 우리 집 막내인 구름이가 다쳤으니 꾸중을 들어도 [   ] 일이다. •

(5) 민지는 누구나 할 수 있는 사소한 일을 도와주면서도 [   ]을/를 잘 낸다. •

• ㉮ 생색

• ㉯ 거동

• ㉰ 제풀에

• ㉱ 공교롭게

• ㉲ 하릴없는

3
어휘
확장

밑줄 친 관용 표현의 뜻을 찾아 기호를 쓰세요.

(1) 엄마가 많이 아프다는 누나의 말이 온종일 생각나서 <u>목에 걸렸다</u>. ⋯⋯⋯⋯ (   )

㉮ 마음이 편치 않고 걱정되다.

㉯ 어떤 일이 잘 진척되지 않고 막히다.

(2) 오랜 가뭄에도 비가 오지 않자 농부들은 <u>땅이 꺼지도록</u> 한숨을 쉬었다. ⋯⋯⋯ (   )

㉮ 한숨을 쉬는 것을 알지 못하게.

㉯ 한숨을 쉴 때 몹시 깊고도 크게.

(3) 외국 첩자가 <u>귀신도 모르게</u> 군사 시설의 정보를 빼냈다는 뉴스가 나왔다. ⋯⋯ (   )

㉮ 뜻밖이어서 그 속내를 알 수 없다.

㉯ 아무런 티가 나지 않을 정도로 아주 감쪽같다.

[앞 이야기] 추운 겨울, 굶주리던 장끼가 아내 까투리와 아홉 아들, 열두 딸들과 함께 먹을 것을 찾아 들판을 헤매다가 콩 한 쪽을 발견하고 먹으려고 한다. 그러자 까투리가 전날 꾼 꿈이 불길하다며 먹지 말라고 말렸다.

장끼는 아녀자*가 남자를 꾸짖는다고 화가 나서 날개를 푸드덕거리고 머리를 내흔들었다.

"조심과 염치*가 무엇인지 모르겠소? 조심하다 지레* 죽고 염치 차리다가 굶어 죽은 사람이 얼마나 많소? 염치도 부질없고* 먹는 것이 으뜸이오. 옛날에는 남에게 보리밥을 얻어먹고 임금 되고, 식은 밥을 달게 먹고 큰 장수가 되었소. 나도 이 콩을 주워 먹고 기러기나 봉새*보다 더 이름 높은 큰 재목*이 될지 누가 알겠소?"

까투리는 참고 참다가 마음을 독하게 먹고 대답했다.

"그 콩 먹고 잘된다는 말씀은 하지 마세요. 예의, 염치 버리고 벼슬 욕심만 차리다가 무덤의 잔디나 지키는 황천부사*가 되시면 이 세상과 영원히 이별할 텐데, 그때 가서 후회하면 무슨 소용이에요? 고집불통*이 지나치면 나랏일이나 사사로운* 일이나 낭패*를 보지요. 임금이 백성의 마음을 등지고 고집만 부리면 나라를 잃는다는 옛이야기도 못 들었어요? 장수가 고집을 부리면 군사를 다 잃는다는 이야기를 못 들었어요? 고집이 지나치면 예나 지금이나 신세* 망치는 줄 어찌 모르나요?"

"콩을 먹으면 다 죽는다는 말이오? 옛글을 보면 콩 '태' 자가 들어간 사람은 귀하게 되었소. 유명한 시인 이태백은 고래를 타고 하늘에 올랐소. 나도 이 콩 달게 먹고 오래 살아 신선* 되어 누런 학 타고 하늘로 올라갈 거요."

장끼는 발을 부여잡고* 애원하는 까투리를 밀치며 저만치 훌뿌리고* 콩 있는 데로 다가들었다. 까투리는 공깃돌처럼 뿌려져서 두세 바퀴를 뒹굴었다. 그러면서도 장끼가 걱정되어 아픈 줄도 모르고 후닥닥 일어서서 두 다리를 절뚝거리면서 황급히* 다가들었다. 다가들면 뿌리치고 뿌리치면 다가드나 연약한 까투리가 장끼의 힘을 당할 수 없었다. 까투리는 저만큼 기진맥진한* 채 쓰러져 눈물을 걷잡지 못하고 원망스레 장끼를 바라보았다.

장끼가 콩을 먹으러 다가들 때 열두 꽁지깃 펼쳐 들고 고개를 꾸벅꾸벅 조아리며 주춤주춤 가까이 갔다. 넘어진 까투리가 죽을힘을 다 써서, "먹지 마요!" 하려는데 때는 이미 늦었다. 장끼가 반달 같은 부리로 날래게 콩을 콱 찍었다. 그때 두 고패*가 둥그러지며 머리 위에서 와지끈 뚝딱하더니 장끼가 꼼짝없이 덫에 걸려들었다. 장끼가 비명*을 지르며 발버둥을 쳤다.

"여보! 이렇게 될 줄 왜 몰랐나요? 여자 말을 잘 들어도 망하고 안 들어도 망하네."

낱말
풀이

*아녀자 '여자'를 낮추어 이르는 말. *염치 부끄럽거나 미안한 것을 아는 마음. *지레 어떤 일이 일어나기 전이나 어떤 때가 되기 전에 미리. *부질없고 헛되고 쓸모가 없고. *봉새 중국 전설에 나오는 상상의 새. *재목 어떤 일에 적합한 능력을 가진 인물. *황천부사 저승을 지키는 벼슬. 글쓴이가 만들어 낸 벼슬임. *고집불통 자기의 생각이나 주장을 굽힐 줄 모르고 고집이 셈. *사사로운 공적이 아닌 개인적인 성질이 있는. *낭패 일이 잘 풀리지 않고 꼬여서 곤란해지는 것. *신세 불행한 일과 관련된 한 사람의 상황이나 형편. *신선 현실 세계를 떠나 도를 닦으며 사는, 신기한 능력을 가지고 있다는 상상의 사람. *부여잡고 두 손으로 힘껏 붙들어 잡고. *훌뿌리고 업신여겨 함부로 냉정하게 뿌리치고. *황급히 몹시 어수선하고 매우 급하게. *기진맥진한 몹시 지쳐서 기운이 빠지고 맥이 풀린. *고패 높은 곳에 물건을 달아 올리고 내리기 위한 줄을 걸치는 작은 바퀴나 고리. *비명 크게 놀라거나 매우 괴로울 때 내는 소리. *탄식하며 슬프거나 걱정스러워 한숨을 내쉬며.

까투리가 눈밭을 뒹굴고 가슴을 치며 울었다. 이에 아홉 아들과 열두 딸, 친척들도 달려와 탄식하며* 울부짖었다.

– 「장끼전」

1 이 글에 대한 설명으로 알맞지 <u>않은</u> 것은 무엇인가요? (   )

세부
내용

① 사람처럼 표현된 동물이 이야기를 이끌어 간다.
② 장끼와 까투리의 대화를 통해 인물의 성격을 보여 준다.
③ 말하는 이가 작품 밖에서 인물의 상황과 마음을 들려준다.
④ 소리나 모양을 흉내 내는 말로 인물의 행동을 생생하게 보여 준다.
⑤ 남편에게 아무 말도 못하는 까투리를 통해 당시의 전통적인 여성상을 보여 준다.

2 '장끼'가 콩을 먹은 까닭으로 알맞은 것은 무엇인가요? (   )

세부
내용

① 여자인 까투리의 의견을 무시해서
② 까투리가 콩에 독을 넣은 줄 몰라서
③ 가장인 자신이 콩을 먼저 먹어 보려고
④ 까투리가 덫이 놓인 것을 알려 주지 않아서
⑤ 장끼가 먼저 콩을 먹은 다음 가족들에게 주려고

3 다음 빈칸에 들어갈 알맞은 한자 성어는 무엇인가요? (   )

주제
찾기

> 글쓴이는 이 작품에서 두 가지 사건을 통해 당시 사회를 비판하고 있다. 첫 번째는 남편 장끼가 아내 까투리의 말을 듣지 않아 콩을 먹은 뒤 죽는 것이고, 두 번째는 아내 까투리가 남편이 죽은 후 곧바로 재혼을 하는 것이다. 글쓴이는 이 사건들을 통해 조선 시대의 유교에서 나온 [   ]와/과 재혼 금지를 비꼬고 있다.

① 선남선녀(善男善女): 성품이 착한 남자와 여자.
② 대대손손(代代孫孫): 여러 대를 이어서 내려오는 모든 자손.
③ 남녀노소(男女老少): 남자와 여자, 늙은이와 젊은이의 모든 사람.
④ 백년가약(百年佳約): 부부가 되어 평생을 함께 지낼 것을 맹세하는 약속.
⑤ 남존여비(男尊女卑): 남자는 지위가 높고 귀하며, 여자는 지위가 낮고 천하다고 여김.

4 이 글을 읽고 떠올린 장면으로 알맞지 <u>않은</u> 것은 무엇인가요? (　　　)

추론
하기

① 장끼가 콩을 먹으려고 달려드는 장면
② 까투리가 콩을 먹으려는 장끼를 말리는 장면
③ 덫에 걸린 장끼를 보고 가족들이 통곡하는 장면
④ 장끼와 까투리가 정답게 아들과 딸을 돌보는 장면
⑤ 장끼와 까투리가 콩을 앞에 두고 이야기하는 장면

5 '장끼'와 '까투리'의 성격으로 알맞게 짝 지어진 것은 무엇인가요? (　　　)

추론
하기

	장끼	까투리
①	온순하고 섬세함.	상냥하고 차분함.
②	상냥하고 차분함.	어리석고 아둔함.
③	신중하고 현명함.	덤벙대고 경솔함.
④	고집스럽고 어리석음.	거칠고 과격함.
⑤	고집스럽고 어리석음.	당차고 지혜로움.

6 '장끼'에게 해 줄 말로 가장 알맞은 것은 무엇인가요? (　　　)

비판
하기

① 자신의 목적을 이루려고 거짓말을 해서는 안 돼.
② 높은 벼슬을 얻으려고 쓸데없는 욕심을 부려서는 안 돼.
③ 자신만 옳다고 하지 말고 다른 사람의 충고도 들어야 해.
④ 콩을 먹으면 신선이 될 수 있다는 헛된 생각을 버려야 해.
⑤ 아무리 배가 고프더라도 가족과 음식을 나누어 먹어야 해.

7 [보기]를 참고해 이 글을 감상한 것으로 알맞지 <u>않은</u> 것은 무엇인가요? (　　　)

감상
하기

> [보기]　'우화'는 일반적으로 사람처럼 말하고 행동하는 동물들이 주인공으로 등장해 인간의
> 어리석음과 약점을 드러내 도덕적인 교훈을 준다. 이 작품 역시 동물이 주인공으로
> 등장해 이들의 행동을 통해 당시의 사회 제도나 사상을 비판하거나 풍자해 읽는 이들
> 에게 교훈을 준다.

① 종민: 아내의 말을 무시하는 장끼를 통해 남성 위주의 사고방식을 엿볼 수 있어.
② 유진: 글쓴이는 장끼와 까투리를 등장시켜 당시의 사회 모습을 돌려서 비판하려고 했어.
③ 혜민: 굶주림에 콩을 먹다가 덫에 걸린 장끼의 처지는 백성들의 고된 삶을 보여 주고 있어.
④ 선율: 아내의 말을 듣지 않아 죽은 장끼를 통해 눈앞의 이익만 좇는 사람들을 비판하고 있군.
⑤ 지아: 남편의 뜻에 따르지 않고 자신의 의견을 밝힌 까투리를 통해 당시의 유교적 가치관을 보여 주고 있어.

12회 지문 익힘 어휘

1 뜻에 알맞은 낱말을 [보기]에서 찾아 쓰세요.

어휘
의미

[보기]	지레	염치	재목	탄식하다	사사롭다

(1) (   ): 부끄럽거나 미안한 것을 아는 마음.

(2) (   ): 공적이 아닌 개인적인 성질이 있다.

(3) (   ): 어떤 일에 적합한 능력을 가진 인물.

(4) (   ): 슬프거나 걱정스러워 한숨을 내쉬다.

(5) (   ): 어떤 일이 일어나기 전이나 어떤 때가 되기 전에 미리.

2 빈칸에 들어갈 알맞은 낱말의 기호를 쓰세요.

어휘
활용

(1) 매번 얻어먹으니 ☐이/가 없어서 안되겠어. ·· (   )
    ㉮ 재목   ㉯ 염치   ㉰ 낭패

(2) 논리적으로 말을 잘하는 영우는 변호사가 될 ☐이다. ····················· (   )
    ㉮ 재목   ㉯ 선두   ㉰ 제목

(3) 나는 이가 아파서 병원에 가기도 전에 ☐ 겁을 먹었다. ··················· (   )
    ㉮ 지레   ㉯ 고이   ㉰ 황급히

(4) 나랏일을 하는 공무원들은 ☐ 감정으로 일해서는 안 된다. ················ (   )
    ㉮ 부질없는   ㉯ 부여잡은   ㉰ 사사로운

3 밑줄 친 낱말의 뜻을 [보기]에서 찾아 기호를 쓰세요.

어휘
확장

[보기]	• 차리다: ㉮ 자기의 이익을 따져 챙기다.
	㉯ 기운이나 정신 등을 가다듬어 되찾다.
	㉰ 음식 등을 장만하여 먹을 수 있게 상 위에 벌이다.
	㉱ 마땅히 지켜야 할 도리나 예절, 격식 등을 갖추다.

(1) 엄마는 할머니 생신을 맞아 잔칫상을 <u>차리셨다</u>. (   )

(2) 산에 오르는 데만 열중했는데, 정신을 <u>차려</u> 보니 정상이었다. (   )

(3) 유명한 사업가는 제 욕심만 <u>차려서는</u> 성공할 수 없다고 말했다. (   )

(4) 우리나라는 예로부터 손님에게 정중하게 예를 <u>차려서</u> 대접했다. (   )

웃는 기와

이봉직

옛 신라* 사람들은
웃는 기와*로 집을 짓고
웃는 집에서 살았나 봅니다.

기와 하나가
처마* 밑으로 떨어져
얼굴 한 쪽이
금* 가고 깨졌지만*
㉠웃음은 깨지지 않고

나뭇잎 뒤에 숨은
초승달*처럼 웃고 있습니다.

나도 누군가에게
한 번 웃어 주면
천 년을 가는
그런 웃음을 남기고* 싶어
웃는 기와 흉내를 내 봅니다.

낱말풀이

＊**신라** 우리나라 고대의 삼국 가운데 한반도의 남동쪽에 있던 나라. ＊**기와** 지붕을 덮어서 이는 데 쓰는 물건. ＊**처마** 집에서 지붕이 벽이나 기둥 밖으로 나와 있는 부분. ＊**금** 갈라진 틈에 생긴 가느다란 흔적. ＊**깨졌지만** 단단한 물건이 여러 조각이 났지만. ＊**초승달** 음력 초순에 뜨는 가느다란 달. ＊**남기고** 잊히지 않게 해 나중에까지 전해지게 하고.

1

세부
내용

이 시에 대한 설명으로 알맞지 <u>않은</u> 것은 무엇인가요? (　　　)

① 4연 15행으로 구성되어 있다.

② 웃는 기와를 본 느낌을 솔직하게 표현했다.

③ 웃는 기와에 담긴 역사적 사실을 찾아냈다.

④ 웃는 기와를 보고 옛사람들의 모습을 떠올렸다.

⑤ 사람이 아닌 웃는 기와를 마치 사람처럼 표현했다.

2

어휘
어법

이 시에서 '웃는 기와'를 빗대어 표현한 것은 무엇인가요? (　　　)

① 집　　　　　　　　② 기와　　　　　　　　③ 처마

④ 초승달　　　　　　⑤ 신라 사람들

3

세부
내용

㉠의 까닭으로 알맞은 것은 무엇인가요? (　　　)

① 옛사람들의 얼굴을 상상한 것이므로

② 기와가 깨지는 소리가 웃는 소리처럼 들려서

③ 기와에 금이 간 것이 마치 웃는 것처럼 보여서

④ 초승달에 비친 모습이 깨지지 않은 것처럼 보여서

⑤ 기와에 담긴 웃는 모습이 변함없이 이어져 오고 있어서

4

추론
하기

이 시의 분위기로 알맞은 것은 무엇인가요? (　　　)

① 밝고 따뜻하다.　　　　　　　② 쓸쓸하고 외롭다.

③ 엄숙하고 웅장하다.　　　　　④ 어둡고 암울하다.

⑤ 산만하고 어수선하다.

5

추론
하기

이 시를 읽고 떠올릴 수 있는 장면이 <u>아닌</u> 것은 무엇인가요? (   )

① 기와 하나가 처마 밑으로 떨어지는 모습

② 신라 사람들의 집에 웃는 기와가 올려진 모습

③ 거울을 보고 사진 찍는 표정을 연습하는 모습

④ 박물관에서 웃는 기와를 바라보는 아이의 모습

⑤ 신라 사람들이 집 안에서 서로 즐겁게 이야기하며 웃는 모습

6

주제
찾기

다음은 각 연의 주제입니다. ㉮에 공통으로 들어갈 알맞은 낱말은 무엇인가요? (   )

1연	웃는 기와로 집을 짓고 살았던 옛 신라 사람들을 상상함.
2, 3연	기왓장은 깨졌지만 웃음은 깨지지 않았음.
4연	나도 천 년의 [㉮]을/를 남기고 싶음.

↓

주제	나도 누군가에게 [㉮]을/를 주는 사람이 되고 싶음.

① 기와   ② 웃음   ③ 얼굴   ④ 흉내   ⑤ 초승달

7

감상
하기

[보기]를 참고해 이 시를 감상한 것으로 알맞지 <u>않은</u> 것은 무엇인가요? (   )

> [보기]   이 시는 글쓴이가 국립 경주 박물관에 있는 신라의 얼굴 무늬 수막새를 보고 쓴 것이다. '수막새'란 목조 건물의 처마 끝에 있는 무늬 기와로, 인상적인 푸근한 미소 덕분에 경주에서 '신라의 미소' 혹은 '천년의 미소'라고 불리며 유명해졌다. 그 뒤 신라와 경주시를 상징하는 유물로 자리 잡았고, 2018년 11월에는 보물 제2010호로 지정되었다.

① 말하는 이는 박물관에서 웃는 기와를 보고 있구나.

② 글쓴이는 웃는 기와가 만들어졌던 때의 상황을 상상해 보고 있어.

③ 깨진 기왓장에서 천 년을 이어 온 웃음을 발견한 글쓴이의 상상력이 놀라워.

④ 웃는 기와가 오늘날까지 감동을 주고 있는 것을 '천 년을 가는 웃음'으로 표현했어.

⑤ 글쓴이는 웃는 기와가 깨져서 조상들의 웃음이 훼손되고 있는 것을 안타까워하고 있어.

13회 지문 익힘 어휘

1
어휘
의미

낱말과 그 뜻이 알맞게 짝 지어지지 <u>않은</u> 것은 무엇인가요? (   )

① 금: 갈라진 틈에 생긴 가느다란 흔적.

② 처마: 기둥 밑에 기초로 받쳐 놓은 돌.

③ 초승달: 음력 초순에 뜨는 가느다란 달.

④ 기와: 지붕을 덮어서 이는 데 쓰는 물건.

⑤ 남기다: 잊히지 않게 해 나중에까지 전해지게 하다.

2
어휘
활용

빈칸에 들어갈 알맞은 낱말을 [보기]에서 찾아 쓰세요.

[보기]	금	처마	기와	남긴	초승달

(1) 지진이 일어나 오래된 건물 벽에 (   )이/가 갔다.

(2) 옛날부터 미인의 눈썹을 (   )에 빗대어 표현했다.

(3) 우리 모둠은 역대 대통령들이 (   ) 업적을 조사하기로 했다.

(4) 한옥에 있으면 (   )에서 떨어지는 빗방울만큼 아름다운 것이 없다.

(5) 일꾼들은 집을 짓는 마지막 과정으로 지붕 윗부분부터 (   )을/를 올렸다.

3
어휘
확장

밑줄 친 낱말의 뜻을 찾아 선으로 이으세요.

(1) 동생이 돌에 걸려 넘어져서 무릎이 <u>깨졌다</u>.	㉮ 얻어맞거나 부딪혀서 상처가 나다.
(2) 나는 약속이 <u>깨져서</u> 하루 종일 집에서 보냈다.	㉯ 단단한 물건이 여러 조각이 나다.
(3) 남자 수영 경기에서 세계 기록이 10년 만에 <u>깨졌다</u>.	㉰ 일 등이 틀어져 이루어지지 않다.
(4) 창문으로 들어온 바람에 할아버지가 아끼시던 도자기가 <u>깨졌다</u>.	㉱ 어려운 관문이나 기록 등이 돌파되다.
(5) 남자 간호사에 대한 고정관념이 <u>깨</u>지면서 남자 간호사가 늘어났다.	㉲ 지속되던 분위기 등이 갑자기 바뀌어 새로운 상태가 되다.

[앞 이야기] 가난해서 중학교에 진학하지 못한 '나(영호)'는 대구에서 문방구 점원으로 일하며 쉬는 날이면 책방에 가서 책을 보는 것을 좋아한다. 문방구에서 길수를 만난 '나'는 길수와 영화관에 가고 자장면을 먹으며 서울로 가고 싶다는 허황된 꿈을 좇게 된다. 어느 날, 우연히 만난 중학교 선생님에게 검정고시로 진학할 방법이 있다는 사실을 알게 된 '나'는 꿈을 이루기 위해 혼자서 책을 읽고 공부하기 시작한다.

(가) 검정고시용* 책들은 나 혼자 힘으로 공부하기에는 벅찬* 것이 많았다. 초등학교에서 전혀 배운 적이 없는 영어나 수학 같은 과목은 정말 힘이 들었다. 혼자서 아무리 끙끙대며 씨름을 해 봐도 끝내 실마리*가 안 풀리는 문제도 많았다. 내 실력으로는 도저히 해결할 수 없는 문제가 나오면 시골에 계신 한 선생님께 편지를 써서 물어보기도 했다. 그러면서 나는 차츰차츰 독학*으로 중학 과정을 밟아 나갔다. 시간이 지나면 물방울로도 바위를 뚫게 된다. 나는 점점 실력이 늘었다. 그럴수록 공부가 더욱 재미났다.

내가 밤늦도록 혼자서 공부에 골몰해* 있으면 대길이는 으레* 옆에서 코를 드르릉대며 잠이 들곤 한다. 그렇지 않을 때는 물끄러미 나를 지켜보다 말고 말을 걸어 온다.

"형은 참 이상하다. 뭐가 좋다고 늘 책만 들여다보나, 응? 말해 봐라. 그 속에 뭐가 들어 있는데?"

"온갖 것들이 다 들어 있지 뭐. 그러지 말고 너도 한번 책하고 사귀어 봐라. 별 희한한 게 다 들어 있단 말야."

"그럼 밥도 들어 있나? 옷도 돈도 있고?"

"그럼 있고말고지. 책만 열심히 읽으면 그런 거는 저절로 생기는 거야. 그보다 훨씬 더 훌륭한 것도 많아."

"정말?"

"그렇다니까. 아, 너도 읽어 보면 알 거 아냐. 옆에서 쓸데없는 소리 말고 나처럼 공부나 해 봐."

"에이, 나는 싫은데. 차라리 일을 하라면 몰라도."

"공부가 왜 싫은데?"

"어려워. 골치가 아프단 말야."

"처음부터 어떻게 알아. 자꾸 노력을 해 봐야지. 너, 밥 먹을 때 ㉠첫술에 배가 부르나? 아니지? 공부도 마찬가지야, 내가 시키는 대로 한번 해 봐. 원한다면 책도 빌려줄게."

"그럼 골치가 아파도 나도 좀 해 볼까."

"그래, 그래라."

대길이도 내 말대로 차츰 공부에 관심을 기울이기 시작했다. 옆에서 나는 공부하는데 저 혼자 빈둥거리자니까* 심심했는지도 모른다. 어쨌든 대길이는 나를 닮아 갔다. 만일 옆에 있는 사람이 내가 아

낱말풀이 ＊**검정고시용** 정규 학교를 졸업한 것과 같은 자격을 얻기 위한 시험을 위해 만듦. ＊**벅찬** 어떤 일을 하기 힘겨운. ＊**실마리** 일이나 사건을 해결해 나갈 수 있는 시작이 되는 부분. ＊**독학** 가르쳐 주는 사람 없이 혼자 공부하는 것. ＊**골몰해** 한 가지 일이나 생각에만 집중해. ＊**으레** 언제나 늘. ＊**빈둥거리자니까** 아무 일 없이 게으름을 피우며 놀기만 하자니까. ＊**노상** 언제나 변함없이 줄곧. ＊**궁리** 어떤 일을 해결할 방법을 깊이 생각함. ＊**열중하면서부터였다** 한 가지 일에 정신을 집중하면서부터였다. ＊**염두** 마음의 속. ＊**설령** 비록 어떻다고 하더라도. ＊**작정** 일을 어떻게 하기로 한 결정.

닌 길수였더라면 대길이는 어떻게 되었을까. 아마 노상* 어디론가 멀리멀리 달아날 궁리*를 하고 있을지도 몰랐다.

내가 박힌 돌로 변한 것은 공부에 열중하면서부터였다*. 나는 이제 대구를 떠날 생각은 염두*에 두지 않았다. 설령* 길수가 나를 데리러 온다 해도 결코 따라가지 않을 작정*이었다. 그보다는 어떻게 하든 검정고시에 합격해 여기서 고등학생이 되어야겠다는 결심이 섰다. ⓒ하늘의 무지개를 바라보기보다는 내 발 앞에 무지개를 그려 보려는 생각이 앞선 것이었다.

– 손춘익, 『땅에 그리는 무지개』

1 세부내용
이 글에 대한 설명으로 알맞은 것은 무엇인가요? (   )
① 장소의 이동에 따라 사건이 달라지고 있다.
② 인물 사이의 갈등이 직접적으로 드러나 있다.
③ 우리나라가 가난했던 시대를 배경으로 하고 있다.
④ 글쓴이가 직접 작품에 개입해 주제를 드러내고 있다.
⑤ 말하는 이는 작품 밖에서 인물과 사건을 관찰하고 있다.

2 세부내용
'나'에 대한 설명으로 알맞지 않은 것은 무엇인가요? (   )
① 독학으로 중학 과정을 밟아 나갔다.
② 아무리 어려운 문제가 나와도 스스로 해결했다.
③ 검정고시에 도전하려고 영어와 수학을 공부했다.
④ 공부에 열중한 뒤로는 대구를 떠나지 않겠다고 마음먹었다.
⑤ 공부하기 싫어하는 대길이를 설득해서 공부를 시작하게 했다.

3 추론하기
㈎ 부분에서 알 수 있는 '나'의 성격으로 알맞은 것은 무엇인가요? (   )
① 모질고 독하다.   ② 사려 깊고 신중하다.
③ 순진하고 고지식하다.   ④ 끈기 있고 의지가 굳다.
⑤ 계산적이고 잇속을 잘 차린다.

4 어휘어법
㉠과 뜻이 통하는 속담은 무엇인가요? (   )
① 천 리 길도 한 걸음부터   ② 백지장도 맞들면 낫다
③ 낫 놓고 기역 자도 모른다   ④ 서당 개 삼 년에 풍월을 읊는다
⑤ 구슬이 서 말이라도 꿰어야 보배

5
추론
하기

ⓛ의 의미를 알맞게 이해한 것은 무엇인가요? (   )

① 금방 사라질 꿈을 좇지 말고 오래 남길 만한 꿈을 찾아보라는 뜻이군.

② 아름다운 꿈은 마음에서 버리고 아름답지 않은 꿈을 마음에 담으라는 뜻이군.

③ 허황된 꿈을 좇기보다 현실에서 이룰 수 있는 꿈을 위해 노력하겠다는 뜻이군.

④ 현실이 어렵고 힘들지라도 포기하지 말고 꿈을 넓고 크게 가져야 한다는 뜻이군.

⑤ 비 온 뒤의 무지개를 보려고 시간 낭비하지 말고 지금 땅에 무지개를 그리라는 뜻이군.

6
비판
하기

'나'에게 해 줄 말로 알맞지 <u>않은</u> 것은 무엇인가요? (   )

① 혼자서 공부하려면 많이 힘들고 어려울 것 같아.

② 일하면서 검정고시를 준비하다니 정말 기특하구나.

③ 대길이가 너를 닮아 간다니 네 마음이 뿌듯할 것 같아.

④ 책을 읽으면 옷과 돈이 생긴다고 거짓말을 해서는 안 돼.

⑤ 한 선생님이 계셔서 어려운 문제를 물어볼 수 있다니 다행이야.

7
감상
하기

[보기]를 참고해 이 글을 감상한 것으로 알맞지 <u>않은</u> 것은 무엇인가요? (   )

> [보기]   어느 시대, 어느 곳에서나 정직하고 씩씩하게 살아가는 사람의 이야기는 소중하다.
> 그리고 아무리 살아가는 형편이 좋아졌다지만 불행한 환경 속에서 고달픈 삶에 쫓기
> 는 어린이들은 지금도 있다. 이 작품은 가난했던 1950년대에 하늘을 바라보며 자신의
> 무지개를 꿈꿨다는 우리 할머니, 할아버지 세대의 이야기이다. 하지만 지금의 우리에
> 게도 여전히 큰 감동을 주는 것은 어려운 환경 속에서도 하늘의 무지개를 바라볼 수
> 있는 꿈과 희망이 담겨 있기 때문이다.

① '내'가 말한 '박힌 돌'은 자신이 이루려고 하는 꿈인 고등학생을 뜻하는 것이군.

② 글쓴이는 '나'의 입을 빌어 불행한 환경을 극복하는 힘은 공부라고 말하고 있네.

③ 검정고시에 합격해서 고등학생이 되려는 '나'의 노력은 오늘날에도 감동을 주고 있어.

④ 낮이 아닌 밤에 혼자서 공부하는 '나'의 모습은 불행한 환경에 있다는 것을 표현한 거야.

⑤ '나'는 전쟁 직후의 어려운 환경 속에서 정직하고 씩씩하게 살아가는 사람을 대표하고 있어.

14회 지문 익힘 어휘

1
어휘
의미

뜻에 알맞은 낱말을 낱말 카드로 만들어 쓰세요.

| 몰 | 차 | 정 | 궁 | 골 | 으 | 작 |

(1) 언제나 늘. → ☐ 레

(2) 어떤 일을 하기 힘겹다. → 벅 ☐ 다

(3) 일을 어떻게 하기로 한 결정. → ☐ ☐

(4) 어떤 일을 해결할 방법을 깊이 생각함.→ ☐ 리

(5) 한 가지 일이나 생각에만 집중하다. → ☐ ☐ 하다

2
어휘
활용

빈칸에 들어갈 알맞은 낱말을 [보기]에서 찾아 쓰세요.

| [보기] | 골몰 | 작정 | 궁리 | 으레 | 벅찬 |

(1) 신하들은 여왕의 화를 풀기 위한 (   ) 끝에 묘안을 짜냈다.

(2) 우리 반은 수업이 끝나면 (   ) 운동장에 모여서 피구를 했다.

(3) 수학 올림피아드에 나온 문제는 초등학생에게 (   ) 문제였다.

(4) 홍수가 나서 이재민이 발생하자 정부가 대책 마련에 (   )했다.

(5) 독감이 유행이라고 하니 당분간은 밖에 나가지 않을 (   )이다.

3
어휘
확장

밑줄 친 낱말과 바꾸어 쓸 수 있는 낱말을 찾아 기호를 쓰세요.

(1) 이 작품은 특정한 사람을 <u>염두</u>에 두고 쓴 것은 아니다. ·························· (   )
　㉮ 주변　　　　㉯ 목표　　　　㉰ 마음속

(2) 뢴트겐은 실험에 <u>골몰한</u> 나머지 밖이 어두워진 것도 몰랐다. ·················· (   )
　㉮ 참여한　　　㉯ 몰두한　　　㉰ 예상한

(3) 형사들은 사건 현장에 남아 있던 발자국을 수사의 <u>실마리</u>로 삼았다. ········· (   )
　㉮ 단서　　　　㉯ 의미　　　　㉰ 징조

예쁘고 매력적인 마틸드는 평범한 교육 공무원*과 결혼했지만, 그런 생활이 늘 불만이었다.

'휴, 이런 궁상맞은* 집과 낡은 가구들은 나와 어울리지 않아……'

그러던 어느 날, 남편 루아젤이 교육부 장관 관저*에서 열리는 만찬*의 초대장을 받았다. 하지만 마틸드는 만찬에 입고 갈 옷과 목걸이가 없다며 투정*을 부렸다. 옷은 루아젤이 마련해 주었지만 비싼 목걸이까지 살 처지*가 아니었다. 마틸드는 친구 포레스티에를 떠올리고 그녀에게 다이아몬드 목걸이를 빌렸다.

아름답고 우아한 마틸드가 만찬장에 들어서자 사람들의 시선이 쏟아졌다*. 마틸드는 자신의 인기를 느끼며 파티를 즐겼다. 그리고 집으로 돌아와 옷을 벗으려던 순간이었다.

"모, 목걸이……. 여보! 다이아몬드 목걸이가 없어졌어요!"

새벽에 허둥지둥 나오느라 마틸드는 목걸이를 잃어버린 것도 몰랐다. 마틸드와 루아젤은 정신없이 목걸이를 찾아 거리를 헤맸지만 찾을 수 없었다. 두 사람은 결국 똑같은 목걸이를 사서 돌려주기로 했다.

루아젤 부부는 닥치는 대로 돈을 빌려 4만 프랑*짜리 다이아몬드 목걸이를 사서 돌려주었다, 포레스티에는 너무 늦게 가져왔다며 보석 상자를 열어 보지도 않았다. ㉠마틸드는 오히려 다행이라고 생각했다.

그때부터 마틸드는 엄청난 빚을 갚기 위해 끔찍한 생활을 했다. 하녀를 내보내고 다락방 셋집*으로 이사해 힘든 부엌일을 하고 더러운 바닥을 닦았다. 루아젤도 장부*를 정리하거나 서류를 대신 써 주고 돈을 벌었다.

10년이 흐른 뒤, 두 사람은 드디어 빚을 모두 갚았다. 그사이에 마틸드는 강하고 억세며 때로는 거친 여자가 되어 있었다. 머리는 아무렇게나 넘기고, 치마도 비스듬히* 입고서 큰 소리를 떠들며 바닥을 청소했다.

어느 일요일, 마틸드가 샹젤리제* 거리를 걸을 때였다. 마틸드는 아이와 함께 산책하는 포레스티에를 보았다. 포레스티에는 여전히 젊고 아름다웠다. 포레스티에는 처음에 늙고 초라해진 마틸드를 알아보지 못했다.

"가엾은 마틸드, 어쩜 이렇게 변했니?"

"그래, 내가 정말 고생을 많이 했어. 이게 다 그 목걸이 때문이야."

"목걸이라니?"

"네게 빌린 다이아몬드 목걸이 말이야. 사실 그때 내가 잃어버려서 똑같은 목걸이를 사서 돌려준

낱말 풀이

＊**공무원** 국가 기관이나 지방 공공 기관에서 일하는 사람. ＊**궁상맞은** 경제적으로 어렵게 보이고 초라한. ＊**관저** 나라에서 대통령, 국무총리 같은 높은 공무원에게 빌려주는 큰 집. ＊**만찬** 손님을 초대하여 함께 먹는 저녁 식사. ＊**투정** 마음에 들지 않거나 못마땅하여 떼를 쓰며 조르는 일. ＊**처지** 처해 있는 형편이나 사정. ＊**쏟아졌다** 어떤 일이나 현상 등이 한꺼번에 많이 생겼다. ＊**프랑** 프랑스의 화폐 단위. ＊**셋집** 돈을 내고 빌려 쓰는 집. ＊**장부** 가게나 회사 같은 데서 돈이나 물건이 들어오고 나가는 것을 적는 공책. ＊**비스듬히** 한쪽으로 조금 기울어진 듯하게. ＊**샹젤리제** 프랑스 파리에 있는 유명한 거리. ＊**홀가분하지만** 걱정되거나 책임질 것 없어 마음이 가볍지만. ＊**모조품** 어떤 물건을 그대로 본떠서 만든 가짜 물건.

거야. 그 돈을 갚는 데 10년이나 걸렸지. 이제 다 갚아서 홀가분하지만*!"

포레스티에는 입을 다물지 못했다.

(가) "그게 정말이니? 그 목걸이는 다이아몬드가 아니야. 고작 5백 프랑짜리 모조품*이었어!"

– 기 드 모파상, 「목걸이」

• • •

1 이 글을 읽는 방법으로 알맞은 것은 무엇인가요? (   )

구조
알기

① 설명하는 대상이 무엇인지 생각하며 읽는다.

② 인물이 처한 상황과 그때 느껴지는 인물의 마음을 살피며 읽는다.

③ 인물이 추구하는 가치를 파악하고 인물의 삶에서 주는 교훈을 찾는다.

④ 글쓴이의 주장을 파악해 뒷받침하는 근거가 알맞은지 생각하며 읽는다.

⑤ 운율이 느껴지는 부분을 찾고 글쓴이가 어떻게 표현했는지 파악하며 읽는다.

2 '마틸드'가 목걸이를 빌리게 된 계기가 된 사건은 무엇인가요? (   )

세부
내용

① 마틸드가 집과 가구를 마음에 들지 않아 한 일

② 마틸드가 10년 동안 빚을 갚기 위해 노력한 일

③ 마틸드가 평범한 교육 공무원과 결혼하게 된 일

④ 포레스티에가 샹젤리제 거리에서 마틸드와 마주친 일

⑤ 루아젤이 마틸드가 만찬에 입고 갈 옷을 마련해 준 일

3 '마틸드'가 ㉠처럼 생각한 까닭은 무엇인가요? (   )

세부
내용

① 친구가 자기 목걸이가 망가진 것을 확인하지 않아서

② 친구가 새로 산 목걸이가 더 싼 것을 알아보지 못해서

③ 친구가 자기 목걸이가 아니라는 것을 확인하지 않아서

④ 친구가 보석 상자 안에 목걸이가 없는 것을 알아보지 못해서

⑤ 친구가 새로 산 목걸이가 가짜 목걸이라는 것을 알아보지 못해서

4 '마틸드'의 성격으로 알맞은 것은 무엇인가요? (   )

추론
하기

① 허세를 싫어한다.   ② 현실에 만족한다.

③ 사치를 좋아한다.   ④ 자신의 분수를 잘 안다.

⑤ 실속을 중요하게 여긴다.

3주 15회

정답 및 풀이
30~31쪽

71

5

주제
찾기

[보기]의 ㉮와 ㉯에 들어갈 알맞은 낱말은 무엇인가요? (   )

> [보기] 선생님: 이 이야기는 가짜 목걸이를 진짜 다이아몬드 목걸이로 오해해서 목걸이 때문
> 에 진 빚을 갚으려고 10년이나 고생하는 인물의 삶을 그리고 있습니다. 이것을 통
> 해 작가가 말하려는 것은 무엇일까요?
> 한율: 인간의 [㉮]이 가져온 인생의 [㉯]을 말하려고 한 거예요.

① ㉮ 호기심, ㉯ 희극   ② ㉮ 이타심, ㉯ 행복
③ ㉮ 자존심, ㉯ 연극   ④ ㉮ 자긍심, ㉯ 불행
⑤ ㉮ 허영심, ㉯ 비극

6

감상
하기

이 글을 감상한 것으로 알맞지 <u>않은</u> 것은 무엇인가요? (   )

① 글쓴이는 마지막 부분에 충격적인 결말을 배치해 말하고자 하는 주제를 강조하고 있어.
② 글쓴이는 여러 인물의 마음 상태나 행동을 한 의도까지 알고 읽는 이에게 들려주고 있어.
③ 만찬에 입고 갈 옷을 마련해 준 남편 루아젤의 행동은 앞으로 일어날 사건을 넌지시 알려 주고
있어.
④ 글쓴이는 헛된 것에 매달리는 인간의 욕심을 보여 주기 위해 '다이아몬드 목걸이'라는 소재를
사용했어.
⑤ 글쓴이는 빚을 갚으려고 고생하는 장면을 사실적으로 표현해 환경에 따라 마틸드가 어떻게 변
하고 있는지 보여 주고 있어.

7

적용
창의

[보기]를 참고할 때, '㉮ 부분'이 사용된 장면은 무엇인가요? (   )

> [보기]   이 글에서 '㉮ 부분'은 이야기의 반전을 보여 주는 부분이다. '반전'이란 사건이나 일
> 의 흐름이 거꾸로 뒤집힌다는 뜻으로, 이야기에서 재미를 더해 주는 장치이다. 이 글
> 에서도 마틸드가 잃어버린 목걸이가 가짜라는 사실을 나중에 밝힘으로써 글쓴이는
> 자신의 의도를 강조하는 극적 효과를 얻게 된다.

①「흥부전」에서 흥부가 제비 다리를 고쳐 주는 장면
②「콩쥐팥쥐」에서 콩쥐가 팥쥐에게 괴롭힘을 당하는 장면
③「토끼와 거북의 경주」에서 거북이 토끼를 앞지르고 이기는 장면
④「개미와 베짱이」에서 베짱이가 열심히 일하는 개미를 놀리는 장면
⑤「심청전」에서 심청이 공양미 삼백 석에 팔려 인당수에 빠지는 장면

15회 지문 익힘 어휘

1

어휘
의미

낱말에 알맞은 뜻을 찾아 선으로 이으세요.

(1) 처지 •

(2) 투정 •

(3) 궁상맞다 •

(4) 비스듬하다 •

(5) 홀가분하다 •

• ㉮ 처해 있는 형편이나 사정.

• ㉯ 한쪽으로 조금 기울어진 듯하다.

• ㉰ 경제적으로 어렵게 보이고 초라하다.

• ㉱ 걱정되거나 책임질 것이 없어 마음이 가볍다.

• ㉲ 마음에 들지 않거나 못마땅하여 떼를 쓰며 조르는 일.

2

어휘
활용

밑줄 친 낱말의 쓰임이 알맞지 <u>않은</u> 것은 무엇인가요? (   )

① 막내는 아침을 먹기 싫다며 엄마에게 <u>투정</u>을 했다.

② 오랫동안 준비했던 시험이 끝나 <u>궁상맞은</u> 기분이 들었다.

③ 아빠는 소파에 <u>비스듬하게</u> 누워 텔레비전 보는 것을 좋아하신다.

④ 윤슬이네는 갑자기 사업이 어려워져서 집을 잃게 될 <u>처지</u>에 놓였다.

⑤ 차비를 아끼려고 꽤 먼 곳까지 걸어가는 그의 모습이 <u>궁상맞아</u> 보였다.

3

어휘
확장

밑줄 친 낱말의 뜻을 [보기]에서 찾아 기호를 쓰세요.

> [보기] • 쏟아지다: ㉮ 눈물이나 땀, 피 등이 한꺼번에 많이 흐르다.
> ㉯ 어떤 일이나 대상, 현상 등이 한꺼번에 많이 생기다.
> ㉰ 담겨 있던 액체나 물질이 한꺼번에 바깥으로 나오다.
> ㉱ 비나 눈이 한꺼번에 많이 내리거나 햇빛이 강하게 비치다.

(1) 뚜껑이 열려 있었는지 물이 <u>쏟아져</u> 바닥으로 흘렀다. (   )

(2) 나는 커튼 사이로 <u>쏟아지는</u> 햇살에 더 이상 잠을 잘 수 없었다. (   )

(3) 햇볕이 내리쬐는 운동장을 돌았을 뿐인데 땀이 비 오듯 <u>쏟아졌다</u>. (   )

(4) 무대에서 리스트의 연주가 끝나자 관객들의 박수갈채가 <u>쏟아졌다</u>. (   )

→ 答

대답 답

'답(答)' 자는 대나무 죽(竹) 자와 합할 합(合) 자가 합쳐져 '대답하다', '화답하다'라는 뜻을 가진 글자예요. 먼 옛날에는 종이 대신 평평한 대쪽에 쓴 편지를 주고받았는데, 여기에서 '대답하다'라는 뜻이 생겼어요.

● 다음 획순에 따라 한자를 따라 쓰세요.

答	ノ	ᅣ	ᅣ	ᅟᅥ	ᅟᅥ	ᅟᅥ	ᅟᅥ	笐	笐	笒	答	答
答	答	答										

대답 對答
(대할 답, 대답 답)

묻거나 요구하는 것에 해당하는 것을 말함.
예 범인은 기자가 묻는 말에는 대답을 하지 않았다.
반대말 질문(質問): 모르는 것이나 알고 싶은 것을 물음.

정답 正答
(바를 정, 대답 답)

어떤 문제나 질문에 대한 옳은 답.
예 현우는 수학 경시 대회에서 거의 모든 정답을 맞혔다.
반대말 오답(誤答): 잘못된 대답을 함.

보답 報答
(갚을 보, 대답 답)

남에게 받은 은혜나 고마움을 갚음.
예 나는 책을 빌려준 지아에게 보답으로 초콜릿을 선물했다.

Q 빈칸에 공통으로 들어갈 한자는 무엇인가요? (   )

대☐	정☐	오☐	보☐

① 出   ② 答   ③ 問   ④ 正   ⑤ 生

4주

한자 **分** (나눌 분) 자

나는 그 아저씨가 어떤 사람인지는 몰랐으나 내게는 퍽 고맙게 굴고 또 나도 그 아저씨가 꼭 마음에 들었어요. 어른들이 저희끼리 말하는 것을 들으니까 그 아저씨는 돌아가신 우리 아버지와 어렸을 적 친구라고요. 어디 먼 데 가서 공부를 하다가 요새 돌아왔는데, 우리 동리* 학교 교사로 오게 되었대요. 또 우리 큰외삼촌과도 동무인데 이 동리에는 하숙*도 별로 깨끗한 곳이 없고 해서 우리 사랑*으로 와 계시게 되었다고요. 또 우리도 그 아저씨에게서 밥값을 받으면 ㉠살림에 보탬*도 좀 되고 한다고요.

　그 아저씨는 그림책들이 얼마든지 있어요. 내가 사랑에 가면 그 아저씨는 나를 무릎에 앉히고 그림책들을 보여 줍니다. 또, 가끔 사탕도 주고요. 어느 날은 점심을 먹고 살그머니 사랑에 나가 보니까, 아저씨는 그때에야 점심을 잡수어요. 그래 가만히 앉아서 점심 잡숫는 걸 구경하고 있노라니까 아저씨가,

　㉡"옥희는 어떤 반찬을 제일 좋아하나?" 하고 묻겠지요. 그래 삶은 달걀을 좋아한다고 했더니, 마침 상에 놓인 삶은 달걀을 한 알 집어 주면서 나더러 먹으라고 합디다.

　나는 그 달걀을 벗겨 먹으면서,

　"아저씨는 무슨 반찬이 제일 맛나우?" 하고 물으니까, 그는 한참이나 빙그레 웃고 있더니,

　㉢"나두 삶은 달걀." 하겠지요. 나는 좋아서 손뼉을 짤깍짤깍* 치고,

　"아, 나와 같네. 그럼, 가서 어머니한테 알려야지." 하면서 일어서니까 아저씨가 꼭 붙들면서,

　㉣"그러지 말어." 그러시지요. 그래도 나는 한번 맘을 먹은 다음엔 꼭 그대로 하고야 마는 성미*지요. 그래 안마당으로 뛰어 들어서면서,

　㉤"어머니 어머니, 사랑 아저씨두 나처럼 삶은 달걀을 제일 좋아한대." 하고, 소리를 질렀지요.

　㉥"떠들지 말어." 하고, 어머니는 눈을 흘기십디다*.

　그러나 사랑 아저씨가 달걀을 좋아하는 것이 내게는 썩 좋게 되었어요. 그것은 그다음부터는 어머니가 ㉮달걀을 많이씩 사게 되었으니까요. 달걀 장수 노파*가 오면 한꺼번에 열 알도 사고 스무 알도 사고, 그래선 삶아서 아저씨 상에도 놓고, 또 으레 나도 한 알씩 주고 그래요. 그뿐 아니라 아저씨한테 놀러 나가면, 가끔 아저씨가 책상 서랍 속에서 달걀을 한두 알 꺼내서 먹으라고 주지요. 그래 그담부터는 나는 아주 실컷 달걀을 많이 먹었어요. 나는 아저씨가 아주 좋았어요.

– 주요섭, 「사랑손님과 어머니」

낱말풀이

＊**동리** 시골의 마을이나 동네. ＊**하숙** 방세와 식비를 내고 남의 집에서 자고 먹음. ＊**사랑** 한옥에서 남자 주인이 지내면서 손님을 맞이하는 곳. ＊**보탬** 더하여 많아지게 하는 일. ＊**짤깍짤깍** 작고 단단한 물체가 조금 가볍게 맞부딪치는 소리. ＊**성미** 성질, 마음씨, 비위, 버릇 등을 통틀어 이르는 말. ＊**흘기십디다** 눈동자를 옆으로 굴려 못마땅하게 노려보십디다. ＊**노파** 늙은 여자.

1 이 글의 내용으로 알맞지 <u>않은</u> 것은 무엇인가요? (   )

세부
내용

① 아저씨는 옥희네 집 사랑에서 하숙을 한다.

② 어머니가 제일 좋아하는 반찬은 삶은 달걀이다.

③ 아저씨는 우리 동리에 있는 학교의 교사로 왔다.

④ 아저씨는 옥희의 아버지와 큰외삼촌의 친구이다.

⑤ 아저씨가 하숙을 하면 옥희네 살림에 보탬이 된다.

2 이 글에서 일어난 일의 차례대로 기호를 쓰세요.

구조
알기

> ㉮ 어머니가 달걀 장수에게 달걀을 많이씩 사게 되었다.
>
> ㉯ 아저씨가 옥희에게 좋아하는 반찬이 무엇이냐고 물었다.
>
> ㉰ 아버지와 어렸을 적 친구인 아저씨가 사랑에 와 있게 되었다.
>
> ㉱ 옥희는 어머니에게 아저씨가 삶은 달걀을 좋아한다고 말했다.
>
> ㉲ 옥희가 삶은 달걀을 좋아한다고 하자 아저씨가 자신도 그렇다고 말했다.

(   ) → (   ) → (   ) → (   ) → (   )

3 밑줄 친 낱말이 ㉠과 같은 뜻으로 쓰인 것은 무엇인가요? (   )

어휘
어법

① 우리 집은 <u>살림</u>이 넉넉하다.

② 어머니는 <u>살림</u>을 도맡아서 하신다.

③ 시댁에서 삼 년을 살고 <u>살림</u>을 났다.

④ 언니는 결혼을 앞두고 <u>살림</u>을 장만했다.

⑤ 우리 반의 <u>살림</u>을 맡아 줄 총무를 뽑았다.

4 ㉡~㉂에 대한 설명으로 알맞은 것은 무엇인가요? (   )

세부
내용

① ㉡: 아저씨는 '나'에게 불친절하다.

② ㉢: 아저씨는 어린 '나'의 마음을 헤아린다.

③ ㉣: 아저씨는 어머니한테 알리려는 '나'에게 화가 났다.

④ ㉤: '나'는 어머니에게 귓속말로 말하고 있다.

⑤ ㉂: 어머니는 시끄럽게 떠드는 '내'가 창피하다.

5

추론
하기

㉮의 의미로 가장 알맞은 것은 무엇인가요? (   )

① 옥희와 어머니 사이를 친밀하게 한다.

② 옥희에 대한 아저씨의 관심을 드러낸다.

③ 옥희에 대한 어머니의 애정을 드러낸다.

④ 아저씨에 대한 어머니의 관심을 드러낸다.

⑤ 아버지에 대한 어머니의 그리움을 드러낸다.

6

추론
하기

이 글에 나타난 등장인물의 성격을 알맞게 말한 친구는 누구인가요? (   )

① 예지: 아저씨는 냉정한 성격이야.

② 영범: 옥희는 솔직하고 순수한 성격이야.

③ 하은: 아저씨와 어머니는 대범한 성격이야.

④ 병수: 어머니는 적극적이고 활발한 성격이야.

⑤ 은경: 옥희와 어머니는 예민하고 걱정이 많은 성격이야.

7

감상
하기

[보기]를 참고해 이 글에 대해 평가한 것으로 알맞지 <u>않은</u> 것은 무엇인가요? (   )

> [보기]   이 글에서 말하는 이는 여섯 살 난 어린아이로, 어머니와 아저씨의 행동을 관찰하여
> 말하고 있다. 순수한 어린이의 눈을 통해 인물이 겪는 상황이나 사건을 전달하므로,
> 참신한 느낌을 준다. 말하는 이가 어린이여서 어른의 세계를 모두 이해할 수 없기 때
> 문에 어머니와 아저씨의 속마음과 행동의 의미를 잘못 전달하기도 한다.

① 천진난만한 말투와 생각으로 읽는 이에게 웃음을 준다.

② 어머니와 아저씨의 사랑이 순수하고 아름답게 느껴진다.

③ 어린아이의 말투를 사용해 부드러움과 친밀감이 느껴진다.

④ 어머니와 아저씨의 말이나 행동을 엉뚱하게 전달해 답답함을 준다.

⑤ 읽는 이가 어머니와 아저씨의 마음을 해석하게 해서 상상하는 즐거움을 준다.

16회 지문 익힘 어휘

1 낱말과 그 뜻이 알맞게 짝 지어지지 <u>않은</u> 것은 무엇인가요? (　　　　)

어휘
의미

① 보탬: 더하여 많아지게 하는 일.

② 하숙: 방세와 식비를 내고 남의 집에서 자고 먹음.

③ 흘기다: 눈동자를 옆으로 굴려 못마땅하게 노려보다.

④ 성미: 성질, 마음씨, 비위, 버릇 등을 통틀어 이르는 말.

⑤ 동리: 한옥에서 남자 주인이 지내면서 손님을 맞이하는 곳.

2 빈칸에 들어갈 알맞은 낱말을 찾아 선으로 이으세요.

어휘
활용

(1) 할아버지가 살던 ☐☐☐☐은/는 조용한 산골 마을이었다고 하셨다. ●

(2) 동생은 내가 과자를 나누어 주지 않자 잔뜩 눈을 ☐☐☐ 화를 냈다. ●

(3) 지방에 살던 삼촌은 올해 서울로 취직을 해서 ☐☐☐을/를 구해야 했다. ●

(4) 외환 위기 때 우리 국민들이 모은 금은 우리나라의 경제에 ☐☐☐이/가 되었다. ●

(5) 스크루지 영감은 주변에 사는 이웃들에게 고약한 ☐☐☐(으)로 유명한 사람이었다. ●

● ㉮ 성미

● ㉯ 보탬

● ㉰ 동리

● ㉱ 하숙

● ㉲ 흘기며

3 밑줄 친 낱말의 뜻을 [보기]에서 찾아 기호를 쓰세요.

어휘
확장

[보기]　• 먹다: ㉮ 어떤 마음이나 감정을 품다.

㉯ 물이나 습기 등을 빨아들이다.

㉰ 일정한 나이에 이르거나 나이를 더하다.

㉱ 음식 등을 입을 통해 배 속에 들여보내다.

(1) 내 동생은 네 살 <u>먹은</u> 아이다. (　　　　)

(2) 점심으로 떡볶이와 김밥을 <u>먹었다</u>. (　　　　)

(3) 물을 <u>먹은</u> 솜은 두 배로 무거워졌다. (　　　　)

(4) 나는 한번 <u>먹은</u> 마음 그대로 하고야 만다. (　　　　)

옛날에 ㉠늙은 쥐 한 마리가 있었다. 이 쥐는 음식을 훔치는 데는 귀신 같았다. 그러나 나이가 들어 눈이 침침해지고* 힘에 부쳐* 더 이상 스스로 음식을 훔쳐 먹을 수 없게 되었다. 그래서 ㉡젊은 쥐들이 그에게 음식을 훔치는 방법을 배우고 그 대가로 음식을 나누어 주었다. 그렇게 꽤 많은 세월이 지나갔다. 그러던 어느 날 젊은 쥐들이 말했다.

"이제는 저 늙은 쥐의 기술도 바닥이 나서 우리에게 더 가르쳐 줄 것이 없다." 그러고는 그 뒤로 다시는 음식을 나누어 주지 않았다. 늙은 쥐는 몹시 분했지만 어쩔 수 없는 노릇이었다.

그러던 어느 날 저녁, 한 여인이 맛있는 음식을 만들어 솥에 넣은 다음 돌로 솥뚜껑을 눌러 놓고 나갔다. 젊은 쥐들은 그 음식을 훔쳐 먹고 싶어 안달*이 났지만 방법이 없었다. 그때 한 쥐가 말했다.

"늙은 쥐에게 물어보자."

모두가 그게 좋겠다고 하여 일제히* 늙은 쥐에게 가서 방법을 물었다. 늙은 쥐는 화를 발끈 내면서 말했다.

"너희들은 나에게 기술을 배워서 항상 배불리 먹고 지냈다. 그런데 지금까지 나를 본체만체했으니* 괘씸해서* 말해 줄 수 없다."

젊은 쥐들은 모두 절하며 잘못에 대하여 용서를 빌고 간청했다*.

"저희들이 죽을죄를 지었습니다. 앞으로는 잘 모시겠으니 부디 방법을 가르쳐 주십시오."

그러자 늙은 쥐가 말했다.

"솥에 발이 세 개 있지? 그중 하나가 놓인 곳을 파내라. 조금만 파도 솥이 자연히 그쪽으로 기울어져 저절로 솥뚜껑이 벗겨질 것이다."

젊은 쥐들이 달려가서 파내자 늙은 쥐의 말대로 되었다. 늙은 쥐 덕분에 젊은 쥐들은 배불리 먹었다. 그리고 고마운 늙은 쥐에게 남은 음식을 가져다가 대접했다.

아, 쥐와 같은 미물*도 이와 같은데, 하물며 만물의 영장*인 사람은 어떻겠는가! 이러한 이치는 다만 전쟁터에서 병사를 부리는 일만 해당하는 것이 아니고, 나라를 다스리는 능력도 젊은이가 어른을 넘어서지 못하는 것을 볼 수 있다. 진나라 목공이 "어른에게 자문*을 구하면 잘못되는 일이 없다."고 한 것은 이를 두고 한 말이다.

그런데 오늘날 나라가 되어 가는 꼴을 보면 국권*은 경험도 없는 어린아이에게만 맡기고 늙은이들은 ㉢수수방관하며* 입을 꼭 다문 채 말을 하지 않고 있다. 어쩌다 요긴한* 말을 했다 하더라도 도리어 견책*이나 당하는 것이 보통이다. 이런 일을 앞에 말한 쥐의 일과 견주어 보면, 사람이 하는 짓이 쥐가 하는 짓보다 못하니, 개탄하지* 않을 수 없다.

– 고상안, 「늙은 쥐의 꾀」

낱말 풀이

*침침해지고 눈이 어두워 사물이 잘 보이지 않아 흐릿하고. *부쳐 힘이나 능력이 모자라. *안달 속을 태우며 조급하게 구는 일. *일제히 여럿이 한꺼번에. *본체만체했으니 보고도 못 본 척했으니. *괘씸해서 하는 짓이 고약해 못마땅하고 얄미워서. *간청했다 어떤 일을 애타게 부탁했다. *미물 아주 작고 보잘것없는 것. *영장 여러 생물 가운데 가장 지혜롭고 뛰어난 우두머리. '사람'을 이르는 말. *자문 전문가에게 의견을 묻는 것. *국권 나라가 행사하는 독립적이고 절대적인 권력. *수수방관하며 일이 잘못되거나 말거나 그냥 내버려 두며. *요긴한 꼭 필요하고 중요한. *견책 허물이나 잘못을 꾸짖고 나무람. *개탄하지 분하거나 안타깝게 여겨 한탄하지.

1

세부
내용

이 글에 대한 설명으로 알맞지 <u>않은</u> 것은 무엇인가요? (   )

① 쥐를 사람처럼 표현했다.

② 교훈적인 내용을 담고 있다.

③ 우화를 제시하여 주제를 강조하고 있다.

④ 세상 형편을 비판하는 글쓴이의 생각이 잘 드러나 있다.

⑤ 젊은이들의 말을 귀담아듣지 않는 노인을 비판하고 있다.

2

세부
내용

㉠과 ㉡이 뜻하는 것으로 알맞지 <u>않은</u> 것은 무엇인가요? (   )

	㉠	㉡
①	어른	젊은이
②	늙은이	어린아이
③	미물	만물의 영장
④	경험이 많다.	경험이 적다.
⑤	지혜가 풍부하다.	지혜가 부족하다.

3

추론
하기

이 글의 내용을 알맞게 이해하지 <u>못한</u> 친구는 누구인가요? (   )

① 유석: 늙은 쥐의 지혜 덕분에 늙은 쥐와 젊은 쥐가 모두 배부르게 음식을 먹을 수 있었어.

② 세호: 젊은 쥐들이 늙은 쥐에게 음식을 나누어 주지 않자 늙은 쥐는 젊은 쥐들에게 서운함을 느꼈을 거야.

③ 혜림: 글쓴이는 늙은 쥐와 젊은 쥐의 이야기를 통해 나이가 많은 정치가들의 독선적인 면을 비판하고 있어.

④ 준영: 젊은 쥐들이 음식을 얻을 수 있는 방법을 알지 못한 것을 보면 늙은 쥐와 달리 경륜이나 지혜가 부족한 것 같아.

⑤ 수지: 늙은 쥐는 젊은 쥐들의 말을 들어주고, 젊은 쥐들은 늙은 쥐의 말을 귀담아 들었기 때문에 문제를 잘 해결할 수 있었어.

4

어휘
어법

㉢과 바꾸어 쓸 수 <u>없는</u> 말은 무엇인가요? (   )

① 참견하며

② 거들지 않으며

③ 보고만 있으며

④ 간섭하지 않으며

⑤ 그대로 내버려 두며

5

다음은 이 글의 내용을 정리한 것입니다. ㉮와 ㉯에 들어갈 낱말로 알맞은 것은 무엇인가요?
( )

앞부분	젊은 쥐들이 늙은 쥐에게 ㉮ 을/를 얻어 음식을 구하게 되자 늙은 쥐를 공경하게 됨.
뒷부분	경험 없는 젊은이들이 나랏일을 운영하고 노인들은 이를 방관하고 있는 세상 형편을 한탄함.

↓

늙은 쥐와 젊은 쥐의 이야기를 제시하고 이를 ㉯ 과 관련지으며 주제를 전달함.

① ㉮ 지혜, ㉯ 동물의 모습　　　　② ㉮ 지혜, ㉯ 인간의 모습
③ ㉮ 허락, ㉯ 동물의 모습　　　　④ ㉮ 허락, ㉯ 인간의 모습
⑤ ㉮ 허락 ㉯ 동물과 인간의 모습

6

이 글에서 얻을 수 있는 교훈은 무엇인가요? ( )

① 노인은 잘 보살펴야 하는 존재이다.
② 젊은 사람들은 예의를 배워야 한다.
③ 음식이 생기면 어른들부터 대접해야 한다.
④ 경륜 있는 노인들의 의견을 존중해야 한다.
⑤ 노인들은 젊은이들의 의견을 귀담아들어야 한다.

7

[보기]를 참고해 이 글을 감상한 내용으로 알맞은 것은 무엇인가요? ( )

> [보기]　　수필의 형식은 자유롭다. 이러이러한 형식으로 써야 한다는 규정이나 관습이 없기 때문에 글쓴이는 자신이 전달하고자 하는 내용에 가장 어울리는 형식을 스스로 찾아야 한다. 때로는 꾸며 낸 일화나 일상적인 대화를 가져올 수도 있고, 다른 문학 갈래의 요소들을 활용할 수도 있다.

① 글쓴이의 오랜 경험이 잘 드러나 있어.
② 실제 벌어진 사건을 연극처럼 표현했어.
③ 자연에서 보고 느낀 것을 솔직하게 표현했군.
④ 글쓴이가 보고 들은 사실을 객관적으로 말하고 있어.
⑤ 글쓴이의 의도를 효과적으로 전달하기 위해 이야기를 활용했어.

17회 지문 익힘 어휘

1

어휘
의미

뜻에 알맞은 낱말을 찾아 선으로 이으세요.

(1) 여럿이 한꺼번에. ●　　　　　● ㉮ 일제히

(2) 꼭 필요하고 중요하다. ●　　　　　● ㉯ 간청하다

(3) 어떤 일을 애타게 부탁하다. ●　　　　　● ㉰ 개탄하다

(4) 분하거나 안타깝게 여겨 한탄하다. ●　　　　　● ㉱ 요긴하다

(5) 일이 잘못되거나 말거나 그냥 내버려 두다. ●　　　　　● ㉲ 수수방관하다

2

어휘
활용

빈칸에 들어갈 알맞은 낱말을 [보기]에서 찾아 쓰세요.

[보기]　　　　개탄　　　　간청　　　　요긴　　　　일제히　　　　수수방관

환경 오염 문제가 심각해지자 많은 사람들이 (1) (　　　　　　　　)하고 있다. 환경 오염의
원인은 농촌에서 도시로 인구가 (2) (　　　　　　) 몰려 대기 오염과 수질 오염, 쓰레기 배
출 등의 환경 문제를 일으켰기 때문이다. 이를 해결하려고 하지 않고 (3) (　　　　　　　)한
사람들 때문에 환경 오염 문제는 계속되고 있다.

3

어휘
확장

밑줄 친 낱말의 뜻을 [보기]에서 찾아 기호를 쓰세요.

[보기]　• 자문: ㉮ 자신에게 스스로 물음.
　　　　　　　㉯ 전문가에게 의견을 묻는 것.

(1) 종류를 알 수 없는 새가 발견되어 조류 전문가에게 <u>자문</u>을 구했다. (　　　　　)

(2) 나는 물건을 사기 전에 이 물건이 필요한지 <u>자문</u>을 하는 습관이 있다. (　　　　　)

(3) 친구들이 모두 모른 척하자 지율이는 자신이 무엇을 잘못했는지 <u>자문</u>을 했다. (　　　　　)

(4) 환경 전문가는 야생 동물을 구하려는 단체의 <u>자문</u>에 응하겠다는 답신을 보냈다. (　　　　　)

풀잎

박성룡

㉠풀잎*은
퍽*도 아름다운 이름을 가졌어요*.
㉡우리가 '풀잎'이라고 그를 부를 때는,
우리들의 입 속에서는
푸른 휘파람* 소리가 나거든요.

바람이 부는 날의 풀잎들은
왜 저리 몸을 흔들까요.
소나기*가 오는 날의 풀잎들은
왜 저리 또 몸을 통통거릴까요*.

그러나 풀잎은
퍽도 아름다운 이름을 가졌어요.
우리가 '풀잎', '풀잎' 하고 자꾸* 부르면,
우리의 몸과 맘도 어느덧*
푸른 풀잎이 돼 버리거든요.

낱말
풀이

＊**풀잎** 풀의 잎. ＊**퍽** 보통 정도를 훨씬 넘게. ＊**가졌어요** 직업이나 자격, 신분 등을 지녔어요. ＊**휘파람** 입술을 좁게 오므리고 혀끝으로 입김을 불어서 소리를 내는 것. ＊**소나기** 갑자기 세차게 쏟아지다가 곧 그치는 비. ＊**통통거릴까요** 발로 탄탄한 곳을 굴러 울리는 소리가 자꾸 날까요. ＊**자꾸** 여러 번 되풀이해서. ＊**어느덧** 어느 사이인지도 모르는 동안에.

1 이 시에 대한 설명으로 알맞은 것은 무엇인가요? ( )

세부
내용

① 3연 13행으로 이루어져 있다.

② 사람을 사람이 아닌 것처럼 표현했다.

③ 초여름의 암울한 풀밭의 모습을 표현하고 있다.

④ 시의 중심 소재를 인공물에 빗대어 표현하고 있다.

⑤ 말하는 이가 대화하는 것처럼 말하고 있어 정다운 느낌을 준다.

2 ㉠이 주는 느낌으로 알맞지 <u>않은</u> 것은 무엇인가요? ( )

추론
하기

① 풀잎은 사람까지 순수하게 만들고 있어.

② 풀잎은 어린이 같은 밝고 순수한 느낌을 주고 있어.

③ 푸른 휘파람 소리가 나는 풀잎은 맑고 싱그러운 느낌이야.

④ 바람에 흔들리는 풀잎은 나약하고 절망적인 느낌을 주고 있어.

⑤ 소나기를 맞는 풀잎에서 연약하지만 굴하지 않는 생명력이 느껴져.

3 이 시가 노래하는 느낌을 주는 까닭이 <u>아닌</u> 것은 무엇인가요? ( )

세부
내용

① 낱말 '풀잎'이 반복되고 있어서

② 시 전체에서 문장이 '–요'로 끝나서

③ 1연과 3연의 1, 2행이 반복되고 있어서

④ 2연에서 '~ 날의 풀잎들은 ~ 까요.'의 문장이 반복되어서

⑤ 1연과 2연을 이루는 각 행이 비슷한 구조로 한 쌍을 이루어서

4 ㉡과 같은 표현 방법이 쓰인 것은 무엇인가요? ( )

어휘
어법

① 벚꽃은 봄에 내리는 분홍 눈.

② 다람쥐처럼 귀여운 우리 아가야.

③ 독수리보다 빨리, 사자보다 사납게.

④ 내려갈 때 보았네, 올라갈 때 못 본 그 꽃.

⑤ 바람이 속삭이자 들꽃이 부끄러워 얼굴 붉히고.

5 이 시에서 [보기]의 ㉮와 ㉯를 함께 사용해 감각적으로 표현한 부분은 무엇인가요? (　　　)

추론
하기

> [보기]　시인은 독자에게 시의 장면을 생생하게 전달하기 위해 '감각적 표현'을 이용한다. 감각적 표현에는 ㉮눈으로 보는 시각, ㉯귀로 듣는 청각, 혀로 맛보는 미각, 코로 냄새 맡는 후각, 피부로 느끼는 촉각 등이 있다. 이처럼 특별한 감각이 잘 느껴지는 낱말을 이용해 시의 장면을 생생하게 전달할 수 있다.

① 왜 저리 몸을 흔들까요
② 푸른 풀잎이 돼 버리거든요
③ 바람이 부는 날의 풀잎들은
④ 푸른 휘파람 소리가 나거든요
⑤ 퍽도 아름다운 이름을 가졌어요

6 이 시의 주제로 알맞은 것은 무엇인가요? (　　　)

주제
찾기

① 생명을 소중히 여기는 마음
② 고향에 대한 추억과 그리움
③ 평화로운 삶을 바라는 마음
④ 맑고 순수한 세계를 바라는 마음
⑤ 풀잎처럼 아름답게 살고 싶은 마음

7 이 시와 [보기]를 비교한 것으로 알맞지 않은 것은 무엇인가요? (　　　)

감상
하기

> [보기]　날이 흐리고 풀이 눕는다
> 발목까지 / 발밑까지 눕는다
> 바람보다 늦게 누워도 / 바람보다 먼저 일어나고
> 바람보다 늦게 울어도 / 바람보다 먼저 웃는다.
> 날이 흐리고 풀뿌리가 눕는다.
>
> 　　　　　　　　　　　　　　　　　　　– 김수영, 「풀」

① 이 시와 [보기]는 중심 글감이 같다.
② 이 시와 [보기]는 모두 풀을 사람처럼 표현하고 있다.
③ 이 시와 [보기]에서 글쓴이가 말하고자 하는 주제가 같다.
④ 이 시와 [보기]에서는 모두 낱말과 문장을 반복해 노래하는 느낌이 든다.
⑤ 이 시는 풀잎을 순수한 생명력을 가진 존재로, [보기]는 강인한 생명력을 가진 존재로 보고 있다.

18회 지문 익힘 어휘

1 밑줄 친 낱말의 뜻을 찾아 기호를 쓰세요.

어휘
의미

(1) 올해는 눈이 <u>퍽</u> 많이 내렸다. ·· (　　　　)
　　㉮ 보통 정도를 훨씬 넘게.
　　㉯ 보통 정도를 훨씬 못 미치게.

(2) 사레가 들렸는지 <u>자꾸</u> 기침을 한다. ······································ (　　　　)
　　㉮ 여럿이 한꺼번에.
　　㉯ 여러 번 되풀이해서.

(3) 추운 겨울이 지나고 <u>어느덧</u> 따뜻한 봄이 왔다. ····················· (　　　　)
　　㉮ 모르는 사이에 조금씩 조금씩.
　　㉯ 어느 사이인지도 모르는 동안에.

(4) 우리는 복도가 <u>퉁퉁거리는</u> 소리를 듣고 선생님이 오셨다는 것을 알았다. ········ (　　　　)
　　㉮ 마음에 들지 않아서 계속 몹시 불평을 하다.
　　㉯ 발로 탄탄한 곳을 굴러 울리는 소리가 자꾸 나다.

2 첫소리를 참고해 빈칸에 들어갈 알맞은 낱말을 쓰세요.

어휘
활용

(1) 동생이 장난감을 사 달라고 ⌈ㅈ⌉⌈ㄲ⌉ 조른다.

(2) 초등학교를 졸업한 지 ⌈ㅇ⌉⌈ㄴ⌉⌈ㄷ⌉ 3년이 넘었다.

(3) 내가 응원하는 축구팀이 이번 경기에서 이겨서 ⌈ㅍ⌉ 기쁘다.

3 밑줄 친 낱말의 뜻으로 알맞은 것의 기호를 쓰세요.

어휘
확장

> [보기] • 가지다: ㉮ 자기 것으로 하다.
> 　　　　　　　㉯ 아이나 새끼를 배다.
> 　　　　　　　㉰ 무엇을 손에 쥐거나 몸에 지니다.
> 　　　　　　　㉱ 직업이나 자격, 자격증, 신분 등을 지니다.

(1) 우리 집 고양이가 새끼를 <u>가졌다</u>. (　　　　)

(2) 동생이 공을 <u>가지고</u> 학교에 갔다. (　　　　)

(3) 친구가 길에서 주운 돈을 <u>가져도</u> 되는지 물었다. (　　　　)

(4) 그 직업을 <u>가지려면</u> 운전면허증이 있어야 한다고 말했다. (　　　　)

수필   글 수준: ★★★★   어휘 수준: ★★★★   글자 수: 1163

공부한 날 [ ] 월 [ ] 일

15분 안에 푸세요.

▲ 김구

"네 소원이 무엇이냐?" 하고 하느님이 물으시면, 나는 서슴지* 않고 "내 소원은 대한 독립이오." 하고 대답할 것이다. "그다음 소원은 무엇이냐?" 하면, 나는 또 "우리나라의 독립이오." 할 것이요, 또 "그다음 소원이 무엇이냐?" 하는 세 번째 물음에도, 나는 더욱 소리를 높여서 "나의 소원은 ㉠우리나라 대한의 완전한 자주독립*이오." 하고 대답할 것이다.

동포* 여러분! 나 김구의 소원은 이것 하나밖에는 없다. 내 과거의 칠십 평생을 이 소원을 위해 살아왔고, 현재에도 이 소원 때문에 살고 있으며, 미래에도 나는 이 소원을 이루려고 살 것이다. 칠십 평생을 독립이 없는 나라의 백성으로 서러움과 부끄러움과 애타는* 마음을 가졌던 나에게, 세상에서 가장 좋은 것은 완전하게 자주독립한 나라의 백성으로 살아 보다가 죽는 일이다. 나는 일찍이 우리 독립 정부의 ㉡문지기가 되기를 원하였는데, 그것은 우리나라가 독립국만 되면 나는 그 나라에 가장 ㉢미천한* 자가 되어도 좋다는 뜻이다. 왜냐하면 독립한 제 나라의 빈천*이 남의 밑에 사는 부귀*보다 기쁘고, 영광스럽고, 희망이 많기 때문이다.

(가) 옛날 일본에 갔던 신라의 충신 박제상이, "내 차라리 ㉣계림*의 개, 돼지가 될지언정 ㉤왜왕의 신하로 부귀를 누리지 않겠다."라고 한 것이 그의 진정이었던 것을 나는 안다. 왜왕이 높은 벼슬과 많은 재물을 준다는 것도 거절하고 제상이 기꺼이 죽음을 택한 것은, "차라리 ㉥내 나라의 귀신이 되리라."는 신조* 때문이었다.

근래*, 우리 동포 중에는 우리나라가 어느 이웃 나라의 연방*에 편입하기를* 소원하는 사람이 있다 한다. 나는 그 말을 믿지 않지만, 만일 진실로 그러한 사람이 있다고 한다면 그는 제정신을 잃은 미친놈이라고밖에 볼 수 없다. 나는 공자, 석가, 예수의 도*를 배웠고 그들을 성인으로 숭배하지만*, 그들이 합하여 세운 천당, 극락*이 있다 하더라도 그것이 우리 민족이 세운 나라가 아니기 때문에 나는 우리 민족을 그 나라로 끌고 들어가지 않을 것이다.

왜냐하면 피와 역사를 같이하는 민족이란 완연히* 있는 것이어서, 내 몸이 남의 몸이 될 수 없는 것과 같이 이 민족이 저 민족이 될 수 없는 것은, 마치 형제도 한집에서 살기 어려운 것과 같은 것이다. 둘 이상이 합하여서 하나가 되자면 하나는 높고 하나는 낮아서, 하나는 위에 있어서 명령하고 하나는 밑에 있어서 복종하는* 것이 근본 문제가 되는 것이다.

− 김구, 「나의 소원」

낱말풀이

＊**서슴지** 어떤 일을 선뜻 하지 못하고 망설이지. ＊**자주독립** 다른 나라의 도움 없이 스스로 독립함. ＊**동포** 같은 나라나 민족에 속하는 사람. ＊**애타는** 매우 답답하고 안타까워 속이 타는. ＊**미천한** 지위나 신분이 낮거나 하찮은. ＊**빈천** 가난하고 천함. ＊**부귀** 재산이 많고 지위가 높음. ＊**계림** '신라'의 다른 이름. ＊**신조** 굳게 믿어 지키고 있는 생각. ＊**근래** 가까운 요즈음. ＊**연방** 미국, 스위스, 캐나다처럼 여러 주가 모여서 하나로 이루어진 나라. ＊**편입하기를** 이미 짜인 무리나 조직에 끼어 들어가기를. ＊**도** 도덕적, 종교적 진리. ＊**숭배하지만** 받들어 섬기지만. ＊**극락** 불교에서 좋은 일을 많이 한 사람이 죽어서 간다는 곳. ＊**완연히** 눈에 보이는 것처럼 아주 뚜렷하게. ＊**복종하는** 다른 사람의 명령이나 의견에 그대로 따르는.

1
구조
알기

이 글에 대한 설명으로 알맞은 것은 무엇인가요? (   )

① 대상에 대해 정확한 지식을 전달하고 있다.

② 실제 역사 속 인물의 생애를 알려 주고 있다.

③ 무대 위에서 공연을 하기 위한 목적으로 쓰였다.

④ 시간의 흐름에 따라 '나'의 심리 변화를 표현하고 있다.

⑤ 묻고 답하는 표현을 사용해 자신의 생각을 드러내고 있다.

2
세부
내용

글쓴이의 소원은 무엇인가요? (   )

① 우리나라와 일본이 전쟁을 하는 것

② 우리나라가 무력과 경제력을 갖는 것

③ 우리나라가 완전한 자주독립을 하는 것

④ 우리나라가 큰 이웃 나라의 연방에 편입되는 것

⑤ 우리나라가 세계에서 가장 아름다운 나라가 되는 것

3
세부
내용

글쓴이가 말한 ㉠의 의미로 알맞지 않은 것은 무엇인가요? (   )

① 다른 나라에 종속되지 않는다.

② 다른 나라에 의해 차별받지 않는다.

③ 다른 나라에 살면서 명예와 부귀를 누린다.

④ 다른 나라에 기대 의지하거나 간섭받지 않는다.

⑤ 사람들이 믿는 종교나 사상에 구애받지 않는다.

4
어휘
어법

㉡~㉤중 가리키는 대상이 다른 것은 무엇인가요? (   )

① ㉡   ② ㉢   ③ ㉣   ④ ㉤   ⑤ ㉥

4주 19회
정답 및 풀이
38~39쪽

89

5

추론
하기

글쓴이가 ㉮ 부분을 통해 얻을 수 있는 효과는 무엇인가요? (   )

① 자주독립보다 중요한 문제가 있다는 것을 드러낸다.

② 조국의 자주독립에 대한 열망이 강렬함을 보여 준다.

③ 자주독립이 오래전부터 꿈꾸어 왔던 것임을 보여 준다.

④ 자신의 경우와 반대되는 예를 들어 읽는 이의 이해를 돕고 있다.

⑤ 같은 처지의 인물을 통해 고국에 돌아가고 싶은 심정을 표현했다.

6

비판
하기

이 글에 나타난 글쓴이의 생각을 알맞게 평가하지 <u>못한</u> 것은 무엇인가요? (   )

① 우리나라가 독립하기 전에 쓴 글이므로, 글쓴이의 생각은 중요하고 가치 있어.

② 이웃나라의 연방에 편입하기를 바라는 동포들에 대한 내용은 글쓴이의 생각과 연관성이 없어.

③ 제 나라의 빈천이 남의 밑에 사는 부귀보다 더 값지다는 내용은 글쓴이의 생각을 잘 보여 주고 있어.

④ 공자, 석가, 예수가 세운 나라여도 우리 민족을 끌고 들어가지 않겠다고 한 이유는 자주독립을 해야 한다는 생각과 잘 어울려.

⑤ 글쓴이는 비슷한 문장을 여러 번 반복해 자신의 소원이 과거, 현재, 미래에도 완전한 자주독립 이라는 생각을 잘 드러내고 있어.

7

감상
하기

[보기]의 밑줄 친 부분에 해당하는 감상으로 알맞은 것은 무엇인가요? (   )

> [보기]   「나의 소원」은 『백범일지』에 실려 있는 글로, 글쓴이가 꿈꾸는 우리나라의 이상적인 모습을 담고 있다. 이 글은 청중들 앞에서 연설할 때 쓰였는데, 논리적인 설득과 감성 적인 설득의 방법을 적절히 활용하였다. 처음 부분에는 듣는 이가 관심을 끄는 말을 사용하고 <u>듣는 이가 이해하기 쉽게 문장이나 낱말을 여러 번 반복하여 사용하였다.</u> 또한 여러 사람 앞에서 말하기 위해 높임말을 썼다.

① '동포 여러분!'이라는 말에서 이 글을 듣는 대상이 우리나라 국민임을 알 수 있다.

② '네 소원이 무엇이냐?'라는 말로 글의 첫 부분을 시작해 듣는 이의 관심을 끌고 있다.

③ 듣는 이가 이해하기 쉽게 과거, 현재, 미래를 연결해 소원에 대한 이야기를 하고 있다.

④ '소원'이라는 말을 반복해서 강조하고자 하는 말을 듣는 이가 쉽게 알 수 있도록 하였다.

⑤ 우리나라가 다른 나라에 편입될 수 없는 까닭을 형제가 한집에 사는 것에 비유해 듣는 이의 이 해를 돕고 있다.

19회 지문 익힘 어휘

1 뜻에 알맞은 낱말을 [보기]에서 찾아 쓰세요.

어휘
의미

[보기]	신조	서슴다	복종하다	완연하다	숭배하다

(1) ( ): 받들어 섬기다.

(2) ( ): 굳게 믿어 지키고 있는 생각.

(3) ( ): 눈에 보이는 것처럼 아주 뚜렷하다.

(4) ( ): 어떤 일을 선뜻 하지 못하고 망설이다.

(5) ( ): 다른 사람의 명령이나 의견에 그대로 따르다.

2 빈칸에 들어갈 알맞은 낱말을 찾아 선으로 이으세요.

어휘
활용

(1) 아버지는 절약과 성실을 [   ](으)로 삼으셨다. •   • ㉮ 숭배

(2) 윤서는 우리 반을 위해서라면 [   ] 않고 나선다. •   • ㉯ 신조

(3) 학교 화단에 개나리가 활짝 핀 것을 보니 [   ]한 봄이었다. •   • ㉰ 완연

(4) 단군 신화는 동물을 [   ]하는 부족들이 연합한 이야기이다. •   • ㉱ 복종

(5) 형의 학교는 규율이 엄격해 선배의 말에 무조건 [   ]해야 했다. •   • ㉲ 서슴지

3 밑줄 친 낱말과 바꾸어 쓸 수 있는 낱말의 기호를 쓰세요.

어휘
확장

(1) 인도에서 수드라는 노예로 가장 미천한 신분이었다. ································ (   )

　㉮ 존귀한　　　㉯ 비천한

(2) 박제상은 왜왕의 벼슬과 재물을 거절하고 기꺼이 죽음을 택했다. ··············· (   )

　㉮ 즐거이　　　㉯ 가만히

(3) 동포 중에 이웃 나라의 연방에 편입하기를 소원하는 사람이 있다고 한다. ······ (   )

　㉮ 부탁하는　　　㉯ 희망하는

수업이 없는 어느 날 오후, 나는 이웃에 사는 친구들과 함께 집 근처를 돌아다니고 있었다. 그때 공립 학교 학생이면서 재단사의 아들인 프란츠 크로머가 다가왔다. 크로머는 벌써 어른 티가 풀풀 났고, 공장에 다니는 젊은 직공*들의 걸음걸이와 말투를 흉내 내고 있었다.

크로머가 얘기를 시작했다. 그는 자신이 저지른 못된 장난을 무슨 영웅담*이나 되는 것처럼 자랑삼아 떠벌렸다*. 나는 잠자코 듣고만 있었다. 그러면서도 나의 침묵이 크로머의 노여움을 사지 않을까 두려웠다.

두려운 마음에 나도 이야기를 늘어놓았다. 황당무계한* 도둑의 일화*를 꾸며 냈는데, 물방앗간 근처의 과수원에서 최고 품종*의 사과를 훔친 이야기였다. 나는 자루가 너무 무거워 결국 절반의 사과를 남겨 두고 반 시간 후 다시 돌아와 나머지 사과를 모조리* 가져갔다고 이야기했다.

"그 얘기 진짜야?" / "그럼!"

내심* 겁이 나 숨이 턱턱 막히는 중에도 나는 고집스럽게 단언했다*.

"너, 맹세할 수 있어?" / 그의 질문에 나는 몹시 놀랐지만 즉시 그렇다고 답했다.

"너도 알겠지? 물방앗간 옆에 있는 과수원이 누구네 것인지." / 크로머가 나직이 물었다.

"아니, 난 몰라. 물방앗간 주인의 것이겠지 뭐."

그렇게 말하자 크로머는 내 어깨에 팔을 두르더니 나를 바싹* 끌어당겼다. 크로머의 음흉한* 미소를 띤 얼굴에는 잔인한* 기운이 넘쳤다.

"난 그 과수원이 사과를 도둑맞았다는 이야기를 들은 적이 있지. 그리고 훔친 녀석을 알려 주는 사람에게 2마르크를 주겠다는 과수원 주인의 말도 들은 적이 있고."

"맙소사!" / 나는 나도 모르게 크게 소리치고야 말았다.

"설마 2마르크 때문에 나를 고발할* 생각은 아니겠지?"

나는 크로머의 양심에 호소하는* 것이 아무 소용이 없다는 것을 느꼈다. 그는 분명 ㉠다른 세계의 사람이었고, 그 세계 사람에게 배반* 따위는 아무 죄악도 아니었다.

"아무 말도 하지 말라고?" / 크로머는 날 바라보며 웃었다.

"이봐, 친구. 나는 가난한 놈이야. 내게는 너처럼 부자 아버지가 없단 말이지. 그러니 2마르크를 벌 수 있다면 벌어야 해. 어쩌면 주인이 더 줄지도 모르지."

세계가 내 주위에서 무너졌다. 크로머는 분명 내가 죄를 지었다고 고발할 것이다. 내가 훔치지 않았다는 것은 이제 문제가 되지 않았다. 나는 맹세까지 하지 않았던가? 세상에, 하느님 맙소사!

눈물이 핑 돌았다. 나는 크로머에게 어떤 대가를 치르더라도 나 자신을 구해야겠다고 생각했다.

– 헤르만 헤세, 『데미안』

낱말
풀이

＊**직공** 기술로 물건을 만드는 일이 직업인 사람. ＊**영웅담** 영웅이나 영웅적인 행동을 한 사람에 대한 이야기. ＊**떠벌렸다** 일을 부풀려서 이야기했다. ＊**황당무계한** 도무지 터무니없어서 이해할 수 없는. ＊**일화** 세상에 널리 알려지지 않은 흥미로운 이야기. ＊**품종** 같은 종의 생물을 그 특성에 따라 나눈 것. ＊**모조리** 하나도 빠짐없이 모두. ＊**내심** 겉으로 드러나지 않은 실제의 마음. ＊**단언했다** 틀림없다고 자신 있게 말했다. ＊**바싹** 아주 가까이 달라붙는 모양. ＊**음흉한** 속마음이 엉큼하고 고약한. ＊**잔인한** 인정이 없고 아주 매섭고 독한. ＊**고발할** 경찰이나 검찰에 남의 잘못이나 죄를 알릴. ＊**호소하는** 어렵거나 억울한 사정을 알려 도움을 청하는. ＊**배반** 믿음이나 의리를 저버리고 돌아서는 것.

1
구조
알기

이 글에 대한 설명으로 알맞지 <u>않은</u> 것은 무엇인가요? (　　　)

① 두 인물이 갈등을 일으키면서 이야기가 진행된다.

② 말하는 이인 '내'가 자신의 이야기를 직접 들려준다.

③ 상황의 변화에 따른 '나'의 마음 변화가 드러나 있다.

④ 과거에 일어난 일을 떠올리는 방식으로 이야기가 전개되고 있다.

⑤ 사건의 실마리가 제공되고 있어 이야기가 시작되는 발단에 해당한다.

2
세부
내용

'나'에 대한 설명으로 알맞지 <u>않은</u> 것은 무엇인가요? (　　　)

① 크로머를 두려워한다.

② 거짓말을 해서 궁지에 빠졌다.

③ 크로머에게 협박을 받고 있다.

④ 크로머와 달리 집안 형편이 넉넉한 편이다.

⑤ 물방앗간 근처에 있는 과수원에서 사과를 훔쳤다.

3
세부
내용

이 글에서 갈등을 일으키는 중심 사건은 무엇인가요? (　　　)

① '나'와 크로머가 만난 일

② '내'가 크로머에게 맹세한 일

③ 과수원의 사과를 도둑맞은 일

④ '내'가 이야기를 꾸며 내어 말한 일

⑤ 크로머가 나쁜 일을 영웅담처럼 떠벌린 일

4
추론
하기

[보기]는 이 글의 일부입니다. [보기]를 참고해 ㉠에 대해 알맞게 짐작한 것은 무엇인가요? (　　　)

> [보기]　싱클레어는 자신을 둘러싼 두 세계가 있다고 믿었다. 하나는 따뜻한 집 안에 있는 밝은 세계로, 사랑을 주시는 부모님과 다정한 누나들이 속한 곳이었다. 이곳에서는 언제나 부드럽고 다정한 이야기들이 오가며 희망과 평화가 있었다.
>
> 또 다른 하나는 바깥의 어두운 세계로, 하녀와 직공들이 여기에 속했다. 이 세계에는 유령 이야기와 섬뜩하고 끔찍한 일들이 일어나는 곳이었다. 이곳에는 분노와 죄책감, 절망이 가득했다.

① 밝고 평화로운 세계이다.　　　　② 죄의식이 없는 세계이다.

③ '나'의 성장을 막는 세계이다.　　④ 선과 악이 공존하는 세계이다.

⑤ '나'를 반성하게 하는 세계이다.

5 등장인물에게 해 주고 싶은 말로 알맞지 <u>않은</u> 것은 무엇인가요? (   )

비판
하기

① 크로머야, 과수원 주인에게 이르겠다고 하다니 정직한 아이구나.

② 싱클레어야, 거짓말을 한 사실을 친구들에게 솔직하게 말하는 것이 좋아.

③ 싱클레어야, 친구가 얕잡아 보는 것이 두려워 거짓말을 하다니 철이 없구나.

④ 싱클레어야, 자신의 잘못을 인정하고 부모님께 도움을 요청하는 것이 좋겠어.

⑤ 크로머야, 싱클레어를 협박하는 것보다 자수를 권하는 것이 더 옳은 행동이야.

6 이 이야기의 뒷부분에 이어질 내용으로 알맞은 것은 무엇인가요? (   )

추론
하기

① 크로머가 '나'를 자수하게 할 것이다.

② 크로머가 '나'의 잘못을 감추어 줄 것이다.

③ 크로머가 '나' 대신 사과를 돌려줄 것이다.

④ 크로머가 '나'를 협박해 돈을 요구할 것이다.

⑤ 크로머가 '나'에게 미안하다고 사과할 것이다.

7 [보기]를 참고해 이 글을 감상한 내용으로 알맞지 <u>않은</u> 것은 무엇인가요? (   )

감상
하기

> [보기]　이 작품은 한 소년이 선과 악의 세계에서 다양한 경험을 하며 데미안이라는 한 안내자의 도움으로 비로소 성숙한 인간으로 성장하는 일종의 성장 소설이다. 싱클레어는 프란츠 크로머에게 사과를 훔친 이야기를 거짓으로 꾸며 내서 약점을 잡힌다. 크로머는 과수원 주인이 훔친 사람을 알려 주면 2마르크를 주겠다는 이야기를 흘리며 은근히 싱클레어를 괴롭힌다.

① 글쓴이는 악의 세계가 우리 주변에 가까이 있다는 것을 알려 주고 있어.

② 크로머는 다른 사람의 약점을 잡아 괴롭히는 야비하고 잔인한 성격이야.

③ 크로머는 '나'를 정신적으로 성숙하게 만드는 고통과 시련을 뜻하는 것이구나.

④ 크로머에게 괴롭힘을 당하는 '나'는 선의 세계를 대표하는 인물이라고 할 수 있어.

⑤ 데미안은 앞으로 '나'를 크로머로부터 구하거나 구하는 데 도움을 주는 인물이겠구나.

20회 지문 익힘 어휘

1

어휘
의미

뜻에 알맞은 낱말을 낱말 카드로 만들어 쓰세요.

| 황 | 호 | 심 | 무 | 음 | 소 | 당 | 내 | 언 |

(1) 속마음이 엉큼하고 고약하다. → ☐ 흉 하다

(2) 틀림없다고 자신 있게 말하다. → 단 ☐ 하다

(3) 겉으로 드러나지 않은 실제의 마음. → ☐ ☐

(4) 어렵거나 억울한 사정을 알려 도움을 청하다. → ☐ ☐ 하다

(5) 도무지 터무니없어서 이해할 수 없다. → ☐ ☐ ☐ 계 하다

2

어휘
활용

밑줄 친 낱말의 쓰임이 알맞지 <u>않은</u> 것은 무엇인가요? (   )

① 무술의 세계를 다룬 웹 만화에는 <u>황당무계한</u> 내용들이 많다.

② 선생님은 올해 우리 학교 농구팀이 우승할 것이라고 <u>단언하셨다</u>.

③ 어머니는 심장병으로 쓰러진 딸을 살려 달라고 의사에게 <u>고발했다</u>.

④ 나는 공포 영화를 볼 때 아무렇지 않은 척하지만 <u>내심</u> 무서워하고 있다.

⑤ 연극은 동물들이 지혜를 모아 <u>음흉하고</u> 심술궂은 호랑이를 물리치는 내용이었다.

3

어휘
확장

밑줄 친 낱말의 뜻을 [보기]에서 찾아 기호를 쓰세요.

[보기] • 바싹: ㉮ 몸이 매우 마른 모양.

㉯ 갑자기 늘거나 주는 모양.

㉰ 아주 긴장하거나 힘을 주는 모양.

㉱ 아주 가까이 달라붙거나 다가가는 모양.

㉲ 물기가 다 말라 버리거나 타들어 가는 모양.

(1) 그 강아지는 며칠을 굶었는지 <u>바싹</u> 야위어 있었다. (   )

(2) 땅이 <u>바싹</u> 말라 발을 디딜 적마다 먼지가 일어났다. (   )

(3) 시험이 얼마 남지 않았으니 정신을 <u>바싹</u> 차려야 한다. (   )

(4) 동생이 먼저 차지해 나의 몫은 <u>바싹</u> 줄어들 것이 분명했다. (   )

(5) 정희는 현준이의 말을 제지하며 문 쪽으로 <u>바싹</u> 다가앉았다. (   )

'분(分)' 자는 '나누다', '베풀어 주다'라는 뜻이에
요. 사물이 반으로 나누어진 모습을 뜻하는 여덟
팔(八) 자와 칼 도(刀) 자가 합쳐져 칼로 물건을
나눈 모습을 표현했어요.

分
나눌 분

● 다음 획순에 따라 한자를 따라 쓰세요.

分	ノ 八 今 分
分 分 分	

덕분 德分
(큰 덕, 나눌 분)

어떤 사람이 베풀어 준 은혜나 도움.
예 나는 평생을 바르게 사신 부모님 덕분에 정직한 아이로 자랐다.
비슷한말 덕(德), 덕택(德澤)

분야 分野
(나눌 분, 들 야)

사회 활동을 어떠한 기준에 따라 나눈 범위나 부분 중의 하나.
예 인공 지능 기술은 다양한 분야의 산업에 이용된다.
비슷한말 부문(部門), 영역(領域)

분배 分配
(나눌 분, 나눌 배)

몫에 따라 나눔.
예 언니는 플리마켓에서 함께 책을 판 돈을 분배했다.
비슷한말 배분(配分)

Q 빈칸에 공통으로 들어갈 한자는 무엇인가요? (   )

덕☐	☐야	☐배	배☐

① 京   ② 分   ③ 地   ④ 千   ⑤ 出

5주

한자 結 (맺을 결) 자

소나무 가까이에 이르렀을 때 이상한 소리가 들렸다. 누군가 우는 소리였다. 나는 점심시간 뒤 자유 시간마다 책을 들고 학교 뒷산으로 갔다. 잠시라도 아이들에게서 벗어나고 싶어서다. 그런데 내 자리에 누군가 먼저 와 있었다.

무릎 사이에 얼굴을 묻고 울고 있는 건 뜻밖에도 나리다. 나리는 오늘 합창 공연이 있다며 학교에 왔다가 바로 그곳으로 간다고 했다. 그런데 여기엔 웬일일까? 어찌할까 망설이다 발길을 돌려 두어 발짝*을 뗐을 때였다.

"서단오!"

뒤에서 부르는 소리가 들렸다. 서릿발*처럼 차가운 목소리다. 뒤돌아보니 나리가 일어서서 충혈된* 눈으로 나를 정면*으로 쏘아보고 있었다.

"서단오, 너한테 실망이야. 넌 나한테 할 말이 없니?"

나한테 실망이라고? 나는 너무 기가 막혀 헛웃음*이 나왔다.

"너, 혹시 전에도 왕따였던 거 아니니? 애들이 그렇게 함부로* 해도 어쩜 그렇게 잘 견뎌?"

나는 아무 대꾸도 하지 않으려 했다. 그런데 전에도 왕따였냐는 말에 피가 거꾸로 솟는 것 같았다.

"그래! 나, 전에도 왕따였어. 그래서 그쯤 견디는 건 아무것도 아냐."

"난 너한테 정말 화가 나. 애들한테 어떻게라도 해야 하는 거 아냐?"

기가 막혀서! 실컷 밟아 놓고는 꿈틀거리지 않는다고 화를 내는 꼴*이다.

"널 왕따시키는 게 처음엔 고소했어*. 뭐든지 일 등을 뺏어 가는 니가 질투 나고 미웠으니까."

내가 짐작했던 대로다. 나한테서 등을 돌린* 이유가.

차라리 다른 이유였다면……. 너무도 유치하다*.

"그런데 애들이 너한테 점점 심하게 구는 걸 보면서 이건 아니라고 생각했어. ㉠난 맘속으로 니가 대항하길* 바랐어. 그런데 넌……." / 나리 목소리가 조금 흔들렸다.

"애들이 너한테 그렇게 막 대하는데 어떻게 당하고만 있어? 난 애들이 너한테 심하게 할 때마다 속으로 빌었어. 제발 이번엔 그냥 넘어가지 말라고. 그런데 뭐냐고?"

[㉡](라)는 말은 꼭 이럴 때 쓰는 말일 것이다.

"난 그러고 싶지 않은 줄 아니? 근데 니가 한번 똑같이 당해 봐. 한 명도 아니고 떼거지로 한패*가 돼서 가지고 노는데 어떻게 할 수 있나. 속으론 따지고 싶은데 말도 안 나와. 날 밀치면 나도 밀치고, 내 물건을 부수면 나도 똑같이 해 주고 싶어." / 속에 차 있던 말들이 봇물*처럼 쏟아져 나왔다.

"그런데 그게 안 돼. 내가 맘속으론 니들한테 어떻게 하고 싶었는지 알아?"

눈물이 나오려고 했다. 나는 꾹 참았다. 절대로 눈물을 보이고 싶지 않았다.

– 오미경, 「사춘기 가족」

낱말 풀이

*발짝 걸음의 수를 세는 말. *서릿발 땅속의 물이 얼어 기둥 모양으로 솟아오른 것. *충혈된 몸의 한 곳에 피가 많이 몰려 그 부분의 살갗이나 핏줄이 붉게 보이는. *정면 똑바로 마주 보이는 면. *헛웃음 어이가 없어서 힘없이 웃는 웃음. *함부로 조심하거나 깊이 생각하지 않고 마구. *꼴 어떤 형편이나 상황. *고소했어 미운 사람이 나쁜 일을 당해서 속이 시원하고 재미있었어. *등을 돌린 관계를 끊고 외면한. *유치하다 수준이 낮거나 미숙한. *대항하길 지지 않으려고 맞서서 버티길. *한패 같은 동아리. *봇물 농사에 쓰려고 흘러가지 못하게 막아 놓은 물.

1

이 글에 대한 설명으로 알맞은 것은 무엇인가요? (   )

① 대화를 통해 단오와 나리의 생각을 자세히 드러내고 있다.

② 비유하는 표현을 사용해 장면을 실감 나게 설명하고 있다.

③ 단오와 나리의 경험을 통해 교훈적인 이야기를 전하고 있다.

④ 겉모습을 자세히 설명해 단오와 나리의 성격을 보여 주고 있다.

⑤ 서로 갈등하던 단오와 나리가 어떤 사건을 계기로 화해하고 있다.

2

'나'에 대한 설명으로 알맞지 <u>않은</u> 것은 무엇인가요? (   )

① '나'는 친구들에게 왕따를 당하고 있다.

② 나리가 자신을 못살게 구는 이유를 짐작하지 못했다.

③ 자신에게 화를 내는 나리의 행동을 이해하지 못한다.

④ 나리가 학교 뒷산에 있는 까닭을 궁금하게 여기고 있다.

⑤ 왕따를 당한 만큼 친구들에게 그대로 되갚아 주고 싶어 한다.

3

㉠의 뜻을 알맞게 짐작한 친구는 누구인가요? (   )

① 민재: 나리는 단오가 애들에게 고분고분한 태도로 대하기를 바랐던 것 같아.

② 채은: 나리는 아이들과 친해지기를 바랐는데, 단오가 친해지지 못한 것 같아.

③ 다인: 나리는 단오가 아이들을 먼저 공격하기를 바랐어. 그런데 단오는 모른 체한 것 같아.

④ 서아: 나리는 단오가 아이들의 잘못된 행동에 맞서기를 바랐는데, 그렇게 하지 못한 것 같아.

⑤ 도윤: 나리는 아이들과 단오가 서로 대화하기를 바랐어. 그런데 서로 말이 통하지 않은 거지.

4

㉡에 들어갈 알맞은 속담은 무엇인가요? (   )

① 누워서 침 뱉기

② 꼬리가 길면 밟힌다

③ 방귀 뀐 놈이 성낸다

④ 고래 싸움에 새우 등 터진다

⑤ 간에 붙었다 쓸개에 붙었다 한다

5 이 글에 나타난 '단오'의 마음 변화로 알맞은 것은 무엇인가요? (   )

추론
하기

① 궁금한 마음 → 미안한 마음
② 안타까운 마음 → 궁금한 마음
③ 억울하고 슬픈 마음 → 궁금한 마음
④ 궁금한 마음 → 억울하고 슬픈 마음
⑤ 미안한 마음 → 억울하고 슬픈 마음

6 [보기]는 이 글의 다른 부분입니다. [보기]를 참고해 이 글의 주제를 알맞게 파악한 것은 무엇인가요? (   )

주제
찾기

> [보기]   나는 어렵게 용기를 냈다. 여자아이들 모두에게 쪽지를 보낸 것이다. 망설이고, 망
> 설이고, 또 망설인 끝에.
>
> > 우리 같이 한마루 육상 대회 응원하러 갈래?
> > 내일 교문 앞에서 8시에 만나자.
> > —단오—
>
> 마루가 했던 말이 나에게 용기를 주었다. 나 자신에게 예의 지키기! 나는 애들에게
> 짓밟힌 자존심을 스스로 찾고 싶었다. 내 자존심을 짓밟은 아이들을 용서하는 것으로.

① 다른 사람의 괴롭힘을 잘 참는 것이 진정한 용서이다.
② 나를 괴롭힌 사람을 용서하는 것이 스스로 나를 지키는 것이다.
③ 다른 사람의 괴롭힘을 견디는 것이 진정으로 나를 지키는 것이다.
④ 괴롭힘을 당하는 친구를 마음속으로 응원하는 것이 진정한 우정이다.
⑤ 나를 괴롭힌 사람에게 똑같이 대하는 것이 스스로 나를 지키는 것이다.

7 [보기]를 참고해 단오와 나리의 대화를 알맞게 평가하지 <u>못한</u> 것은 무엇인가요? (   )

비판
하기

> [보기]   서로 공감하며 대화를 할 때는 상대방의 처지를 생각해야 한다. 그리고 나보다 상대
> 방의 입장과 기분을 먼저 배려해 주어야 하며, 서로의 감정이나 생각을 받아 주며 이
> 야기해야 한다.

① 나리는 자신의 감정과 생각만 말하고 있어.
② 나리는 왕따를 당한 단오의 상황을 배려하지 않고 있어.
③ 나리는 단오의 입장과 기분에 대해 깊게 생각하지 못했어.
④ 나리는 단오가 원하는 방법으로 단오의 문제를 해결하려고 해.
⑤ 단오는 나리에게 그동안의 생각과 감정을 솔직하게 털어놓고 있어.

21회 지문 익힘 어휘

1

어휘
의미

빈칸에 들어갈 알맞은 낱말을 찾아 기호를 쓰세요.

(1) 정면: ☐ 마주 보이는 면. ······································(   )

㉮ 똑바로   ㉯ 거꾸로

(2) 유치하다: ☐이 낮거나 미숙하다. ······························ (   )

㉮ 기술   ㉯ 수준

(3) 대항하다: 지지 않으려고 ☐ 버티다. ····················· (   )

㉮ 맞서서   ㉯ 붙어서

(4) 헛웃음: 어이가 없어서 ☐ 웃는 웃음. ····················· (   )

㉮ 냅다   ㉯ 힘없이

(5) 고소하다: 미운 사람이 나쁜 일을 당해서 속이 ☐ 재미있다. ··············· (   )

㉮ 시원하고   ㉯ 답답하고

2

어휘
활용

빈칸에 들어갈 알맞은 낱말을 [보기]에서 찾아 쓰세요.

[보기]	고소	정면	대항	유치	헛웃음

(1) 교문에서 (   )(으)로 보이는 건물이 도서관이다.

(2) 시민들은 군대의 무력에 (   )해서 맨주먹으로 맞섰다.

(3) 큰오빠는 대학생이 되어서도 (   )한 장난을 좋아했다.

(4) 아이돌 가수는 악성 댓글을 보고 (   )을/를 지었다고 말했다.

(5) 나에게 심부름을 시킨 형이 들켜서 엄마께 혼나는 것을 보니 (   )했다.

3

어휘
확장

[보기]의 밑줄 친 관용 표현의 뜻으로 알맞은 것은 무엇인가요? (   )

[보기]   단오가 왕따를 당하면서 친하게 지내던 친구들도 하나둘 <u>등을 돌리기</u> 시작했다.

① 무엇을 등 뒤에 두다.   ② 관계를 끊고 외면하다.

③ 서로 사이가 나빠지다.   ④ 남의 힘이나 세력에 의지하다.

⑤ 남에게 억지로 일을 하게 만들다.

동부여*의 금와왕이 태백산 남쪽으로 사냥을 나갔다가 우발수 못가에서 한 여자를 만났는데, 그 여인이 이렇게 말했다.

"㉠저는 물의 신 하백의 딸, 유화입니다. 동생들과 놀러 나왔다가 한 남자를 만났지요. 그는 자신이 천제*의 아들 해모수라고 말했습니다. 저는 첫눈에 반하고* 말았어요. 그리고 그도 저를 좋아하였습니다. 그는 곧바로 제게 혼인*을 청했고 저는 승낙했습니다*. 그는 웅신산 아래 압록강가에 있는 집으로 저를 데리고 갔고, 그곳에서 우리는 결혼을 했습니다. 결혼을 한 후 해모수는 곧 데리러 올 것이라고 하고는 하늘로 올라가 버렸습니다. 하지만 그는 약속을 지키지 않았습니다. 제 아버지, 하백은 그 사실에 노하셨고* 저를 이곳 우발수 못가로 귀양*을 보내셨습니다."

유화의 사연을 들은 금와왕은 유화를 궁으로 데려갔고, 유화는 궁궐의 햇빛이 잘 들지 않는 방에서 지내게 되었다. 그런데 햇빛이 들지 않던 방에 햇빛이 찾아 들어와 유화의 몸을 비추었다. ㉡유화가 피하자 햇빛이 유화를 따라다녔다. 그런 일이 있고 난 후 유화의 배가 점점 불러 왔다. 그리고 ㉢유화는 커다란 알 하나를 낳았다. 그 소식을 들은 금와왕은 깜짝 놀라며 말했다.

"유화가 알을 낳았다고? 괴이한* 일이로다! 그 알을 돼지의 먹이로 주도록 해라!"

유화가 낳은 알은 금와왕의 명령대로 돼지우리*에 버려졌다. 그런데 ㉣돼지는 슬슬 알을 피해 다녔다. 그러자 금와왕은 알을 개에게 던져 주라고 명했다. 하지만 개에게 주어도 마찬가지였다. 그래서 왕은 알을 길거리에 버리도록 했다. 그러나 길가의 말과 소들 역시 알을 밟지 않으려고 멀리 피해 다녔다. 그러자 왕은 알을 들판에 버리도록 했다. 그랬더니 새와 짐승들이 모여들어 깃털과 몸으로 알을 덮어 주었다.

화가 난 금와왕은 알을 도끼로 찍고, 창으로 찔러 깨뜨리려고 했지만 알은 단단해서 깨지지 않았다. 이에 무언가 심상치* 않음을 깨달은 금와왕은 유화에게 알을 돌려주었다.

알이 무사히 돌아오자, 유화는 천으로 알을 부드럽게 감싸 따뜻한 곳에 놓아두었다. 얼마 후, 알에서 ㉤늠름하고* 영특하게* 생긴 아이가 껍질을 깨고 나왔다. 그 아이는 일곱 살이 되자 활과 화살을 만들어 쏘곤 했는데, ㉥백 번을 쏘면 백 번을 다 맞히는 실력이었다. 그래서 사람들은 아이를 주몽이라고 불렀다. 부여에서는 '활 잘 쏘는 사람'을 주몽이라고 부르곤 했기 때문이었다. 주몽은 자라서 고구려를 건국한* 동명왕이 되었다.

– 「주몽 신화」

낱말풀이 ＊**동부여** 고구려가 세워지기 전 동쪽 두만강 유역에 있던 나라. ＊**천제** 하늘의 황제. ＊**반하고** 마음이 홀린 듯이 쏠리고. ＊**혼인** 남자와 여자가 부부가 되는 일. ＊**승낙했습니다** 남이 부탁하는 것을 들어주었습니다. ＊**노하셨고** 화를 내셨고. ＊**귀양** 죄인을 먼 곳으로 보내어 일정한 기간 동안 죄를 뉘우치며 살도록 하던 형벌. ＊**괴이한** 아주 괴상하고 이상한. ＊**돼지우리** 돼지를 가두어 기르는 곳. ＊**심상치** 대수롭지 않고 예사롭지. ＊**늠름하고** 생김새나 태도가 씩씩하며 당당하고. ＊**영특하게** 남달리 뛰어나고 훌륭하게. ＊**건국한** 나라를 세운.

1

세부
내용

'주몽'에 대한 설명으로 알맞지 <u>않은</u> 것은 무엇인가요? (   )

① 주몽은 활을 잘 쏘았다.

② 주몽은 알에서 태어났다.

③ 주몽은 고구려를 세운 동명왕이다.

④ 주몽의 아버지는 천제의 아들 해모수이다.

⑤ 주몽의 어머니는 주몽을 돼지우리에 버렸다.

2

구조
알기

이 글에서 일어난 일의 차례대로 기호를 쓰세요.

> ㉮ 유화가 알을 낳았다.
> ㉯ 알에서 아이가 태어났다.
> ㉰ 유화가 알을 다시 돌려받았다.
> ㉱ 금와왕이 알을 버리도록 명령했다.
> ㉲ 귀양 와 있던 유화가 금와왕을 만났다.
> ㉳ 햇빛이 유화의 몸을 따라다니며 비추었다.

(   ) → (   ) → (   ) → (   ) → (   ) → (   )

3

어휘
어법

다음 빈칸에 들어갈 알맞은 낱말은 무엇인가요? (   )

> 세훈: 속담에 '될성부른 나무는 [   ]부터 알아본다'고 하잖아. 어릴 적부터 활을 잘 쏘는 등 남다른 면모를 가진 주몽은 결국 고구려를 건국했지.

① 열매   ② 떡잎   ③ 뿌리   ④ 씨앗   ⑤ 나뭇잎

4

추론
하기

㉠과 관련 있는 내용을 [보기]에서 찾아 기호를 쓰세요.

> [보기]   건국 신화에는 나라를 세운 영웅을 더욱 특별하게 보이도록 하기 위한 많은 요소들이 숨어 있다. 우선 ㉮영웅은 평범한 부모가 아니라 특별한 부모에게서 태어난다. 그 부모들은 보통 신이거나 신비한 능력을 가진 자들이다. 또한 태어날 때에도 평범하게 태어나지 않고, ㉯신성함을 상징하는 물건을 통해 태어나기도 하는데, '알'이 대표적이다. 그리고 ㉰영웅은 태어나서부터 다른 인물들과는 차별되는 신비한 능력을 가지고 있는 편이다.

(   )

5 ⓒ~ⓑ에 대한 설명으로 알맞지 <u>않은</u> 것은 무엇인가요? (   )

세부
내용

① ⓒ: 유화는 햇빛을 통해 아이를 가졌다.

② ⓒ: 주몽은 특별한 방법으로 태어났다.

③ ⓒ: 돼지는 큰 알이 무서워서 피했다.

④ ⓒ: 주몽은 뛰어난 외모를 가졌다.

⑤ ⓑ: 주몽은 뛰어난 능력을 가졌다.

6 [보기]의 ㉮에 해당하는 내용으로 알맞은 것은 무엇인가요? (   )

추론
하기

> [보기]   주몽 신화는 '혈통이 고귀함. → ㉮출생이 신비하고 남다름. → 성장 과정에서 비범
> 한 능력을 보임. → 좌절과 고난을 겪음. → 주위의 도움을 받아 고난을 극복함. →
> 큰 공을 세우고 높은 지위에 오름.'과 같은 대표적인 영웅의 일생을 보여 준다.

① 주몽은 사람이 아닌 알로 태어났다.

② 주몽은 활을 백 번 쏘면 백 번 다 맞혔다.

③ 주몽은 외모가 늠름하고 영특하게 생겼다.

④ 유화가 난 알을 새와 짐승들이 덮어 보호하였다.

⑤ 주몽은 천제의 아들과 물의 신의 딸 사이에서 태어났다.

7 이 글을 [보기]와 비교해 감상한 내용으로 알맞지 <u>않은</u> 것은 무엇인가요? (   )

감상
하기

> [보기]   옛날에 환인의 아들 환웅이 인간 세계에 가고 싶어 했다. 아들의 뜻을 안 환인은 천
> 부인 세 개를 주어 인간 세계를 다스리게 하였다. 어느 날, 곰과 호랑이가 환웅을 찾
> 아와 사람이 되게 해 달라며 빌었다. 그러자 환웅이 쑥과 마늘을 주면서 말했다.
> "너희들이 이것을 먹고 백 일 동안 햇빛을 보지 않으면 사람이 될 것이다."
> 곰은 백 일 동안 동굴에서 잘 견디어 여자가 되었고, 호랑이는 버티지 못해 사람이
> 되지 못했다. 여자가 된 곰은 환웅과 결혼해 아이를 낳았고, 이름을 '단군왕검'이라고
> 하였다. 단군왕검은 훗날 고조선을 세웠다.

① 나라의 시조가 된 인물의 아버지는 하늘에서 내려온 존재군.

② 이 글에 나온 해모수는 [보기]의 환웅과 비슷한 역할을 하고 있네.

③ 이 글의 유화와 [보기]의 곰은 모두 고귀한 혈통을 지닌 존재였어.

④ 이 글과 [보기]는 모두 새로운 나라를 세운 시조의 이야기를 전하고 있어.

⑤ 이 글의 유화와 [보기]의 곰은 나라의 시조를 낳은 어머니가 되기까지 고난을 겪는군.

22회 지문 익힘 어휘

1
어휘
의미

낱말과 그 뜻이 알맞게 짝 지어지지 <u>않은</u> 것은 무엇인가요? (   )

① 심상하다: 대수롭지 않고 예사롭다.

② 괴이하다: 마음이 홀린 듯이 쏠리다.

③ 영특하다: 남달리 뛰어나고 훌륭하다.

④ 승낙하다: 남이 부탁하는 것을 들어주다.

⑤ 늠름하다: 생김새나 태도가 씩씩하며 당당하다.

2
어휘
활용

빈칸에 들어갈 알맞은 낱말을 [보기]에서 찾아 쓰세요.

[보기]	승낙	괴이	늠름	영특	심상치

(1) 사촌 형이 군대에 가더니 (   )한 군인이 되어서 돌아왔다.

(2) 부모님은 미국에서 공부하고 싶다는 내 부탁을 (   )해 주셨다.

(3) 「어린 왕자」에 나오는 여우는 (   )해서 인생의 진리를 알려 준다.

(4) 아빠는 병원에 계신 할아버지 병세가 (   ) 않아 걱정하고 계셨다.

(5) 클라라네 집에 잠가 둔 현관문이 활짝 열려 있는 (   )한 일이 생겼다.

3
어휘
확장

밑줄 친 낱말의 뜻으로 알맞은 것을 찾아 선으로 이으세요.

(1) 아기는 배가 <u>부르자</u> 곧 잠이 들었다.	•	•	㉮ 부탁하여 오게 하다.
(2) 나는 생일잔치에 우리 반 아이들만 <u>불렀다</u>.	•	•	㉯ 곡조에 따라 노래하다.
(3) 우리 반은 가을을 주제로 한 노래를 <u>불렀다</u>.	•	•	㉰ 임신을 해서 배가 나와 있다.
(4) 지하철에는 배가 <u>부른</u> 임산부들을 위한 자리가 있다.	•	•	㉱ 이름이나 명단을 소리 내 읽으며 확인하다.
(5) 선생님은 출석부에 적힌 이름을 차례대로 <u>부르기</u> 시작했다.	•	•	㉲ 음식을 먹어서 배 속이 가득 찬 느낌이 있다.

14분 안에 푸세요.

햇비

윤동주

㉠아씨*처럼 나린다*
보슬보슬* 햇비*
맞아 주자 다 같이
㉡옥수숫대*처럼 크게
닷 자 엿 자 자라게
해님이 웃는다
나 보고 웃는다.

㉢하늘 다리 놓였다*
알롱알롱* 무지개
노래하자 즐겁게
동무*들아 이리 오나
다 같이 춤을 추자
해님이 웃는다
즐거워 웃는다.

낱말
풀이

＊**아씨** 옛날에 양반집 젊은 여자를 높여 부르던 말. ＊**나린다** 내린다. ＊**보슬보슬** 비나 눈이 조금씩 가늘고 조용하게
내리는 모양. ＊**햇비** 볕이 나 있는 날 잠깐 오다가 그치는 비. '여우비'의 함경남도 사투리. ＊**옥수숫대** 옥수수의 줄기.
＊**놓였다** 어떤 시설이나 장치가 설치되었다. ＊**알롱알롱** 여러 가지 빛깔의 작고 또렷한 점이나 줄 등이 고르지 않고 촘
촘하게 무늬를 이룬 모양. ＊**동무** 늘 친하게 어울리는 사람.

1

세부
내용

이 시에 대한 설명으로 알맞지 않은 것은 무엇인가요? (   )

① 이 시는 2연 14행으로 이루어져 있다.
② 사람이 아닌 것을 사람처럼 표현하였다.
③ 말하는 이는 동무들에게 같이 춤추자고 강요하고 있다.
④ 흉내 내는 말로 대상의 모습을 생생하게 표현하고 있다.
⑤ 햇비를 맞으며 밝게 자라는 아이들의 모습을 표현하였다.

2

추론
하기

이 시에서 떠올릴 수 있는 장면으로 알맞지 않은 것은 무엇인가요? (   )

① 햇비가 조용히 내리는 모습
② 무지개가 하늘에 떠 있는 모습
③ 아이들이 무럭무럭 자라는 모습
④ 말하는 이가 다리를 놓고 있는 모습
⑤ 햇비를 맞으며 즐거워하는 아이들의 모습

3

어휘
어법

㉠~㉢이 비유한 대상을 알맞게 짝지은 것은 무엇인가요? (   )

	㉠	㉡	㉢
①	햇비	아이들	무지개
②	햇비	무지개	아이들
③	아이들	무지개	햇비
④	아이들	햇비	무지개
⑤	무지개	아이들	햇비

4

세부
내용

이 글이 노래하는 느낌을 주는 까닭으로 알맞지 않은 것의 기호를 쓰세요.

㉮ 일정한 글자 수를 반복한다.
㉯ 같은 낱말이나 구절을 반복한다.
㉰ 일정하게 끊어 읽기를 반복한다.
㉱ 문장을 끝맺는 말을 같은 것을 써서 반복한다.

(   )

5 다음 중 밑줄 친 부분의 표현 방법과 <u>같은</u> 것은 무엇인가요? (   )

추론
하기

> <u>하늘 다리</u> 놓였다 / 알롱달롱 무지개

① 초승달 같은 눈썹.　　　　　　② 아, 이때가 가을인가?
③ 돌담에 속삭이는 햇발.　　　　　④ 눈은 하늘에서 온 편지.
⑤ 봄은 고양이처럼 나른하다.

6 다음은 이 시의 중심 내용을 정리한 표입니다. ㉮에 공통으로 들어갈 낱말은 무엇인가요? (   )

주제
찾기

1연	햇비를 맞는 [㉮]
2연	무지개 아래 노래하고 춤추는 [㉮]

↓

주제	햇비를 맞으며 밝게 자라는 [㉮]의 모습

① 아씨　　　② 해님　　　③ 아이들　　　④ 무지개　　　⑤ 옥수숫대

7 [보기]를 참고하여 이 시를 감상한 내용으로 알맞지 <u>않은</u> 것은 무엇인가요? (   )

감상
하기

> [보기]　이 시는 일제 강점기에 쓰여졌다. 일제 강점기는 우리 민족이 나라를 잃고 일본의
> 지배 아래 고통스러운 삶을 살던 시기로, 어둡고 절망적인 분위기에 휩싸여 있던 때
> 였다. 그런데 이러한 시기에 쓰여진 「햇비」는 비를 맞으며 친구들과 즐겁게 웃고 있는
> 어린이들의 모습을 산뜻하게 그리고 있다.

① 글쓴이는 아이들에게서 희망을 찾고 싶었을 것이다.
② 글쓴이는 미래가 현재와 다른 밝은 세상이기를 바랐을 것이다.
③ 글쓴이는 현실은 절망적이지만 희망을 노래하고 싶었을 것이다.
④ 글쓴이는 비를 맞는 것과 같이 아이들의 미래가 암울하다는 것을 알리고 싶었을 것이다.
⑤ 글쓴이는 웃음 짓는 해님이나 높이 떠 있는 무지개를 보며 밝은 내일을 소망했을 것이다.

23회 지문 익힘 어휘

1 뜻에 알맞은 낱말을 [보기]에서 찾아 쓰세요.

어휘
의미

[보기]	햇비	동무	놓이다	보슬보슬

(1) (　　　　　　　　): 늘 친하게 어울리는 사람.

(2) (　　　　　　　　): 어떤 시설이나 장치가 설치되다.

(3) (　　　　　　　　): 볕이 나 있는 날 잠깐 오다가 그치는 비.

(4) (　　　　　　　　): 비나 눈이 조금씩 가늘고 조용하게 내리는 모양.

2 빈칸에 들어갈 낱말로 알맞은 것을 선으로 이으세요.

어휘
활용

(1) [　　　]이/가 내린 뒤라 하늘과 산이 한결 깨끗하게 보였다. ●　　　　　　● ㉮ 동무

(2) 어머니는 어린 시절을 함께 보낸 [　　　]을/를 만나러 가셨다. ●　　　　　　● ㉯ 햇비

(3) 하얀 눈이 [　　　] 내리는 모습이 영화의 한 장면처럼 아름다웠다. ●　　　　　　● ㉰ 놓인

(4) 우리 집 앞을 흐르는 강에 [　　　] 다리 주변에는 멋진 조명이 있다. ●　　　　　　● ㉱ 보슬보슬

3 밑줄 친 낱말의 뜻을 [보기]에서 골라 기호를 쓰세요.

어휘
확장

[보기]　• 내리다: ㉮ 눈이나 비 등이 오다.
　　　　　　　　㉯ 위에 있는 물건을 아래로 옮기다.
　　　　　　　　㉰ 어떤 일에 대한 판단이나 결정 등을 하다.
　　　　　　　　㉱ 타고 있던 것에서 밖으로 나와 어떤 곳에 닿다.
　　　　　　　　㉲ 위에 있는 것을 아래로 끌어당기거나 늘어뜨리다.

(1) 날씨가 추워져 걷었던 소매를 내렸다. (　　　　　)

(2) 이번 크리스마스에는 함박눈이 내렸다. (　　　　　)

(3) 이사할 집에 도착해 트럭에서 짐을 내렸다. (　　　　　)

(4) 우리는 서울역에 내려 전철을 타고 집에 갔다. (　　　　　)

(5) 의사는 검진 결과를 보고 심장병이라는 진단을 내렸다. (　　　　　)

1944년 6월 6일 화요일

키티,

"오늘은 디데이*입니다." 하고 영국 방송이 발표했단다. 오늘이 바로 그날이야. 드디어 상륙 작전*이 시작되는 거야.

영국 방송은 오늘 아침 8시에 뉴스에서 이렇게 말했어.

"프랑스 북서부의 칼레, 불로뉴, 르아브르, 셰르부르 그리고 파스칼레 일대*의 하늘에서 엄청난 공습*이 있었습니다. 모든 점령지*에 사는 사람들의 안전을 위하여 해안에서 30킬로미터 안에 ㉠거주하는* 사람들은 폭격*에 대비하라는 경고를 내렸습니다. 영국군은 공격 ㉡개시* 한 시간 전에 경고 전단*을 뿌릴 겁니다."

독일 방송은 영국의 낙하산 부대가 프랑스 해안에 상륙했고, 영국의 비비시(BBC) 방송은 영국 상륙 부대가 독일 해군과 격전* 중에 있다고 전했어.

10시에 영국 방송은 독일어, 네덜란드어, 프랑스어, 그 밖의 외국어로 "상륙 작전이 시작되었습니다." 하고 발표했어. 진짜 상륙 작전이야.

11시, 라디오에서는 오늘이 디데이라는 성명*이 나오고 최고 사령관 아이젠하워 장군이 프랑스 국민에게 호소했어.

"곧 격전이 벌어질 것이고, 우리는 ㉢승리할 겁니다. 1944년을 완전한 승리의 해로 만듭시다. 모두의 행운을 기원합니다."

1시, 영국 방송의 뉴스에서는 이런 말이 흘러나왔어.

"1만 1,000대의 항공기가 쉬지 않고 군대를 ㉣수송하고* 전투 부대를 내려보내 적의 후방*을 공격하고 있습니다. 4,000척의 상륙용 보트와 소형 함정*이 군대와 물자를 쉴 새 없이 수송하고 있고, 영국군과 미국군의 상륙 부대는 격렬한 전투에 돌입했습니다*."

뉴스가 끝나자 벨기에 수상, 노르웨이 국왕, 프랑스의 드골 장군, 영국 국왕 등이 ㉤잇달아 연설했어. 마지막에는 처칠도 연설했지.

은신처 사람들은 모두 흥분을 감추지 못하고 있어. 오랫동안 기다려 왔던 자유가, 기다리고 기다리던 해방*이 찾아오는 걸까? 정말로 올해 안에 이길 수 있을까? 아직은 모르지만 그 희망은 우리에게 새로운 용기와 힘을 줘. 우리는 모든 공포와 부자유*, 고난에 용기를 가지고 맞서야 해. 가장 중요한 것은 냉정함을 잃지 않고 의젓하게 행동하는 거야.

키티, 상륙 작전이 시작된 것은 무엇보다 기쁜 일이야. 이제 이 문제는 유대인들만의 문제가 아니

낱말 풀이

＊**디데이** 작전 계획에서 공격을 시작하기로 한 날. ＊**상륙 작전** 바다로부터 적지에 상륙하여 벌이는 공격 작전. ＊**일대** 어느 지역의 전부. ＊**공습** 비행기에서 총을 쏘거나 폭탄을 떨어뜨려 적을 공격함. ＊**점령지** 군대가 빼앗아 차지한 지역. ＊**거주하는** 일정한 곳에 머물러 사는. ＊**폭격** 비행기에서 폭탄을 떨어뜨려 적의 군대를 파괴하는 일. ＊**개시** 어떤 일을 시작하는 것. ＊**전단** 알리는 글이 담긴 종이쪽. ＊**격전** 세차고 격렬한 싸움. ＊**성명** 의견이나 주장을 밝히는 일. ＊**수송하고** 사람이나 짐을 탈것에 실어 나르고. ＊**후방** 전쟁할 때 전투가 벌어지는 곳에서 뒤로 떨어져 있는 곳. ＊**함정** 크거나 작은 군사용 배. ＊**돌입했습니다** 어떤 일을 본격적으로 시작했습니다. ＊**해방** 자유를 억누르는 것으로부터 벗어나게 함. ＊**부자유** 무엇에 얽매여서 몸과 마음을 마음대로 움직일 수 없음.

야. 네덜란드의 문제이자 독일에게 점령당한 유럽 전체의 문제야.

㉮어쩌면 언니가 말한 것처럼 우리도 9월이나 10월에는 다시 학교에 갈 수 있을지도 몰라.

그럼 안녕.

안네가.

– 안네 프랭크, 『안네의 일기』

1 이와 같은 글을 쓰는 목적으로 알맞은 것은 무엇인가요? (　　　)

구조
알기

① 사람을 추천하기 위해

② 사람들을 설득하기 위해

③ 자신의 지식을 자랑하기 위해

④ 자신이 보고 느낀 점을 기록하기 위해

⑤ 다른 사람의 주장을 반박하고 비판하기 위해

2 이 글의 내용으로 알맞지 <u>않은</u> 것은 무엇인가요? (　　　)

세부
내용

① 유럽은 독일에게 점령당했다.

② 프랑스에서 상륙 작전이 시작되었다.

③ 안네는 은신처에서 자유를 꿈꾸고 있다.

④ 독일인들이 유대인들을 피해 숨어 지냈다.

⑤ 은신처의 사람들은 모두 전쟁이 끝나기를 소망하고 있다.

3 ㉠~㉤과 바꾸어 쓸 수 있는 낱말로 알맞지 <u>않은</u> 것은 무엇인가요? (　　　)

어휘
어법

① ㉠: 사는　　　　　　② ㉡: 시작　　　　　　③ ㉢: 이길

④ ㉣: 나르고　　　　　⑤ ㉤: 한꺼번에

4 이 글에 나타난 글쓴이의 마음으로 알맞지 <u>않은</u> 것은 무엇인가요? (　　　)

추론
하기

① 상륙 작전의 소식에 흥분해 있다.

② 반복되는 일상에 지루하고 따분하다.

③ 자유를 누릴 수 있다는 생각에 기쁘다.

④ 해방이 찾아올지 모른다는 기대감에 차 있다.

⑤ 하루빨리 현재 상황이 끝나기를 바라고 있다.

5 [보기]에서 말하는 '이것'으로 알맞은 것은 무엇인가요? (   )

주제
찾기

> [보기]
> • '이것'은 이 글의 중심 소재로, 오늘 '이것'이 시작되었다.
> • 은신처 사람들은 모두 '이것' 때문에 흥분을 감추지 못하고 있다.
> • 10시에 영국 방송은 '이것'에 대해 독일어, 네덜란드어, 프랑스어, 그 밖의 외국어로 발표했다.

① 연설   ② 뉴스   ③ 폭격   ④ 격전   ⑤ 상륙 작전

6 ㉮에서 짐작할 수 있는 내용으로 알맞은 것은 무엇인가요? (   )

추론
하기

① 9~10월까지 상륙 작전이 이어질 것이다.
② 9~10월에는 학생들만 해방이 될 것이다.
③ 9~10월에는 연합군의 승리로 전쟁이 끝날 것이다.
④ 9~10월에 방학이 끝나고 새 학기가 시작될 것이다.
⑤ 9~10월이 되면 안네는 학교에 갈 나이가 될 것이다.

7 [보기]를 참고해 이 글을 감상한 내용으로 알맞지 <u>않은</u> 것은 무엇인가요? (   )

감상
하기

> [보기]   일기는 개인에 관한 기록이기는 하지만, 역사의 귀중한 자료가 되기도 한다. 『안네의 일기』에는 2차 세계 대전에 대한 기록이 담겨 있다. 우리나라의 역사를 알 수 있는 일기로는 충무공 이순신이 쓴 『난중일기』가 대표적이다. 『난중일기』는 임진왜란이 일어난 1592년부터 전쟁이 끝난 1598년까지의 일을 기록했다. 이 글에는 당시 조선 조정과 실제 전투의 사소한 사정까지도 자세히 적혀 있어 그 당시 전쟁의 실제 상황과 시대상, 사람들의 생활 모습까지 짚어 볼 수 있다.

① 이 글은 2차 세계 대전이라는 슬픈 역사를 담고 있어.
② 이 글에서 사춘기 소녀인 안네가 성장하는 모습을 엿볼 수 있어.
③ 이 글은 전쟁의 비참함을 후대에 일깨워 준 문화유산이라고 할 수 있어.
④ 상륙 작전에 대한 내용을 통해 이 일기가 우리 모두의 역사임을 알 수 있어.
⑤ 이 글에서 독일에 점령당한 곳의 유대인들이 어떻게 생활하는지 알 수 있어.

24회 지문 익힘 어휘

1
어휘
의미

뜻에 알맞은 낱말을 찾아 선으로 이으세요.

(1) 개시	●	●	㉮ 세차고 격렬한 싸움.
(2) 공습	●	●	㉯ 어떤 일을 시작하는 것.
(3) 격전	●	●	㉰ 어떤 일을 본격적으로 시작하다.
(4) 돌입하다	●	●	㉱ 비행기에서 총을 쏘거나 폭탄을 떨어뜨려 적을 공격함.

2
어휘
활용

빈칸에 들어갈 알맞은 낱말을 [보기]에서 찾아 쓰세요.

[보기]　　　격전　　　공습　　　개시　　　돌입

하늘에서 (1) (　　　　　　　　) 이/가 시작되자, 우리 부대에도 공격 (2) (　　　　　　　　)

명령이 떨어졌다. 적군이 점령한 섬을 되찾는 것이 우리 부대의 임무였다.

우리 부대가 섬에 상륙해 전투에 (3) (　　　　　　　　) 하자, 여러 섬들이 둘러싼 작은 섬

일대에서 (4) (　　　　　　　　) 이/가 벌어졌다.

3
어휘
확장

밑줄 친 낱말의 뜻을 [보기]에서 골라 기호를 쓰세요.

[보기]　• 함정: ㉮ 크거나 작은 군사용 배.
　　　　　　　㉯ 짐승을 잡기 위해 파 놓은 구덩이.
　　　　　　　㉰ 남을 어려움에 빠뜨리거나 해치기 위해 꾸민 일.

(1) 범인들은 경찰이 꾸민 함정에 걸려 순식간에 포위되었다. (　　　　　)

(2) 일본 함정이 독도가 보이는 곳까지 와서 군사 훈련에 참가했다. (　　　　　)

(3) 야생 동물을 잡으려고 산속에 함정을 파 놓은 사람들이 붙잡혔다. (　　　　　)

(4) 우리나라 해군이 최신 무기로 무장한 함정을 개발하겠다고 밝혔다. (　　　　　)

(5) 홍길동은 초란이 꾸민 함정을 눈치챘지만 모른 척하고 무슨 일인지 되물었다. (　　　　　)

내일이 크리스마스인데 남편에게 줄 선물을 살 돈은 고작 1달러* 87센트*뿐이었다. 델라는 남편에게 잘 어울리는 특별한 물건을 선물하고 싶었다. 그래서 머리카락을 팔기로 마음먹었다. 그녀의 길고 아름다운 머리카락은 남편이 할아버지 때부터 물려받은 금시계와 함께 두 내외*가 자랑스럽게 여기는 보물이었다.

델라는 머리 장신구*를 파는 가게에 가서 20달러에 머리카락을 팔았다.

그로부터 두 시간 후, 델라는 21달러를 지불하고 고상한* 디자인의 ㉠백금* 시곗줄을 구입했다. 그리고 집으로 돌아와 거울에 비친 자신의 모습을 바라보았다.

"설마 짐이 나를 보고 화를 내진 않겠지? 어쩔 수 없었어. 겨우 1달러 87센트를 가지고 뭘 살 수 있겠어?"

저녁에 집으로 돌아온 짐은 델라의 머리를 보고 꼼짝도 하지 않고 서 있었다. 델라를 보는 그의 눈에는 그녀가 헤아릴 수 없는 표정이 담겨 있었다. 그것은 노여움*이나 놀라움, 비난*이나 공포가 아니었다. 그는 표현하기 어려운 표정으로 잠자코 그녀를 바라보았다.

델라는 짐에게 말했다.

"그런 눈으로 쳐다보지 마세요. 당신에게 선물도 주지 않고 크리스마스를 보낼 순 없어서 머리카락을 잘라 팔았어요. 당신은 내가 얼마나 근사한 선물을 준비했는지 모를 거예요."

"당신의 아름다운 머리카락은 이제 없단 말이지?"

짐은 ㉡얼떨떨한* 표정으로 되물었다.

"찾아봐도 소용없어요. 팔아 버렸는걸요. 짐, 오늘 밤은 크리스마스이브예요. 당신을 위해서 그랬어요."

짐은 델라를 힘껏 안아 주었다. 그리고 외투 주머니에서 작은 상자를 꺼냈다.

"델라, 오해하지* 말아 줘. 상자를 풀어 보면 내가 왜 얼이 나가* 있었는지 알게 될 거야."

델라는 재빨리 포장지를 풀었다. 그러자 기뻐 어쩔 줄 모르는 환성*이 터져 나왔다. 뒤이어 델라는 눈물을 쏟을 수밖에 없었다. 상자 안에는 델라가 오래전부터 갖고 싶어 했던 아름다운 머리핀이 들어 있었다.

델라는 눈물 젖은 얼굴에 애써* 미소를 지으며 말했다.

㉢"짐, 내 머리카락은 아주 빨리 자라요!"

그러더니 "오, 어머나!" 하고 외쳤다.

짐은 아직 그녀가 준비한 선물을 보지 못한 것이다. 델라는 그에게 선물을 내밀었다.

낱말 풀이

＊**달러, 센트** 미국의 화폐 단위. 1달러는 100센트임. ＊**내외** 남편과 아내. ＊**장신구** 몸을 보기 좋게 꾸미는 데 쓰는 물건. ＊**고상한** 수준이 높고 품위가 있는. ＊**백금** 장식품이나 기계 등에 쓰는 단단한 은빛 금속. ＊**노여움** 분하고 섭섭하여 화가 치미는 감정. ＊**비난** 다른 사람의 잘못이나 결점에 대하여 나쁘게 말함. ＊**얼떨떨한** 뜻밖의 일로 정신이 없고 멍한. ＊**오해하지** 어떤 사실을 잘못 알거나 잘못 받아들이지. ＊**얼이 나가** 정신이 나가 어리둥절해져. ＊**환성** 기쁘고 반가워서 지르는 소리. ＊**애써** 몸과 마음을 다하여 힘써. ＊**빙긋이** 입을 살짝 벌리거나 입가를 조금 올리고 소리 없이 가볍게 웃는 모양.

"멋지죠? 온 시내를 뒤져서 찾아냈어요. 당신 시계를 줘요. 얼마나 잘 어울리는지 보고 싶어요."

그러나 짐은 시계를 꺼내는 대신 빙긋이* 웃었다.

"델라, 크리스마스 선물은 잠시 보관해 둡시다. 난 당신에게 머리핀을 사 주려고 시계를 팔았어."

– 오 헨리, 「크리스마스 선물」

● ● ●

1
세부
내용

이 글의 내용으로 알맞지 <u>않은</u> 것은 무엇인가요? (   )

① 이 글의 시간적 배경은 크리스마스 전날이다.
② 짐은 델라의 짧은 머리를 보고 화가 많이 났다.
③ 짐과 델라는 크리스마스 선물을 살 돈이 없었다.
④ 델라는 짐이 자신의 머리를 보고 놀랄까 봐 걱정했다.
⑤ 등장인물들의 보물은 델라의 머리카락과 짐의 금시계였다.

2
세부
내용

㉠에 대한 설명으로 가장 적절한 것은 무엇인가요? (   )

① 델라의 처지를 알게 해 주는 소재이다.
② 짐에 대한 델라의 애정을 나타내는 소재이다.
③ 짐이 델라에 대해 호감을 갖게 되는 소재이다.
④ 짐과 델라가 서로의 사랑을 확인하는 소재이다.
⑤ 델라가 짐을 더 사랑한다는 것을 알게 하는 소재이다.

3
어휘
어법

㉡과 바꾸어 쓸 수 있는 낱말은 무엇인가요? (   )

① 뒤숭숭한   ② 갈팡질팡한   ③ 허둥지둥한
④ 어리둥절한   ⑤ 두런두런한

4
추론
하기

㉢에 나타난 '델라'의 마음으로 알맞은 것은 무엇인가요? (   )

① 기쁘고 설레는 마음   ② 슬프고 안타까운 마음
③ 두렵고 걱정스러운 마음   ④ 원망스럽고 실망한 마음
⑤ 고맙고 위로하려는 마음

5 등장인물들과 비슷한 경험을 말한 친구는 누구인가요? (   )

적용
창의

① 경남: 용돈이 모자라서 아끼던 책을 서점에 팔았어.

② 선민: 친구가 필통을 잃어버려서 내 필통을 선물했어.

③ 민희: 어제 친구를 섭섭하게 해서 화해하려고 선물을 준비했어.

④ 주평: 내가 아끼는 인형을 선물했는데 친구가 좋아하지 않아서 슬펐어.

⑤ 예은: 동생에게 스케이트를 선물했는데 날씨가 따뜻해져서 스케이트장이 문을 닫았어.

6 [보기]의 ㉮를 통해 글쓴이가 말하고자 한 내용으로 알맞은 것은 무엇인가요? (   )

주제
찾기

> [보기]   나는 여기에서 가장 소중한 보물을 서로를 위해 가장 현명하지 못한 방법으로 희생
> 시킨 두 사람의 이야기를 독자 여러분께 소개했다.
>   하지만 마지막으로 한마디 덧붙인다면, ㉮어떤 훌륭한 선물을 하는 사람들보다도
> 이 두 사람이야말로 가장 현명했다는 것을 꼭 알려 주고 싶다.

① 경남: 글쓴이는 이 글에서 부부 간의 소통의 중요성에 대해 말하고 있어.

② 선민: 글쓴이는 두 주인공을 통해 부부 간의 진실한 사랑에 대해 말하고 있어.

③ 예은: 글쓴이는 쓸모없는 선물을 한 부부의 예를 들어 사랑의 어리석음에 대해 말하고 있어.

④ 민희: 글쓴이는 부부를 가장 현명하다고 하며 진실한 사랑은 상대방이 원하는 선물을 하는 것
이라고 말하고 있어.

⑤ 주평: 글쓴이는 자신에게 가장 소중한 보물을 희생한 인물을 통해 진실한 사랑은 희생을 통해
이룰 수 있다고 말하고 있어.

7 이 글에 대한 감상으로 알맞지 <u>않은</u> 것은 무엇인가요? (   )

감상
하기

① 선물은 모두 소용없는 것들이지만 서로를 위로하는 결말에서 주제를 강조하고 있어.

② 글쓴이는 사랑을 확인하려고 선물을 주며 서로를 끊임없이 의심하는 인간의 특징을 드러냈어.

③ 경쾌한 분위기로 선물을 준비하는 앞부분과 선물이 모두 소용없게 된 뒷부분을 대비시켜 읽는
재미를 주고 있어.

④ 글쓴이는 크리스마스라는 시간적 배경을 강조해 가난하지만 착한 사람들의 이야기를 뚜렷하
게 드러내 보여 주고 있어.

⑤ 두 주인공이 상대방에게 선물하기 위해 희생시킨 보물이 무엇인지 마지막 장면에 제시하여 극
적 반전의 효과를 주고 있어.

25회 지문 익힘 어휘

1
어휘
의미

낱말 뜻에 알맞은 낱말을 낱말 카드로 만들어 쓰세요.

| 고 | 여 | 해 | 애 | 오 | 움 | 노 | 환 |

(1) 수준이 높고 품위가 있다. → ☐ 상 하다

(2) 기쁘고 반가워서 지르는 소리. → ☐ 성

(3) 몸과 마음을 다하여 힘쓰다. → ☐ 쓰 다

(4) 분하고 섭섭하여 화가 치미는 감정. → ☐ ☐ ☐

(5) 어떤 사실을 잘못 알거나 잘못 받아들이다. → ☐ ☐ 하다

2
어휘
활용

빈칸에 들어갈 알맞은 낱말을 [보기]에서 찾아 쓰세요.

| [보기] | 오해 | 고상 | 환성 | 애쓰는 | 노여움 |

(1) 나는 환경을 보호하기 위해 일회용품을 덜 쓰려고 (　　　　　) 중이다.

(2) 학교 앞에 좋아하는 연예인이 와서 나도 모르게 (　　　　　)을/를 질렀다.

(3) 윤슬이는 옷차림도 얌전하고 말씨도 (　　　　　)해서 어른들이 좋아하신다.

(4) 옛날 사람들은 벼락이 치면 하늘이 (　　　　　)을/를 나타내는 것이라고 생각했다.

(5) 지아는 머리가 짧고 남자 옷을 좋아해서 종종 남자아이로 (　　　　　)하는 사람들이 있다.

3
어휘
확장

밑줄 친 낱말과 바꿔 쓸 수 있는 낱말을 찾아 기호를 쓰세요.

(1) 전통문화에는 그 민족의 얼이 담겨 있다. ·························· (　　　)

　㉮ 정성　　　　㉯ 정신　　　　㉰ 노력

(2) 나는 폭발하려는 노여움을 참느라고 주먹을 꽉 쥐었다. ·········· (　　　)

　㉮ 화　　　　㉯ 웃음　　　　㉰ 부끄러움

(3) 금실이 좋은 주인 내외는 진심으로 그가 마음에 들었다. ·········· (　　　)

　㉮ 부자　　　　㉯ 부녀　　　　㉰ 부부

結
맺을 결

결(結) 자는 '맺다', '모으다', '묶다'라는 뜻을 가진 글자예요. 가는 실 사(絲) 자와 길할 길(吉) 자가 합쳐져 좋고 길한 일이 실처럼 이어진다는 데서 '맺다'나 '묶다' 같은 뜻을 표현했어요.

● 다음 획순에 따라 한자를 따라 쓰세요.

結	´	ㄠ	ㄠ	ㄠ	糸	糸	糸	糸	紶	結	結	結
結	結	結										

결실 結實	곡식이나 과일나무가 열매를 맺거나 맺은 열매가 익음.
(맺을 결, 열매 실)	예 결실의 계절인 가을을 맞았다. 비슷한말 열매맺이

단결 團結	여러 사람이 마음과 힘을 한데 합침.
(둥글 단, 맺을 결)	예 1997년 우리 국민들은 단결해서 외환 위기를 이겨 냈다. 비슷한말 단합(團合): 여러 사람이 한마음으로 뭉침.

결혼 結婚	남자와 여자가 법적으로 부부가 됨.
(맺을 결, 혼인할 혼)	예 막내 이모는 결혼을 앞두고 우리 집에 인사하러 왔다. 비슷한말 혼인(婚姻)

Q 다음 낱말과 비슷한 뜻을 가진 낱말은 무엇인가요? (   )

단결

① 결실   ② 결혼   ③ 혼인   ④ 단합   ⑤ 열매맺이

수능 국어
실전 30분 모의고사

문학

5학년 | 2회분 수록

제1회 모의고사
문학

이름	

※ 모의고사 유의 사항

○ 문제지의 해당란에 이름을 쓰십시오.

○ 모의고사의 문항 수는 총 20문제이며, 시간은 총 30분입니다.

○ 표지를 넘기면 우측 상단에 있는 QR 코드를 스마트폰으로 찍으십시오.

○ 타이머 영상이 재생되면 스마트폰을 옆에 두고 남은 시간을 확인하면서 문제를 풀면 됩니다.

[1~4] 다음 글을 읽고 물음에 답하시오.

크로머가 얘기를 시작했다. 그는 자신이 저지른 못된 장난을 무슨 영웅담이나 되는 것처럼 자랑삼아 떠벌렸다. 나는 잠자코 듣고만 있었다. 그러면서도 나의 침묵이 크로머의 노여움을 사지 않을까 두려웠다. ㉠두려운 마음에 나도 이야기를 늘어놓았다. 황당무계한 도둑의 일화를 꾸며냈는데, 내가 그 이야기의 주인공이었다. 물방앗간 근처의 과수원에서 최고 품종의 사과를 훔친 이야기였다. 이야기를 꾸며내 들려주는 것은 나에게는 흔히 있는 일이었다. 나는 자루가 너무 무거워 결국 절반의 사과를 남겨두고 반 시간 후 다시 돌아와 나머지 사과를 모조리 가져갔다고 이야기를 이어갔다.

"그 얘기 진짜야?"

"그럼!"

내심 겁이 나 숨이 턱턱 막히는 중에도 나는 고집스럽게 단언했다.

"너, 맹세할 수 있어?"

그의 질문에 나는 몹시 놀랐지만 즉시 그렇다고 답했다.

"너도 알겠지? 물방앗간 옆에 있는 과수원이 누구네 것인지."

크로머가 나직이 물었다.

"아니, 난 몰라. 물방앗간 주인의 것이겠지 뭐."

그렇게 말하자 크로머는 내 어깨에 팔을 두르더니 나를 바싹 끌어당겼다. 크로머의 두 눈은 사악했다. 음흉한 미소를 띤 얼굴에는 잔인한 기운이 넘쳤다.

"난 그 과수원이 사과를 도둑맞았다는 이야기를 들은 적이 있지. 그리고 훔친 녀석을 알려 주는 사람에게 2마르크를 주겠다는 과수원 주인의 말도 들은 적이 있고."

"맙소사!"

나는 나도 모르게 크게 소리치고야 말았다.

"설마 2마르크 때문에 나를 고발할 생각은 아니겠지?"

크로머의 양심에 호소하는 것이 아무 소용이 없음을 나는 느꼈다. 그는 분명 다른 세계의 사람이었고, 그 세계 사람에게 배반 따위는 아무 죄악도 아니었다.

"아무 말도 하지 말라고?"

크로머는 날 바라보며 웃었다.

"이봐, 친구. 내가 2마르크 동전을 만들어 낼 수 있는 화폐 위조범이라도 된다고 생각하는 거야? 보다시피 나는 가난한 놈이야. 너처럼 부자인 아버지가 내게는 없단 말이지. 그러니 2마르크를 벌 수 있다면 벌어야 해. 어쩌면 주인은 더 줄지도 모르지."

세계가 내 주위에서 무너졌다. 분명 떠들고 다니겠지. 내가 죄를 지었다고 고발할 것이다. 나는 범죄자가 분명하니까. 내가 훔치지 않았다는 것은 이제 문제가 되지 않았다. 나는 맹세까지 하지 않았던가? 세상에, 하느님 맙소사! ㉡눈물이 핑 돌았다. 나는 크로머에게 어떤 대가를 치르더라도 나 자신을 구해야겠다고 생각했다.

- 헤르만헤세, 「데미안」

1. 이 글에 대한 설명으로 알맞지 <u>않은</u> 것은 무엇인가요? (   )

① 주인공인 나는 부잣집 아들이다.
② 내가 주인공이 되어 말하고 있다.
③ 대화를 통해 내용이 전개되고 있다.
④ 친구와의 우정에 대한 내용을 담고 있다.
⑤ 표정 등의 심리 묘사를 자세히 하고 있다.

2. ㉠에서 짐작되는 '나'의 마음은 무엇인가요?
(   )

① 영웅인 것을 자랑하고 싶은 마음
② 자신의 능력을 자랑하고 싶은 마음
③ 혹시나 미움을 살까 걱정하는 마음
④ 친구들에게 부러움을 받고 싶은 마음
⑤ 크로머의 코를 납작하게 해 주고 싶은 마음

3. ㉡의 이유로 알맞은 것은 무엇인가요? (   )

① 못된 장난을 쳐서
② 2마르크를 잃어버려서
③ 친구들이 나를 싫어해서
④ 과수원 사과를 훔친 걸 들켜서
⑤ 크로머가 나를 고발할 것 같아서

4. <보기>는 이 글의 뒷부분 줄거리입니다. 이 글과 <보기>를 통해 볼 때 주제로 가장 알맞은 것은 무엇인가요? (   )

⎯⎯⎯ < 보 기 > ⎯⎯⎯

싱클레어(나)는 크로머를 만나 악의 세계에 빠지게 되지만, 데미안을 통해 극복하게 된다. 그 후 데미안과 함께 제1차 세계 대전에 참전하게 되고, 전쟁 도중 다쳐서 병원에 입원하게 된다. 이러한 싱클레어에게 데미안은 '너는 네 자신의 목소리에 귀 기울여야 해.'라고 말하고 사라진다.

---

① 거짓말을 하면 안 된다.
② 좋은 친구를 사귀어야 한다.
③ 악의 세계에 빠지면 안 된다.
④ 친구와 사이좋게 지내야 한다.
⑤ 자신의 인생은 자기가 만들어야 한다.

내일이 크리스마스인데 남편에게 줄 선물을 살 돈은 고작 1달러 87센트뿐이었다. 델라는 남편에게 잘 어울리는 특별한 물건을 선물하고 싶었다. 그래서 머리카락을 팔기로 마음먹었다. 그녀의 길고 아름다운 머리카락은 남편이 할아버지 때부터 물려받은 금시계와 함께 두 내외가 자랑스럽게 여기는 보물이었다. 델라는 머리 장신구를 파는 가게에 가서 20달러에 머리카락을 팔았다. 그로부터 두 시간 후, 델라는 21달러를 지불하고 고상한 디자인의 백금 시곗줄을 구입했다. 그리고 집으로 돌아와 거울에 비친 자신의 모습을 바라보았다.

"설마 짐이 나를 보고 화를 내진 않겠지? 어쩔 수 없었어. 겨우 1달러 87센트를 가지고 뭘 살 수 있겠어?"

저녁에 집으로 돌아온 짐은 델라의 머리를 보고 꼼짝도 하지 않고 서 있었다. 델라를 보는 그의 눈에는 그녀가 헤아릴 수 없는 표정이 담겨 있었다. 그것은 노여움이나 놀라움, 비난이나 공포가 아니었다.

델라는 짐에게 말했다.

"그런 눈으로 쳐다보지 마세요. 당신에게 선물도 주지 않고 크리스마스를 보낼 순 없어서 머리카락을 잘라 팔았어요. 당신은 내가 얼마나 근사한 선물을 준비했는지 모를 거예요."

"당신의 아름다운 머리카락은 이제 없단 말이지?"

짐은 얼떨떨한 표정으로 되물었다.

"찾아봐도 소용없어요. 팔아버렸는걸요. 짐, 오늘 밤은 크리스마스 이브예요. 당신을 위해서 그랬어요."

짐은 델라를 힘껏 안아주었다. 그리고 외투 주머니에서 작은 상자를 꺼내었다.

"델라, 오해하지 말아줘. 상자를 풀어 보면 ㉠

내가 왜 얼이 빠져 있었는지 알게 될 거야."

델라는 재빨리 포장지를 풀었다. 그리고 기뻐 어쩔 줄 모르더니 곧 눈물을 흘렸다. 상자 안에는 델라가 오래전부터 갖고 싶어 했던 아름다운 머리핀이 들어있었다.

델라는 눈물 젖은 얼굴에 애써 미소를 지으며 말했다.

"짐, 내 머리카락은 아주 빨리 자라요!"

그러더니 "오, 어머나!" 하고 외쳤다.

짐은 아직 그녀가 준비한 선물을 보지 못한 것이다. 델라는 선물을 그에게 내밀었다.

"멋지죠? 온 시내를 뒤져서 찾아냈어요. 당신 시계를 줘요. 얼마나 잘 어울리는지 보고 싶어요."

그러나 짐은 시계를 꺼내는 대신 빙긋이 웃었다.

"델라! 크리스마스 선물은 잠시 보관해 둡시다. 난 당신에게 머리핀을 사 주려고 시계를 팔았어."

- 오 헨리, 「크리스마스 선물」

5. 이 글의 주제로 가장 알맞은 것은 무엇인가요?
（　　　　）

① 부부의 가난한 삶
② 가족에 대한 믿음
③ 가난에 대한 고통
④ 부부의 진실된 사랑
⑤ 크리스마스 선물의 가치

6. ⊙의 이유로 알맞은 것은 무엇인가요? （　　　　）

① 델라의 짧은 머리가 예쁘지 않아서
② 크리스마스 선물로 시곗줄을 받아서
③ 크리스마스 선물로 머리핀을 준비해서
④ 델라가 말도 하지 않고 머리카락을 잘라서
⑤ 크리스마스 선물로 준비한 머리핀이 초라해서

7. 이 글을 통해 알 수 있는 '델라와 짐'의 성격으로 알맞은 것은 무엇인가요? （　　　　）

① 욕심이 많다.
② 배려가 깊다.
③ 우울하고 어둡다.
④ 남 눈치를 잘 본다.
⑤ 소심하고 조용하다.

8. 〈보기〉는 이 글의 일부분을 연극 대본으로 재구성한 것입니다. ⓐ에 들어갈 알맞은 말은 무엇인가요? （　　　　）

─── 〈보　기〉 ───

　델라는 집에 돌아와서 거울에 비친 자신의 모습을 바라본다.
델라: （　ⓐ　） 설마 짐이 나보고 화를 내지 않겠지? 어쩔 수 없었어. 겨우 1달러 87센트를 가지고 뭘 살 수 있겠어?
　저녁에 집으로 돌아온 짐은 델라의 머리를 보고 꼼짝도 하지 않았다.

① 화난 표정으로
② 슬픈 표정으로
③ 짜증나는 표정으로
④ 걱정스러운 표정으로
⑤ 부끄러워하는 표정으로

동부여의 금와왕이 태백산 남쪽 우발수 못가에서 한 여자를 만났는데, 그 여인이 이렇게 말했다.

"저는 물의 신 하백의 딸, 유화입니다. 동생들과 놀러 나왔다가 한 남자를 만났지요. 그는 자신이 천제의 아들 해모수라고 말했습니다. 저는 첫눈에 반하고 말았지요. 그리고 그도 저를 좋아하였습니다. 그는 곧바로 제게 혼인을 청했고 저는 승낙했습니다. 그는 웅신산 아래 압록강가에 있는 집으로 저를 데리고 갔고, 그곳에서 우리는 혼인을 했습니다. 혼인을 한 후 해모수는 곧 데리러 올 것이라고 하고는 하늘로 올라가 버렸습니다. 하지만 그는 약속을 지키지 않았습니다. 제 아버지, 하백은 그 사실에 노하셨고 저를 이곳 우발수 못가로 귀양을 보내셨습니다."

유화의 사연을 들은 금와왕은 유화를 궁으로 데려갔고, 유화는 궁궐의 햇빛이 잘 들지 않는 방에서 지내게 되었다. 그런데 햇빛이 들지 않던 방에 햇빛이 찾아들어와 유화의 몸을 비추었다. 유화가 피하자 햇빛이 유화를 따라다녔다. 그런 일이 있고 난 후 유화의 배가 점점 불러 왔다. 그리고 유화는 커다란 알 하나를 낳았다. 그 소식을 들은 금와왕은 (㉠) 말했다.

"유화가 알을 낳았다고? 괴상한 일이로다! 그 알을 돼지에게 주도록 해라!"

유화가 낳은 알은 금와왕의 명령대로 돼지우리에 버려졌다. 그런데 돼지는 슬슬 알을 피해 다녔다. 그러자 금와왕은 알을 개에게 던져주라고 명했다. 하지만 개에게 주어도 마찬가지였다. 그래서 왕은 알을 길에 버리도록 했다. 그러나 길가의 말과 소들 역시 알을 밟지 않으려고 멀리 피해 다녔다. 그러자 왕은 알을 들판에 버리도록 했다. 그랬더니 새와 짐승들이 모여들어 깃털과 몸으로 알을 덮어 주었다.

화가 난 금와왕은 알을 도끼로 찍고, 창으로 찔러 깨뜨리려고 했지만 알은 깨지지 않았다. 이에 무언가 심상치 않음을 깨달은 금와왕은 유화에게 알을 돌려주었다.

알이 무사히 돌아오자, 유화는 천으로 알을 부드럽게 감싸 따뜻한 곳에 놓아두었다. 얼마 후, 늠름하고 영특하게 생긴 아이가 껍질을 깨고 알에서 나왔다. 그 아이는 일곱 살이 되자 활과 화살을 만들어 쏘곤 했는데, ㉡백 번을 쏘면 백 번 다 맞히는 실력이었다. 그래서 사람들은 아이를 주몽이라고 불렀다. 부여에서는 '활 잘 쏘는 사람'을 주몽이라고 부르곤 했기 때문이었다. 주몽은 자라서 고구려를 건국한 동명왕이 되었다.

- 「주몽 신화」

9. 이 글의 내용과 일치하지 <u>않는</u> 것은 무엇인가요?
(   )

① 유화는 물의 신 하백의 딸이다.
② 유화는 해모수와 혼인을 하였다.
③ 금와왕이 알을 도끼로 찍자 알이 깨졌다.
④ 새와 짐승들이 모여 깃털과 몸으로 알을 덮어
주었다.
⑤ 금와왕은 유화가 낳은 알을 돼지우리에 버리
라고 했다.

10. 글의 흐름상 ㉠에 들어갈 내용으로 알맞은 것
은 무엇인가요? (   )

① 화를 내며
② 활짝 웃으며
③ 깜짝 놀라며
④ 눈물을 흘리며
⑤ 상냥한 표정으로

11. ㉡을 나타내는 성어로 적절한 것은 무엇인가
요? (   )

① 어부지리(漁夫之利)
② 백발백중(百發百中)
③ 군계일학(群鷄一鶴)
④ 일석이조(一石二鳥)
⑤ 오십보백보(五十步百步)

12. <보기>는 '신라의 건국 신화'입니다. 두 이야
기를 읽고 난 후의 반응으로 알맞지 <u>않은</u> 것은
무엇인가요? (   )

┌─── < 보 기 > ───┐

　경주 지방에는 여섯 개의 마을이 있었다.
여섯 마을에는 각각 촌장이 있었지만, 임금
이 따로 없었다. 그러던 어느 날, 산속의 우
물가에서 말이 무릎을 꿇고 울고 있었다. 촌
장들이 다가가자 말은 하늘로 날아가고 커다
란 알 하나가 놓여있었다. 촌장들은 알을 깨
뜨려 보았고, 그 속에서 갓난아기가 나왔다.
알에서 나온 아이가 바로 신라를 세운 박혁
거세이다.

└────────────────┘

① 건국 신화는 신비한 것 같아.
② 주몽은 활 쏘는 것을 잘했다고 해.
③ 주몽과 박혁거세 모두 알에서 태어났어.
④ 박혁거세가 주몽보다 더 특별한 것 같아.
⑤ 주몽은 고구려, 박혁거세는 신라를 건국했어.

"네 @소원이 무엇이냐?"하고 하느님이 물으시면, 나는 서슴지 않고 "내 소원은 대한 독립이오." 하고 대답할 것이다. "그다음 소원은 무엇이냐?" 하면, 나는 또 "우리나라의 독립이오." 할 것이요, 또 "그다음 소원이 무엇이냐?" 하는 세 번째 번 물음에도, 나는 더욱 소리를 높여서 "나의 소원은 우리나라 대한의 완전한 자주독립이오." 하고 대답할 것이다.

ⓑ동포 여러분!

나 김구의 소원은 이것 하나밖에 없다. 내 과거의 칠십 평생을 이 소원을 위해 살아왔고, 현재에도 이 소원 때문에 살고 있으며, 미래에도 나는 이 소원을 이루려고 살 것이다. 칠십 평생을 독립이 없는 나라의 백성으로 서러움과 부끄러움과 애타는 마음을 가졌던 나에게, 세상에서 가장 좋은 것은 완전하게 자주독립한 나라의 백성으로 살아 보다가 죽는 일이다. 나는 일찍이 우리 독립 정부의 문지기가 되기를 원하였는데, ⓒ그것은 우리나라가 독립국만 되면 나는 그 나라에 가장 미천한 자가 되어도 좋다는 뜻이다. 왜냐하면 독립한 제 나라의 빈천이 남의 밑에 사는 부귀보다 기쁘고, 영광스럽고, 희망이 많기 때문이다.

ⓓ옛날 일본에 갔던 신라의 충신 박제상이, "차라리 계림의 개, 돼지가 될지언정 왜왕의 신하로 부귀를 누리지 않겠다."라고 한 것이 그의 진정이었던 것을 나는 안다. 왜왕이 높은 벼슬과 많은 재물을 준다는 것도 거절하고 제상이 기꺼이 죽음을 택한 것은, "차라리 내 나라의 귀신이 되리라."는 신조 때문이었다.

근래, ⓔ우리 동포 중에는 우리나라가 어느 이웃 나라의 연방에 편입이 되기를 소원하는 사람이 있다 한다. 나는 그 말을 믿지 않지만, 만일 정말로 그러한 사람이 있다고 한다면 그는 제정신을 잃은 미친놈이라고밖에 볼 수 없다. 나는

공자·석가·예수의 도를 배웠고 그들을 성인으로 숭배하지만, 그들이 합하여 세운 천당·극락이 있다 하더라도 그것이 우리 민족이 세운 나라가 아니기 때문에 나는 우리 민족을 그 나라로 끌고 들어가지 않을 것이다.

왜냐하면 피와 역사를 같이하는 민족이란 ㉠완연히 있는 것이어서, 내 몸이 남의 몸이 될 수 없는 것과 같이 이 민족이 저 민족이 될 수 없는 것은, 마치 형제도 한집에서 살기 어려운 것과 같은 것이다. 둘 이상이 합하여서 하나가 되자면 하나는 높고 하나는 낮아서, 하나는 위에 있어서 명령하고 하나는 밑에 있어서 복종하는 것이 근본 문제가 되는 것이다.

- 김구, 「나의 소원」

13. 이 글에 대한 설명으로 알맞지 <u>않은</u> 것은 무엇인가요? (　　　)

① 듣는 이에게 생각을 전달한다.
② 단정적이고 단호한 말투로 말한다.
③ 대상에 대해 자세히 설명하기 위한 글이다.
④ 우리나라의 자주독립에 대한 소원이 나와 있다.
⑤ 묻고 답하는 표현을 사용해 자신의 생각을 강조한다.

14. 이 글의 내용과 일치하지 <u>않는</u> 것은 무엇인가요? (　　　)

① 김구의 소원은 자주독립이다.
② 우리 동포는 모두 독립을 원한다.
③ 김구는 칠십 평생 독립을 위해 살아왔다.
④ 김구는 독립이 되면 가장 가난한 사람이 되어도 좋다고 했다.
⑤ 박제상은 왜왕이 높은 벼슬을 준다는 것도 거절하고 죽음을 택했다.

15. ㉠의 뜻으로 알맞은 것은 무엇인가요? (　　　)

① 모양이 서로 비슷하게
② 마음속으로 은근히 기쁘게
③ 눈에 보이는 것처럼 아주 뚜렷하게
④ 몹시 답답하거나 안타까워 속이 끓는 듯하다.
⑤ 벌레가 꿈틀거리듯이 길게 뻗어 있는 모양이 구불구불하게

16. <보기>를 바탕으로 이 글에 대한 설명으로 알맞지 <u>않은</u> 것은 무엇인가요? (　　　)

> ─── 〈 보 기 〉 ───
>
> 　연설문은 여러 사람 앞에서 내 의견이나 주장을 말하기 위해 쓴 글로, 설득을 목적으로 한다. 주장을 통해 생각이나 의견을 내세우고, 다양한 자료나 구체적인 예를 활용하여 주장을 뒷받침하는 근거를 설명한다. 보통 대통령 선거와 같이 선거 유세할 때 후보자들이 자신의 공약을 말하는 모습이 있다.

① ⓐ를 반복해서 말하며 강조하고 있다.
② ⓑ는 설득할 대상을 가리킨다.
③ ⓒ는 김구의 의견이라고 볼 수 있다.
④ ⓓ는 예시를 들어 주장을 뒷받침하고 있다.
⑤ ⓔ는 설득할 대상을 비판하고 있다.

[앞부분 줄거리] 조선 세종 때, 홍길동은 재상 홍 판서와 여종 춘섬의 아들로 태어났다. 어릴 때부터 비상한 재주가 있었지만 아버지에게 아들로 인정받지 못하고, 아버지의 첩 곡산모에게 목숨마저 위협당하자 홍길동은 집을 떠나기로 결심했다.

"밤이 깊었는데 무슨 까닭으로 자지 않고 찾아왔느냐?"

"소인이 집을 떠나는 길에 대감께 마지막 인사를 드리러 왔습니다. 부디 평안히 계십시오."

대감은 한숨을 이 쉬며 길동에게 말했다.

"㉠내가 너의 깊은 한을 짐작하겠구나. 오늘부터 나를 아버지라 부르고, 형을 형이라 부르는 것을 허락할테니 죄를 짓는 일만은 하지 말거라."

"아버님께서 소자의 소원을 풀어주시니 감사할 따름입니다."

다음날 집을 떠난 홍길동은 도적의 무리에 합류해 '㉡활빈당'이라 새로 이름 짓고 우두머리가 되었다. 당시 함경 감사는 백성들을 착취하기로 손꼽히는 탐관오리였다. 홍길동은 부하들과 함께 함경 감사를 혼내 줄 계획을 세우고, 먼저 성 밖에 불을 질렀다. 함경 감사와 병졸들이 성 밖의 불을 끄느라 허둥대는 동안 홍길동은 성 안에 들어가 곡식과 무기, 돈을 훔쳐 나왔다. 함경 감사는 뒤늦게 홍길동 무리에게 도둑질을 당했다는 것을 알고, 군사들을 모아 뒤쫓기 시작했다.

하지만 홍길동은 여유를 잃지 않았다. 풀로 허수아비를 일곱 개 만들고 주문을 외우며 숨을 불어넣자 일곱 명의 홍길동이 만들어졌다. 활빈당 부하들이 아무리 살펴봐도 진짜 홍길동을 구분할 수 없었다. 여덟 명의 홍길동은 조선 팔도에 흩어져 활약을 하기 시작했다. 가는 곳마다 탐관오리들의 창고를 열어 가난한 백성에게 곡식과 재물을 나눠준 것이다. 백성과 나라의 재산은 전혀 손대지 않아 홍길동의 이름은 백성들 사이에 금세 알려졌다.

하지만 전국의 수령들과 탐관오리들은 잠을 이루지 못했다. 밤새 창고를 지킨다 해도 홍길동이 비와 바람을 몰고 다니며 도술을 부려 순식간에 재물을 털어가버렸다. 각 고을의 수령들은 임금 앞으로 홍길동을 잡아달라며 앞다퉈 글을 올렸다.

임금도 사태가 심각하다고 생각해 홍길동을 잡은 자에게 큰 상금을 준다 했지만 성공한 이가 없었다. 나라에서 가장 이름난 포도대장을 보냈어도 실패하고 말았다. 심지어 같은 날, 같은 시각, 조선 팔도 곳곳에서 홍길동이 나타났다 하니 기가 막히고 답답할 뿐이었다.

- 「홍길동전」

17. 일이 일어난 순서에 맞게 ㉮~㉱의 기호를 쓰세요.

( ) → ( ) → ( ) → ( ) → ( )

> ㉮ 홍길동은 아버지에게 아들로 인정받지 못하였다.
> ㉯ 홍길동은 집을 떠나 활빈당의 우두머리가 되었다.
> ㉰ 홍길동은 재상 홍 판서와 여종의 아들로 태어났다.
> ㉱ 나라에서 가장 이름난 포도대장을 보냈는데도 홍길동을 잡지 못했다.
> ㉲ 활빈당은 탐관오리들의 창고를 열어 가난한 백성에게 곡식과 재물을 나눠주었다.

18. ㉠에서 짐작할 수 있는 것은 무엇인가요?
( )

① 죄를 짓는 일을 해서
② 어릴 때부터 집을 떠나서
③ 아버지의 말을 듣지 않아서
④ 백성들의 곡식과 재물을 훔쳐서
⑤ 종의 아들로 태어나서 아들로 인정받지 못해서

19. ㉡에 대한 설명으로 알맞지 <u>않은</u> 것은 무엇인가요? ( )

① 우두머리가 홍길동이다.
② 나라의 재산에도 손을 댔다.
③ 함경 감사의 곡식과 무기, 돈을 훔쳤다.
④ 가난한 백성들에게 곡식과 재물을 나눠줬다.
⑤ 홍길동이 합류한 도적 무리의 새로운 이름이다.

20. 이 글과 〈보기〉를 읽고, 홍길동에게 하고 싶은 말을 가장 알맞게 한 친구는 누구인가요?
( )

> ─────── 〈보 기〉 ───────
> 「홍길동전」은 신분 제도가 있는 조선시대를 배경으로 이야기가 전개된다. 홍길동은 종의 아들이라는 이유로 아버지를 아버지라고 부를 수 없었다. 또한, 뛰어난 능력을 갖추고 있었지만 과거 시험을 보거나 이를 활용할 수도 없었다. 작가는 「홍길동전」을 통해 당시 신분 제도의 문제점을 비판했다.

① 진오: 신분 제도는 좋은 거 같아.
② 혜연: 형은 형이라고 부를 수 있겠구나.
③ 호준: 하고 싶은 걸 다 할 수 있었겠다!
④ 아인: 신분 제도 때문에 정말 억울했을 것 같아.
⑤ 재준: 과거 시험을 보지 않아도 돼서 정말 기뻤겠다.

끝

제2회 모의고사
문학

이름	

※ 모의고사 유의 사항

○ 문제지의 해당란에 이름을 쓰십시오.

○ 모의고사의 문항 수는 총 20문제이며, 시간은 총 30분입니다.

○ 표지를 넘기면 우측 상단에 있는 QR 코드를 스마트폰으로 찍으십시오.

○ 타이머 영상이 재생되면 스마트폰을 옆에 두고 남은 시간을 확인하면서 문제를 풀면 됩니다.

[1~4] 다음 글을 읽고 물음에 답하시오.

1944년 6월 6일 화요일

키티,

"오늘은 디데이입니다." 하고 영국 방송이 발표했단다. 오늘이 바로 그날이야. 드디어 상륙 작전이 시작되는 거야.

영국 방송은 오늘 아침 8시에 뉴스에서 이렇게 말했어.

"프랑스 북서부의 칼레, 불로뉴, 르아브르, 셰르부르 그리고 파스칼레 일대의 하늘에서 엄청난 공습이 있었습니다. 모든 점령지에 사는 사람들의 안전을 위하여 해안에서 30킬로미터 안에 거주하는 사람들은 폭격에 ⓐ대비하라는 경고를 내렸습니다. 영국군은 공격 개시 한 시간 전에 경고 전단을 뿌릴 겁니다."

독일 방송은 영국의 낙하산 부대가 프랑스 해안에 상륙했고, 영국의 BBC 방송은 영국 상륙 부대가 독일 해군과 ⓑ격전 중에 있다고 전했어.

10시에 영국 방송은 독일어, 네덜란드어, 프랑스어, 그 밖의 외국어로 "상륙 작전이 시작되었습니다" 하고 발표했어. 진짜 상륙 작전이야.

11시, 라디오에서는 오늘이 디데이라는 성명이 나오고 최고 사령관 아이젠하워 장군이 프랑스 국민에게 ⓒ호소했어.

"곧 격전이 벌어질 것이고, 우리는 승리할 겁니다. 1944년을 완전한 승리의 해로 만듭시다. 모두의 행운을 ⓓ기원합니다."

1시, 영국 방송 뉴스에서는 이런 말이 흘러나왔어.

"1만 1,000대의 항공기가 쉬지 않고 군대를 ⓔ 수송하고 전투 부대를 내려보내 적의 후방을 공격하고 있습니다. 4,000척의 상륙용 보트와 소형 함정이 군대와 물자를 쉴 새 없이 수송하고 있고, 영국군과 미국군의 상륙 부대는 격렬한 전투에 돌입했습니다."

뉴스가 끝나자 벨기에 수상, 노르웨이 국왕, 프랑스의 드골 장군, 영국 국왕 등이 잇달아 연설했어. 마지막에는 처칠도 연설했지.

은신처 사람들 모두 흥분을 감추지 못하고 있어. 오랫동안 기다려왔던 자유가, 기다리고 기다리던 해방이 찾아오는 걸까? 정말로 올해 안에 이길 수 있을까? 아직은 모르지만 그 희망은 우리에게 새로운 용기와 힘을 줘. 우리는 모든 공포와 부자유, 고난에 용기를 가지고 맞서야 해. 가장 중요한 것은 냉정함을 잃지 않고 의젓하게 행동하는 거야.

키티, ㉠상륙 작전이 시작된 것은 무엇보다 기쁜 일이야. 이제 이 문제는 유대인들만의 문제가 아니야. 네덜란드의 문제이자 독일에게 점령당한 유럽 전체의 문제야.

어쩌면 언니가 말한 것처럼 우리도 9월이나 10월에는 다시 학교에 갈 수 있을지도 몰라.

그럼 안녕.

안네가.

- 안네 프랑크, 「안네의 일기」

1. 이 글을 읽는 방법으로 알맞은 것은 무엇인가요?
   (   )

   ① 주장과 근거를 파악하며 읽는다.
   ② 객관적인 사실을 판단하며 읽는다.
   ③ 운율과 같은 표현법을 음미하며 읽는다.
   ④ 글쓴이의 경험과 생각에 공감하며 읽는다.
   ⑤ 등장인물들의 심리와 행동을 파악하며 읽는다.

2. ⓐ~ⓔ와 바꾸어 쓸 수 있는 낱말로 알맞지 않은 것은 무엇인가요? (   )

   ① ⓐ: 준비하라는
   ② ⓑ: 싸움
   ③ ⓒ: 알렸어
   ④ ⓓ: 빕니다
   ⑤ ⓔ: 받고

3. ㉠에서 짐작할 수 있는 것은 무엇인가요?
   (   )

   ① 전쟁이 끝나서
   ② 군대가 물자를 줘서
   ③ 안전하게 대피할 수 있어서
   ④ 학교에 다닐 수 있게 되어서
   ⑤ 해방의 날이 올 거라는 희망이 생겨서

4. 이 글과 <보기>를 읽고 나눈 대화로 적절하지 않은 것은 누구인가요? (   )

   ─── <보 기> ───
   「안네의 일기」는 제2차 세계 대전 때, 독일에서 태어난 네덜란드 유대인 소녀 안네 프랑크가 2년 동안 숨어지내면서 일어난 일을 기록한 일기이다. 가상의 친구인 키티와 대화하는 형식으로 구성되어 있으며, 사춘기 소녀의 성장 과정과 전쟁 속에서도 사라지지 않는 희망과 용기 등에 대한 내용이 담겼다.

   ① 지수: 전쟁은 일어나면 안 되는 것 같아.
   ② 태희: 안네는 2년 동안 숨어지내면서 힘들었을 거야.
   ③ 규민: 가상의 친구 키티와 대화하다니 엉뚱한 성격인가 봐.
   ④ 원준: 이 글을 읽고 나니까 안네에 대해 더 찾아보고 싶어.
   ⑤ 나연: 안네는 전쟁이 끝나는 것에 대한 희망을 갖고 있었어.

[5~8] 다음 글을 읽고 물음에 답하시오.

[앞 이야기] 옛날에 왕치(방아깨비 큰 암컷)와 소새(물새의 한 종류)와 개미가 한집에 살았는데, 소새와 개미는 만날 놀고먹는 왕치가 얄미워 셋이 돌아가며 먹이를 구해 잔치를 열자고 제안한다. 첫날은 개미가 들에서 밥 광주리를, 둘째 날은 소새가 잉어를 잡아와 맛있게 먹는다. 셋째 날 저녁, 왕치는 물가에서 잉어를 잡으려다 잉어에게 잡아 먹혔고, 친구들은 왕치를 찾아 나선다.

어느덧 날이 저물어 땅거미가 져서 더 찾으려야 찾을 수가 없었다. 소새는 마음이 더욱 초조해졌지만 할 수 없이 집으로 돌아가기로 마음먹었다. 그러나 그동안 왕치가 돌아와 있으면 좋으련만 하는 희망은 잃지 않았다.

그때 마침 물 위를 날아 건너는데, 잉어 한 마리가 굼실거리며 떠오르는 것이 보였다. 이왕이면 사냥이나 해 갈 생각으로 휙 몸을 떨어뜨리면서 주둥이로 잉어의 눈을 꿰찼다.

개미는 먼저 돌아와 혼자서 기다리고 있었다. 왕치가 분명 일을 저질렀다고, 둘은 걱정에 ㉠땅이 꺼졌다. 그러나 다시 더 찾아보자니 날은 이미 저물었고, 밝은 다음 날로 미루는 수밖에 없었다.

왕치가 없는 집은 텅 빈 것 같았다. 둘은 섭섭한 마음으로 방금 소새가 잡아 온 잉어를 먹기 시작하였다. 좋은 음식을 대하니 동무가 더욱 생각나서 목에 걸렸다.

중간쯤 먹었을 때였다. 별안간 후루룩하더니 둘이 먹고 있던 잉어 배 속에서 왕치가 풀쩍 뛰어나오는 것이었다. 아까 왕치를 산 채로 잡아먹은 것이다. 그 잉어를 소새가 잡아 온 것이었다.

소새와 개미는 반가운 것도 반가운 것이지만, 깜짝 놀라 뒤로 나자빠졌는데, 폴짝 그렇게 잉어 배 속에서 뛰어나오면서 말하는 왕치의 행동이

너무 기가 막혔다.

㉡"휘, 더위! 어서들 먹게! 야, 이놈의 걸 내가 잡느라고 어떻게 애를 먹었는지! 에이, 덥다! 어서들 먹게!"

소새는 반가운 것도 놀라는 것도 이제는 어디로 가고 슬그머니 화가 났다. 잡기는 분명 소새 제가 잡아 그 덕에 잉어 배 속에서 귀신도 모르게 죽었을 것을 살려냈는데, 비위 좋게 제가 잡느라고 애를 쓴 것은 무엇이며 어서 먹으라고 거듭 생색을 내니 세상에 그런 비위짱도 있더냐 말이다. 소새는 주둥이가 한 자나 되게 뚜우 나와서는 샐룩 눈을 내리깔고 앉아 말이 없었다.

개미는 비로소 정신을 차리고 둘을 다시 보니 참 우스워 기절할 정도였다.

속을 못 차리고 공짜를 너무 바라는 이마가 벗어진다더니, 정말 왕치가 이마의 땀을 쓱쓱 닦는데 보기 좋게 머리가 훌러덩 벗어지고 말았다.

또, 소새는 주둥이가 한 발이나 쑥 나와 버렸고, 개미는 너무 웃다 못하여 대굴대굴 구르다가 그만 허리가 잘록 부러지고 말았다.

그때부터 왕치는 대머리가 된 것이고, 소새는 주둥이가 길어진 것이고, 개미는 허리가 부러진 것이라고 한다.

– 채만식, 「왕치와 소새와 개미와」

5. 이 글의 내용과 일치하지 <u>않는</u> 것은 무엇인가요?
(　　　)

① 소새는 주둥이가 길어졌다.
② 둘째 날 소새는 잉어를 잡아 왔다.
③ 왕치와 소새와 개미가 한집에 살았다.
④ 개미는 대굴대굴 구르다 대머리가 되었다.
⑤ 왕치는 잉어를 잡으려다 잉어에게 잡아 먹혔다.

6. ㉠의 뜻으로 알맞은 것은 무엇인가요? (　　　)

① 남을 깔보거나 비웃다
② 잘못되어도 손해 볼 것이 없다
③ 한숨을 깊이 쉬어 땅이 내려앉아 무너질 정도
④ 원하지 않는 일을 억지로 시키거나 부추기다
⑤ 걱정되어 가슴이 쿵쾅쿵쾅 뛰고 조마조마한 마음이 들다

7. ㉡을 통해 알 수 있는 '왕치'의 성격으로 알맞은 것은 무엇인가요? (　　　)

① 마음이 따뜻하다.
② 부끄러움이 많다.
③ 뻔뻔하고 염치없다.
④ 친구를 소중하게 생각한다.
⑤ 상대를 배려하는 마음이 크다.

8. 〈보기〉는 개미가 왕치에게 쓴 편지입니다. 이 글과 〈보기〉를 읽은 후의 반응으로 알맞은 것은 무엇인가요? (　　　)

---〈보　기〉---

　왕치야 안녕! 나는 개미야.
　너가 갑자기 사라져서 얼마나 걱정했는지 몰라.
　소새가 잡은 잉어 배에서 나오다니 깜짝 놀랐어. 너가 이렇게 살아 있어서 정말 다행이야. 소새가 잉어를 잡은 덕분에 목숨을 구했는데, 너가 잉어를 잡았다고 생색을 내서 소새의 기분이 상했나 봐. 둘이 한번 이야기를 나눠 봤으면 좋겠어. 그럼 이만 안녕.

① 소새는 너무 소심해.
② 왕치가 잉어를 잡은 게 맞아.
③ 왕치는 소새에게 고맙다고 말해야 해.
④ 개미도 왕치에게 기분이 상한 것 같아.
⑤ 왕치와 소새와 개미는 잉어를 좋아하나 봐.

[9~12] 다음 글을 읽고 물음에 답하시오.

아씨처럼 나린다
보슬보슬 햇비
맞아 주자 다 같이
㉠옥수숫대처럼 크게
닷 자 엿 자 자라게
해님이 웃는다
나 보고 웃는다.

하늘 다리 놓였다
㉡알롱달롱 무지개
노래하자 즐겁게
동무들아 이리 오나
다 같이 춤을 추자
해님이 웃는다
즐거워 웃는다.

- 윤동주, 「햇비」

9. <보기>는 이 시에 대한 설명입니다. ⓐ와 ⓑ에 들어갈 낱말이 바르게 연결된 것은 무엇인가요? ( )

——— <보 기> ———

이 시의 1연에서는 '(ⓐ) 맞는 아이들'에 대해 말하고 있고, 2연에서는 '(ⓑ) 아래에서 노래하고 춤추는 아이들'에 대해 말하고 있습니다.

	ⓐ	ⓑ
①	햇비	해님
②	햇비	무지개
③	해님	하늘
④	해님	무지개
⑤	옥수숫대	해님

10. 이 시의 전체적인 느낌으로 알맞은 것은 무엇인가요? ( )

① 어둡고 차갑다.
② 신비하고 경이롭다.
③ 평화롭고 따뜻하다.
④ 불안하고 초조하다.
⑤ 어수선하고 정신없다.

11. 〈보기〉를 참고하여 ㉠과 같은 표현법을 사용한 것은 무엇인가요? (   )

———————〈 보 기 〉———————

비슷한 성질이나 모양을 가진 두 사물을 '~같이', '~같은', '~처럼' 등을 사용하여 직접 비유하는 표현 방법을 '직유법'이라고 한다.

① 보슬보슬 햇비
② 해님이 웃는다
③ 알롱달롱 무지개
④ 아씨처럼 나린다
⑤ 하늘 다리 놓였다

12. ㉡에 쓰인 감각적 이미지로 알맞은 것은 무엇인가요? (   )

① 시각
② 미각
③ 청각
④ 촉각
⑤ 후각

옛날에 늙은 쥐 한 마리가 있었다. 이 쥐는 음식을 훔치는 데는 귀신같았다. 그러나 나이가 들어 눈이 침침해지고 힘에 부쳐 더 이상 스스로 음식을 훔쳐 먹을 수가 없게 되었다. 그래서 젊은 쥐들이 그에게 음식을 훔치는 방법을 배우고 그 대가로 음식물을 나누어 주었다. 그렇게 꽤 많은 세월이 지나갔다. 그러던 어느 날 젊은 쥐들이 말했다.

"이제는 저 늙은 쥐의 기술도 바닥이 나서 우리에게 더 가르쳐 줄 것이 없다." 그리고는 그 뒤로 다시는 음식을 나누어주지 않았다. 늙은 쥐는 몹시 분했지만 어쩔 수 없는 노릇이었다.

그러던 어느 날 저녁, 한 여인이 밥을 지어놓고 돌로 솥뚜껑을 눌러놓고 나갔다. 젊은 쥐들은 그 음식을 훔쳐 먹고 싶었지만 방법이 없었다. 그때 한 쥐가 말했다.

"늙은 쥐에게 물어보자."

모두가 그게 좋겠다고 하여 일제히 늙은 쥐에게 가서 방법을 물었다. 늙은 쥐는 화를 발끈 내면서 말했다.

"너희들은 나에게 기술을 배워서 항상 배불리 먹고 지냈다. 그런데 지금까지 나를 본체만체했으니 괘씸해서 말해 줄 수 없다."

㉠쥐들은 모두 절하며 잘못에 대하여 용서를 빌고 간청했다.

"저희들이 죽을죄를 지었습니다. 앞으로는 잘 모시겠으니 부디 방법을 가르쳐 주십시오."

그러자 늙은 쥐가 말했다.

"솥에 발이 세 개 있지? 그 중 하나가 놓인 곳을 파내라. 조금만 파도 솥이 자연히 그쪽으로 기울어져 저절로 솥뚜껑이 벗겨질 것이다."

젊은 쥐들이 달려가서 파내자 늙은 쥐의 말대로 되었다. 젊은 쥐들은 배불리 먹고 음식을 가져다가 늙은 쥐를 대접했다.

아, 쥐와 같은 미물도 이와 같은데, 하물며 만물의 영장인 사람은 어떻겠는가! 이러한 이치는 다만 전쟁터에서 병사를 부리는 일만 해당하는 것이 아니고, 나라를 다스리는 능력도 젊은이가 어른을 넘어서지 못하는 것을 볼 수 있다. 진나라 목공이 ㉡"어른에게 자문을 구하면 잘못되는 일이 없다."고 한 것은 이를 두고 한 말이다.

그런데 오늘날 나라가 되어 가는 꼴을 보면 국권은 경험도 없는 어린아이에게만 맡기고 늙은이들은 수수방관하며 입을 꼭 다문 채 말을 하지 않고 있다. 어쩌다 요긴한 말을 했다 하더라도 도리어 견책이나 당하는 것이 보통이다. 이런 일을 앞에 말한 쥐의 일과 견주어 보면, 사람이 하는 짓이 쥐가 하는 짓보다 못하니, 탄식하지 않을 수 없다.

- 「늙은 쥐의 꾀(효빈잡기)」

13. ㉠의 이유로 알맞은 것은 무엇인가요?
( )

① 늙은 쥐의 음식을 훔쳐서
② 늙은 쥐를 다치게 만들어서
③ 늙은 쥐가 젊은 쥐들을 혼내서
④ 늙은 쥐가 음식을 나눠 주지 않아서
⑤ 늙은 쥐에게 음식 훔칠 방법을 배우기 위해서

14. ㉡에서 짐작할 수 있는 것은 무엇인가요?
( )

① 젊은이의 능력은 중요하다.
② 어른의 지혜로움을 알아야 한다.
③ 나라는 어른들만 다스릴 수 있다.
④ 젊은 쥐는 늙은 쥐보다 현명하다.
⑤ 나라를 다스리는 능력을 키워야 한다.

15. 〈보기〉는 이 글의 일부분은 연극 대본으로 재구성한 것입니다. ⓐ와 ⓑ에 들어갈 알맞은 말은 무엇인가요? ( )

┌─────── 〈 보 기 〉 ───────┐

한 여인이 밥을 지어놓고 돌로 솥뚜껑을 누르고 나가고, 젊은 쥐가 말한다.
젊은 쥐: (ⓐ) 솥뚜껑 안의 음식을 훔쳐 먹고 싶은데 방법이 없어.
그때 한 쥐가 말했다.
젊은 쥐:(ⓑ) 늙은 쥐에게 물어보자.

└────────────────────────┘

	ⓐ	ⓑ
①	슬픈 목소리로	부끄러운 표정으로
②	고민하는 표정으로	땀을 흘리면서
③	고민하는 표정으로	눈빛을 반짝이며
④	걱정하는 표정으로	눈물을 흘리며
⑤	걱정하는 목소리로	밝게 웃으면서

16. 이 글을 읽고 난 반응으로 적절하지 <u>않은</u> 것은 무엇인가요? ( )

① 지원: 이 글은 교훈을 담고 있어.
② 준서: 쥐를 의인화하여 내용을 전달했어.
③ 민희: 늙은 쥐는 지혜가 풍부한 어른 같아.
④ 석훈: 젊은 쥐는 늙은 쥐를 항상 존경하고 있구나.
⑤ 미나: 작가는 어른을 존경하지 않는 사회를 비판했어.

[앞 이야기] 추운 겨울, 장끼는 아내 까투리와 아홉 아들, 열두 딸들과 함께 먹을 것을 찾아 들판을 헤매다가 콩 한 쪽을 발견하고 먹으려 한다. 그러자 까투리가 전날 꾼 꿈이 불길하다며 조심하라고 한다.

장끼는 치마 두른 아낙네가 남자를 꾸짖는다고 화가 나서 두 날개를 푸드덕거리고 두 눈을 부라리며 머리를 내흔든다.

"조심이 무엇이고 염치라는 게 무엇이더냐? 조심하다 지레 죽고 염치 차리다가 굶어 죽은 이가 어디 한둘이더냐? 염치라는 것도 다 부질없다. 먹기부터 해야지. 옛날에는 남한테 얻어먹고 임금 되고, 큰 장수가 된 이도 있느니라. 나도 이 콩 주워 먹고 기러기나 봉새보다 더 이름 높은 큰 재목이 될지 뉘 알쏘냐."

까투리는 참고 참다가 마음을 독하게 먹고 말했다.

"그 콩 먹고 잘된단 말은 내 먼저 말하오리다. 예의도 염치도 다 소용없고 벼슬 욕심만 차리시니 무덤 잔디나 지키는 황천부사가 되시면 이 세상에서 영원히 이별하게 될 터인데 그때 가서 후회한들 무엇하리오? 고집불통이 지나치면 나랏일이나 사사로운 일이나 낭패 보기 마련이오. 임금이 백성의 마음을 등지고 고집 쓰면 나라를 잃는다는 옛이야기 못 들었소? 장수가 고집 쓰면서 군사 다 잃고 목숨 끊는 이야기 모르시오? 고집이 지나치면 예나 이제나 할 것 없이 신세 망치는 줄 어이 모르시오?"

"콩 먹으면 다 죽을까. 죽을 놈은 넘어져도 소 발자국에 고인 물에 코 박고 죽는다네. 콩이라는 글자 가진 이름으로도 콩쥐처럼 복 받고 오래 산 사람 얼마나 많더냐. 나도 이 콩 달게 먹고 오래 살아 신선 되어 누런 학 타고 하늘로 올라가리라."

장끼는 발을 부여잡고 애원하는 까투리를 어쭙잖게 밀치며 저만치 휘뿌리고 콩 있는 데로 다가든다. 까투리는 공깃돌처럼 뿌려져서 두세 바퀴 뒹굴면서 장끼가 걱정되어 아픈 줄도 모르고 후닥닥 일어서서 두 다리를 절뚝거리면서도 후닥닥 일어서서 황급히 다가들었다. 다가들면 뿌리치고 뿌리치면 다가드나 연약한 까투리가 건달 장끼의 힘을 당할쏘냐. 까투리는 저만큼 넘어져서 기진맥진 쓰러져 흘러내리는 눈물을 걷잡지 못하고 (㉠) 장끼를 바라본다.

'이 일을 어찌할꼬.'

장끼가 콩을 먹으러 다가들 때 열두 꽁지깃 펼쳐 들고 고개를 꾸벅꾸벅 조아리며 주춤주춤 가까이 간다.

넘어진 까투리가 죽을힘을 다 써서, "먹지 마소!" 하려는데 때는 이미 늦었구나. 장끼가 반달 같은 부리로 콩을 들입다 콱 찍었더라. 그때 장끼의 머리를 탕 치는 소리가 벼락같이 울리더니 와지끈 뚝딱 장끼 몸이 이리 뒤틀 저리 뒤틀 두어 고패에 나동그라지며 푸드덕 치었다.

"여보! 이렇게 될 줄 몰랐던가, 여자 말 잘 들어도 망하고 안 들어도 망하네."

까투리가 울다가 까무러치자 아홉 아들과 열두 딸들 벗들이 슬프게 울부짖더라.

- 작자 미상, 「장끼전」

17. 이 글의 내용과 일치하지 <u>않는</u> 것은 무엇인가요? (   )

① 장끼는 콩을 먹자마자 나둥그라졌다.
② 장끼는 까투리의 말을 듣고 콩을 안 먹었다.
③ 까투리는 장끼가 콩을 못지 못하도록 애원했다.
④ 콩 한 쪽을 발견했지만 까투리가 조심하라고 했다.
⑤ 추운 겨울 장끼는 까투리와 먹을 것을 찾아 들판을 헤맸다.

18. 글의 흐름상 ㉠에 들어갈 내용으로 알맞은 것은 무엇인가요? (   )

① 화내면서
② 웃으면서
③ 원망스레
④ 상냥한 표정으로
⑤ 소리 크게 지르면서

19. 장끼에게 말해 주고 싶은 속담으로 알맞은 것은 무엇인가요? (   )

① 누워서 떡 먹기
② 엎드려 절 받기
③ 미운 놈 떡 하나 더 준다.
④ 돌다리도 두들겨 보고 건너라
⑤ 사공이 많으면 배가 산으로 간다.

20. 〈보기〉는 「장끼전」에 대한 설명입니다. 이 글과 〈보기〉를 통해 볼 때 주제로 가장 알맞은 것은 무엇인가요? (   )

─── 〈 보 기 〉 ───

「장끼전」은 조선 후기 작품이다. 새의 종류인 장끼와 까투리 등을 의인화한 우화 소설이다. 이 소설의 내용은 두 가지로 구성되어 있다. 첫 번째는 장끼가 부인 까투리의 말을 듣지 않고 콩을 먹으려다 죽은 것이고, 두 번째는 남편 장끼가 죽자 까투리가 다시 결혼한 것이다. 이는 당시 유교 도덕에는 여자는 남자의 말을 들어야 하며, 남편이 죽어도 다시 결혼할 수 없다는 현실을 담은 것이다.

① 백성을 괴롭히는 조선 시대 양반 비판
② 태어날 때부터 정해지는 신분 제도 비판
③ 가족의 소중하게 여기지 않는 태도 비판
④ 가난한 백성을 괴롭히는 탐관오리의 횡포 비판
⑤ 남자를 여자보다 중요시하는 남성 중심 사회 비판

끝

| 초등부터 시작하는 수능 국어 전략서 |

NE능률

빠른 정답
빈틈없는 해설

5학년 | 문학 독해

빠른 정답
빈틈없는 해설

5학년 ㅣ 문학 독해

NE 능률

그러나 내게 있어서는 이게 제일 귀한 보물이 아닐 수 없습니다. 사진을 가슴에 품은 채, 사진관 주인에게 몇 번이나 감사를 드리고 나는 그곳을 나왔습니다.

- 강소천, 「꿈을 찍는 사진관」

• • •

1
세부내용

그리운 이의 꿈을 사진으로 찍는 방법은 무엇인가요? (⑤)

① 종이 한 장과 만년필 한 개를 가슴 속에 넣고 잔다.
② 만나고 싶은 사람과 함께 찍은 사진을 가슴 속에 넣고 잔다.
③ 종이에 파란 잉크로 만나고 싶은 사람의 얼굴을 그려서 가슴 속에 넣고 잔다.
④ 종이에 파란 잉크로 만나고 싶은 이와 하고 싶은 일을 써서 가슴 속에 넣고 잔다.
⑤ 종이에 파란 잉크로 만나고 싶은 사람과 있었던 추억을 써서 가슴 속에 넣고 잔다.

그리운 이의 꿈을 사진으로 찍는 방법은 '그 방법'에 나타나 있습니다. 방 한구석에 놓인 종이에 파란 잉크로 만나고 싶은 사람과 있었던 지난날의 추억을 써서 가슴 속에 넣고 자면, 그리운 이의 꿈을 꾸고 꿈에서 본 장면을 사진으로 받을 수 있다고 했습니다.

2
세부내용

┌─ 순이는 그대로인데 '나'만 여덟 해 더 나이를 먹음.
사진관 주인에게 받은 사진에서 '나'와 순이의 나이가 달랐던 까닭은 무엇인가요? (⑤)

① 순이의 키가 열두 살 때와 같아서 ─┐
② 순이가 열두 살 때 입던 옷을 입어서 ─┘ → '나'는 열두 살 때 이후로 순이를 본 적이 없음.
③ '내'가 열두 살 때 순이와 사진을 찍어서
④ '나'와 순이의 나이가 실제로 여덟 살 차이가 나서 → '나'와 순이는 동갑이라고 했음.
⑤ '내'가 열두 살 때 순이를 보고 그 뒤로 본 적이 없어서

'나'는 열두 살 때 순이를 보고 그 뒤로 본 적이 없어서 '나'의 마음속에 살아 있는 순이는 언제나 열두 살 그대로입니다.

3
구조알기

이 글에서 일이 일어난 차례대로 기호를 쓰세요.

> ㉮ '나'는 사진을 가슴에 품은 채 사진관을 나왔다. 4
> ㉯ '나'는 종이에 순이와의 추억을 쓰고 방바닥에 누웠다. 2
> ㉰ '나'는 그리운 이의 꿈을 찍는 방법이 쓰인 글을 읽었다. 1
> ㉱ 사진관 주인에게 '나'와 순이가 여덟 살이나 차이가 나는 사진을 받았다. 3

(㉰) → (㉯) → (㉱) → (㉮)

'나'는 꿈을 찍는 사진관에서 그리운 이의 꿈을 찍는 방법이 쓰인 글을 읽고,(㉰) 순이와의 추억을 종이에 써서 가슴에 품고 방바닥에 누웠습니다.(㉯) 그 뒤에 사진관 주인에게 순이와의 추억을 찍은 사진을 받아(㉱) 사진관을 나왔습니다.(㉮)

4
어휘어법

┌─ '우습기 짝이 없다'의 뜻
㉠의 뜻으로 알맞은 것은 무엇인가요? (②)

① 우습지 않았습니다.   ② 대단히 우스웠습니다.
③ 우스울 것 같았습니다.   ④ 우스운 모습이 없었습니다.
⑤ 함께 웃을 짝이 없었습니다.

'~ 짝이 없다'는 '비교할 대상이 없을 만큼 대단하거나 심하다.'라는 뜻을 나타내는 표현입니다.

5 순이에 대한 '나'의 마음으로 가장 알맞은 것은 무엇인가요? (③)

추론
하기

① 밉고 서운하다.　　　　　　　　② 미안하고 고맙다.

③ 그립고 보고 싶다.　　　　　　　④ 어색하고 쑥스럽다.

⑤ 속상하고 안타깝다. → '나'는 순이를 보고 싶어 하지만, 순이 때문에 속상하거나 안타까운 것은 아님.

이 글에서 내가 종이에 쓴 내용과 열두 살 순이와 찍은 사진을 보물처럼 생각한 데서 '나'의 마음을 짐작할 수 있습니다. 열두 살 때 보고 그 뒤에 순이를 보지 못한 '나'는 순이를 그리워하며 보고 싶어 하고 있습니다.

6 이 글을 알맞게 감상한 친구는 누구인가요? (⑤)

감상
하기

① 동하: 이 글을 통해 새롭고 신기한 과학 기술을 알게 되었어. → 꿈을 찍는 사진은 실제 존재하는 기술이 아님.

② 혜민: 글쓴이인 '나'는 자신이 실제로 겪었던 일을 바탕으로 이 글을 썼어. → '나'는 글쓴이가 상상으로 만들어 낸 주인공임.

③ 나율: '나'는 순이와 함께 찍은 사진이 생겨서 순이를 쉽게 찾을 수 있게 됐어. → '나'는 추억을 소중히 간직할 뿐 순이를 찾으려 한 것은 아님.

④ 찬진: 힘들게 찍은 사진에서 자신만 나이 든 모습을 본 '나'의 화난 마음을 느낄 수 있어. → '나'는 순이와 나이 차이가 나는 모습을 보고 우습다고 생각하고 있음.

⑤ 서현: 이제는 만나지 못하는 순이와의 추억을 선물받은 '나'는 아픈 마음을 위로받았을 거야.

'나'는 열두 살 때 이후로 순이와 헤어져서 순이를 그리워하고 있습니다. '나'는 그리워하던 순이와 찍은 사진을 선물받고 나서 그리움 때문에 아픈 마음을 위로받았을 것입니다. 따라서 이 글의 내용을 알맞게 파악해서 감상한 친구는 '서현'입니다.

── 작품의 시대적 배경과 의의

7 [보기]를 참고할 때, '나'와 순이가 헤어진 까닭을 알맞게 짐작한 친구는 누구인가요? (④)

추론
하기

[보기]　강소천의 작품에는 6·25 전쟁의 상처가 진하게 깔려 있다. 강소천은 6·25 전쟁 중에 그동안 써 놓은 동시와 동요, 동화가 담긴 공책 한 권만 들고 북한에서 남한으로 넘어왔다. 그 뒤에 강소천은 가족을 잃은 자신은 물론 다른 사람들의 아픔을 바라보며 그것을 위로해 줄 수 있는 작품을 쓰기 시작했다. 그가 쓴 「꿈을 찍는 사진관」은 전쟁의 아픔을 담은 대표적인 작품이다. → 작품의 의의

① 시온: '나'와 순이는 크게 다투어서 헤어졌을 거야. → 쪽지의 내용으로 보아 '나'와 순이는 사이가 좋았음.

② 나영: '내'가 외국으로 이사를 가며 순이와 헤어진 것 같아. → 순이는 북한 땅에 있음.

③ 진우: 순이는 건강이 좋지 않아서 '나'와 만나지 못했을 거야. → 순이의 건강은 글과 [보기]에서 모두 확인할 수 없음.

④ 도연: '나'와 순이는 전쟁 중에 헤어져서 만나지 못했을 거야.

⑤ 서진: 순이가 다른 학교로 전학을 가서 '나'와 만나지 못했을 거야. → 순이는 전학한 것이 아니라 북한 땅에 있음.

[보기]는 이 작품이 쓰여진 시대적 배경을 설명한 글입니다. [보기]의 내용을 통해 이 글이 6·25 전쟁의 아픔을 담은 작품이라는 것을 알 수 있습니다. 순이는 북한 땅에 있는데 그 뒤로 보지 못하였다고 하였으므로, '나'와 순이가 전쟁 중에 헤어졌다는 것을 짐작할 수 있습니다.

"몽실아, 그렇게 너 혼자 있어도 무섭지 않니?"

수원댁이 참말*인지 일부러 해 보는 소리인지 그렇게 물었다.

"괜찮아요. 무서운 건 신세* 지는 것보다 나아요." / "어머나! 넌 어른처럼 말하는구나."

"아이들이라도 그런 건 다 알아요." / 몽실은 지껄이면서* 가슴이 찡하도록* 서러웠다*.

– 권정생, 「몽실 언니」

● ● ●

1 **'몽실'에 대한 설명으로 알맞은 것은 무엇인가요? (　①　)**

세부
내용

① 어린 난남이를 업어서 키웠다.

② 장골 할머니 댁에서 함께 살았다. ┐
　　　　　　　　　　　　　　　　　├→ 이 글과 다른 내용임.
③ 아버지와 어머니의 미움을 받고 살았다. ┘

④ 친구들과 학교를 다니며 전쟁 놀이를 했다. → 몽실이를 제외한 다른 아이들에 대한 내용임.

⑤ 식량이 넉넉해서 난남이를 배부르게 먹였다. → 난남이는 암죽을 먹고 있었지만 해골이 드러날 만큼 여위었음.

몽실이와 난남이의 관계에 대해서는 '난남이는 몽실의 ~ 살아 주었다.'에 나타나 있습니다. 몽실이는 어린 동생 난남이를 잘 때도 내려놓지 못하고 업어서 키웠습니다.

2 **'몽실'이 을순이네 집에서 함께 살지 않으려고 한 까닭은 무엇인가요? (　⑤　)**

세부
내용

① 몽실의 부모님이 반대하셔서 → 몽실의 아버지는 전쟁터에 있음.

② 몽실의 집에 먹을 것이 많아서 → 몽실은 먹을 것이 없어서 이웃들이 조금씩 거둬 주는 식량으로 목숨을 부지함.

③ 을순이에게 섭섭한 마음이 들어서 ┐
　　　　　　　　　　　　　　　　　├→ 이 글에서 알 수 없는 내용임.
④ 난남이가 을순이네 집에 가기 싫어서 ┘

⑤ 남의 집에서 살면 난남이가 더 불쌍해질 것 같아서

몽실이가 을순이네 집에서 함께 살지 않으려고 한 까닭은 '몽실은 댓골 ~ 불쌍해질 것 같았다.'에 나타나 있습니다. 몽실은 자신에게 모질게 대했던 옛날 새아버지와 할머니의 기억을 떠올려 을순이네 집에 가면 남의 자식이 되는 난남이가 더 불쌍해질 것 같다고 생각했습니다.

3 **㉠에 담긴 뜻으로 알맞은 것은 무엇인가요? (　④　)**

어휘
어법

┌ 관용 표현 '혀를 차다'의 뜻

① 함부로 말했다. 　　　　　　　　　　② 재미있는 소리를 냈다.

③ 부러운 마음을 나타냈다. 　　　　　　④ 안타까운 마음을 나타냈다.

⑤ 화가 나서 말을 하지 못했다.

'혀를 차다'는 '마음이 언짢거나 유감의 뜻을 나타내다.'라는 뜻입니다. 이 글에서는 사람들이 해골처럼 여윈 난남이를 보고 불쌍하고 안타까운 마음을 드러낸 것을 나타내려고 쓴 표현입니다.

4 **'몽실'이 살고 있던 당시의 시대 상황으로 알맞은 것은 무엇인가요? (　④　)**

추론
하기

① 나라가 한창 발전해서 많은 사람이 풍족하게 살았다. → 글에 우리나라가 전쟁 중인 상황이 드러나 있음.

② 신분이 높은 사람들이 신분이 낮은 사람들을 괴롭혔다. → 글 속 상황과 관련 없는 내용임.

③ 우리 민족이 나라를 빼앗겨 다른 나라에 지배를 받았다. → 우리나라가 전쟁 중인 상황이므로, 다른 나라의 지배를 받던 일제 강점기는 아님.

④ 전쟁으로 많은 사람이 죽고 먹을 것이 부족해서 살기 어려웠다.

⑤ 형편이 넉넉하지는 않았지만 사람들이 조용하고 평화롭게 살았다. → 전쟁이 일어났으므로 평화로운 상황이 아님.

이 글에는 비행기 폭격이 심해지고 전쟁이 익숙해진 아이들의 상황이 드러나 있습니다. 또, 몽실은 이웃들에게 조금씩 식량을 얻어서 목숨을 부지하고 있습니다. 이러한 상황으로 미루어 볼 때 몽실이 살고 있던 때는 6·25 전쟁으로 많은 사람이 죽고 먹을 것이 부족해서 힘들게 살던 시대입니다.

독해 정답	1. ①	2. ⑤	3. ④
	4. ④	5. ②	6. ④
	7. ⑤		

어휘 정답	1. (1) 요란 (2) 귀청 (3) 함성 (4) 부지 (5) 신세
	2. (1) 요란 (2) 신세 (3) 귀청 (4) 함성 (5) 부지
	3. (1) ㉰ (2) ㉮ (3) ㉯

5

추론
하기

이 글에 나타난 '몽실'의 성격은 어떠한가요? (②)

① 겁이 많고 소심하다.　　　　　　　　②꿋꿋하고 속이 깊다.

③ 덤벙대고 조심성이 없다.　　　　　　④ 욕심이 많고 배려심이 없다. → 몽실의 성격과 반대되는 내용임.

⑤ 힘든 일을 싫어하고 게으르다. → 마다하지 않는다.

힘든 상황에서도 난남이를 정성껏 돌보고, 같이 살자는 을순이 어머니의 제안도 난남이를 위해 거절하는 몽실의
말과 행동을 통해 꿋꿋하고 속이 깊은 성격이라는 것을 알 수 있습니다.

6

비판
하기

'몽실'에게 해 줄 말로 가장 알맞은 것은 무엇인가요? (④)

① 연우: 힘든 일이 있을 때 울기만 한다고 일이 해결되지 않아. → 몽실이 한 행동이 아님.

② 하진: 아무리 힘들어도 다른 사람에게 고마움을 표현해야 해. → 몽실은 보리쌀을 나누어 준 을순이 어머니에게 고마움을 표시했음.

③ 채은: 어린 동생에게 암죽만 먹이다니 더 야위면 어쩌려고 그래? → 새어머니가 죽어서 난남이는 암죽을 먹을 수밖에 없음.

④은하: 힘든 상황에서도 동생 난남이를 정성껏 보살피는 모습이 참 어른스럽구나.

⑤ 서준: 식량도 없는데 자존심 때문에 을순이네게 신세 지는 것을 거절한 것은 잘못이야.
　　　　　　　　　　　　　　　　　　→ 난남이를 위해서 한 결정이므로, 알맞지 않은 반응임.

이 글에는 아버지도 없이 어린 동생 난남이를 엄마처럼 돌보는 몽실의 모습이 드러나 있습니다. 이러한 몽실의 처
지와 상황을 헤아려 알맞게 말한 친구는 은하입니다.

「몽실 언니」의 시대적 배경과 창작 의도

7

주제
찾기

[보기]를 참고할 때, 글쓴이가 이 글을 통해 전하고자 하는 내용은 무엇인가요? (⑤)

「몽실 언니」의 시대적 배경

[보기]　「몽실 언니」는 6·25 전쟁을 전후로 한 시기에 '몽실'이라는 소녀가 온갖 고난을 헤
치며 살아가는 이야기를 담고 있다. 글쓴이는 어린 몽실의 삶을 통해 참혹한 전쟁 때
문에 고통스럽게 살아가는 사람들을 생생하게 보여 준다. 몽실은 부모를 잃고 전쟁으
로 모든 것이 부족하고 힘든 상황에서도 어린 동생들을 자신보다 소중히 돌본다. 어
린 나이에 감당하기 힘든 불행을 겪으면서도 묵묵히 자신이 해야 할 일을 하며 동생
들까지 돌보는 몽실은 착한 마음을 잃지 않으며 성장해 나간다.

① 삶을 즐기는 태도의 중요성 → 몽실은 어려운 환경에 처해 있어 삶을 즐길 여유가 없음.

② 자연과 동물을 사랑하는 마음

③ 어려운 시대에 물질적인 가치의 중요성 → 이 글의 주제와 반대되는 내용임.

④ 어른을 공경하는 마음과 예의 바른 태도

⑤전쟁의 참혹함 속에서도 착한 마음을 잃지 않는 삶

[보기]는 이 작품이 쓰여진 시대적 배경과 글쓴이의 창작 의도를 설명한 글입니다. 글쓴이는 이 글에서 전쟁터에
나간 아버지를 기다리며 어린 동생을 돌보는 몽실을 통해 전쟁의 참혹한 현실 속에서도 착한 마음을 잃지 않고 성
장하는 소녀의 삶을 보여 주고 있습니다.

1 이 시에 대한 설명으로 알맞지 (않은)것은 무엇인가요? (④)
세부
내용

① 5연 19행으로 이루어져 있다.
② 이 시에서 말하는 이는 '나'이다. → 말하는 이가 드러나 있음.
③ 반복되는 낱말을 사용해서 운율이 느껴진다. → '서서', '나무', '~도', '~면' 등의 표현을 반복하여 사용함.
④흉내 내는 말을 사용하여 감각적으로 표현했다.
⑤ 똑같은 문장을 처음과 끝에 반복해 안정감을 준다. → '나는 / 나무가 좋습니다.'라는 문장을 처음과 끝에 반복함.

이 시에서 흉내 내는 말과 같은 감각적인 표현은 사용하지 않았습니다.

2 '말하는 이'가 나무를 좋아하는 까닭은 무엇인가요? (⑤)
세부
내용

① 나무의 쓰임새가 다양해서
② 나무의 몸에 등을 기댈 수 있어서 → 단순히 등을 기대서가 아니라 따스한 체온이 느껴지는 것 같아 좋아하는 것임.
③ 계절마다 잎이 여러 가지 색깔로 바뀌어서
④ 새나 바람과 친구처럼 지내는 모습이 정겹게 느껴져서 → 새나 바람은 나무를 괴롭히는 존재이므로,
⑤말없이 서서 하늘을 향해 기도하는 사람처럼 느껴져서   시의 내용을 잘못 파악한 것임.

말하는 이가 나무를 좋아하는 까닭은 2~4연에 나타나 있습니다. 말하는 이는 '혼자 서서 생각하는 나무', '말없이 서서 하늘을 향해 기도하는 나무', '따스한 체온이 묻어나는 것 같고 온통 초록물이 들 것 같은 나무'의 성품이 좋다고 생각하고 있습니다.

┌── 운율이 느껴지는 부분
3 이 시에서 반복되는 낱말이 (아닌)것은 무엇인가요? (④)
어휘
어법

① ─도   ② 나는   ③ 나무가
④흔들어도   ⑤ 좋습니다

이 시에서는 '나는 / 나무가 좋습니다.', '서서', '나무', '~도', '~면' 등이 반복되어 쓰였습니다. 그러나 '흔들어도'는 한 번만 쓰였습니다.

┌── '새'와 '바람'의 의미
4 ㉠과 ㉡의 함축적 의미로 알맞은 것은 무엇인가요? (②)
추론
하기

① 나무가 이용하는 대상
②나무를 괴롭히는 시련
③ 나무가 되고 싶은 모습
④ 나무에게 도움을 주는 존재 ┐→ 말없이 조용히 기도하려고 하는 나무를 방해하고 있으므로,
⑤ 나무와 정답게 지내는 친구 ┘   도움을 주는 존재나 친구라고 볼 수 없음.

나무에게 ㉠'새'는 가지에 똥을 누고 가고, ㉡'바람'은 잎을 마구 흔드는 존재입니다. ㉠과 ㉡은 말없이 조용히 기도하는 나무를 방해하는 존재들이므로, 함축적 의미는 '나무를 괴롭히는 시련'이라고 할 수 있습니다.

5 이 시를 읽고 떠오르는 장면으로 가장 알맞은 것은 무엇인가요? (④   )

추론
하기

① 목수가 나무를 베어 가는 장면
② 온 마을에 눈이 소복하게 내린 장면
③ 농부들이 논에서 모내기를 하는 장면
④ 아이가 큰 나무에 기대어 서 있는 장면
⑤ 새장 속의 새들이 아름답게 노래하는 장면

이 시를 읽으면 말없이 서 있는 큰 나무의 모습, 아이가 큰 나무에 등을 기대고 있는 장면 등이 떠오릅니다. 나머지
는 이 시의 내용과 관련 없는 장면입니다.

6 다음 조건에 맞게 ㉮ 부분을 고쳐 쓰지 못한 것을 찾아 기호를 쓰세요.

적용
창의

[조건] • ㉮와 같은 문장의 짜임으로 쓴다. → '나무의 ~에 ~하면 ~하는 것 같고'와 같은 형태
       • 대상의 성격이나 특성과 어울리게 쓴다. → 시에 나타난 나무의 성격이나 특성과 어울려야 함.

㉮	㉯	㉰
나무의 몸에 가만히 손을 대 보면 단단한 마음 느껴지는 것 같고 → 손으로 만지는 듯한 촉각적 이미지	나무의 몸에 가만히 코를 대 보면 향긋한 냄새 퍼지는 것 같고 → 코로 냄새를 맡는 듯한 후각적 이미지	나무의 몸에 가만히 귀를 대 보면 시끄럽게 떠드는 소리 들리는 것 같고 → 귀로 소리를 듣는 듯한 청각적 이미지

(㉰   )

이 시에서 나무는 새와 바람이 괴롭혀도 말없이 서서 기도하는 존재로, 조용하지만 의지가 굳센 성격으로 그려져
있습니다. 따라서 나무의 몸에서 시끄럽게 떠드는 소리가 들리는 것 같다는 ㉰와 같은 표현은 이 시에 나타난 나무
의 성격으로 어울리지 않습니다.

     중심 소재인 '나무'의 의미

7 [보기]를 참고할 때, 이 시에서 글쓴이가 말하려는 내용은 무엇인가요? (⑤   )

주제
찾기

[보기]   이 시에서 말하는 이가 좋아하는 나무는 혼자 서서 생각하는 나무, 말없이 서서 하
늘을 향해 기도하는 나무이다. 이러한 나무를 사람에 빗대어 생각해 보면, 온갖 어려
움을 불평 없이 꿋꿋하게 견디는 모습일 것이다. 말하는 이는 나무에 기대어 보면 따
스한 체온이 묻어나는 것 같고, 잎을 만지면 초록물이 드는 것 같다고 했다. 이를 통
해 나무의 모습을 닮고 싶어 하고, 나무와 같은 삶을 추구하는 글쓴이의 마음을 엿볼
수 있다.

① 환경을 보호해야 하는 까닭 → 이 시는 나무를 둘러싼 환경에 대해 말하는 것은 아님.
② 다양하게 사용되는 나무의 실용성 → 이 시에서 말하는 이는 '나무'는 실용성이 아닌 성품을 좋아하는 것임.
③ 생명의 소중함과 동물을 사랑하는 마음
④ 형편이 어려운 사람을 돕는 이웃 사랑의 마음 → 시에서 새와 바람은 나무를 괴롭히는 존재이므로, 이웃으로 보기 어려움.
⑤ 어려움 속에서도 흔들리지 않는 나무와 같은 삶 추구

[보기]는 중심 소재인 '나무'의 의미에 대해 설명한 글입니다. 이 시에서 글쓴이는 나무의 조용하고 꿋꿋한 성품을
좋아합니다. 그래서 나무처럼 온갖 어려움 속에서도 흔들리지 않는 삶을 살려고 하고 있습니다.

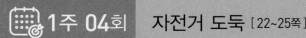

　　수남이는 자기 편이 되어 준 이 많은 사람들을 도저히 배반할 수 없었다. 이상한 용기가 솟았다. 수남이는 자전거를 마치 검부러기*처럼 가볍게 옆구리에 끼고 질풍*같이 달렸다.
　　정말이지 조금도 안 무거웠다. 타고 달릴 때보다 더 신나게 달렸다. 달리면서 마치 오래 참았던 오줌을 시원스레 내깔기는 듯한 쾌감*까지 느꼈다.

– 박완서, 「자전거 도둑」

● ● ●

속담 '재수가 옴 붙었다'의 뜻

1 **⊙의 뜻으로 알맞은 것은 무엇인가요? (　⑤　)**

어휘
어법
① 뜻밖의 좋은 일　　　　　　　② 놀랍고 신기한 일
③ 특별할 것 없는 일　　　　　　④ 재수가 매우 좋은 일
⑤ 재수가 매우 없는 일

'재수가 옴 붙었다'라는 속담은 '재수가 아주 없음.'을 이르는 말입니다.

등장인물이 겪게 되는 대립적 관계

2 **'신사'와 '수남이' 사이에 갈등을 일으킨 사건은 무엇인가요? (　⑤　)**

세부
내용
① 수남이의 자전거가 고장 난 일 → 수남이의 자전거는 고장 나지 않았음.
② 오천 원을 주고 자전거를 산 일 → 오천 원은 신사가 수남이에게 요구한 돈임.
③ 수남이의 자전거가 우그러진 일 → 생채기가 난 것은 신사의 차임.
④ 자전거를 타고 신사의 심부름을 한 일 → 수남이는 신사가 아닌 주인의 심부름을 다녀오던 길임.
⑤ 수남이의 자전거가 신사의 차를 들이받은 일

이 글에서 신사와 수남이가 갈등을 일으키게 된 사건은 신사의 말인 "임마, 네놈의 ~ 임마, 알간?"에 드러나 있습니다. 신사와 수남이는 수남이의 자전거가 신사의 차를 들이받은 일로 갈등을 벌이고 있습니다.

3 **신사에게 돈을 물어 주게 된 상황에서 '수남이'가 한 일은 무엇인가요? (　④　)**

세부
내용
① 신사에게 화를 냈다.　　　　　② 오천 원을 물어 주었다. → 수남이는 돈을 물어 주지 않음.
③ 부모님께 전화를 걸었다.　　　　④ 자전거를 들고 도망갔다.
⑤ 사람들에게 도움을 청했다. → 수남이가 도움을 청한 것이 아니라, 구경하던 사람들이 수남이를 부추겼음.

　→ 글의 내용과 다름.

신사에게 돈을 물어 주게 되자 수남이가 한 일은 '수남이는 자기 ~ 질풍같이 달렸다.'에 나타나 있습니다. 수남이는 구경꾼들의 부추기는 말을 듣고 자전거를 가지고 도망갔습니다.

4 **이 글에 나타난 '수남이'의 마음 변화로 알맞은 것은 무엇인가요? (　③　)**

추론
하기
① 기대되고 설레는 마음 → 속상하고 우울한 마음
② 통쾌하고 시원한 마음 → 편안하고 행복한 마음
③ 속상하고 억울한 마음 → 두렵지만 시원한 마음
④ 속상하고 괴로운 마음 → 어색하고 부끄러운 마음
⑤ 뿌듯하고 자랑스러운 마음 → 쓸쓸하고 그리운 마음

수남이는 자신의 자전거가 신사의 차를 들이받아 돈을 물어 주게 되자 속상하고 억울한 마음이 들어 눈물이 왈칵 솟았습니다. 그러다가 구경꾼들의 부추김에 자전거를 들고 도망갈 때는 몰래 도망가는 상황이 두렵기도 하지만 쾌감을 느낄 정도로 시원한 마음이 들었습니다.

독해 정답	1. ⑤	2. ⑤	3. ④
	4. ③	5. ④	6. ③
	7. ⑤		

어휘 정답	1. (1) ㉯ (2) ㉮ (3) ㉮ (4) ㉯ (5) ㉯
	2. (1) 연민 (2) 생채기 (3) 감당 (4) 면밀히
	3. (1) ㉯ (2) ㉮ (3) ㉯ (4) ㉮

— 다른 사람의 부추김에 옳지 못한 행동을 한 경험

5 이 글을 읽고 '수남이'와 비슷한 경험을 떠올린 친구는 누구인가요? (④)

적용 창의

① 기준: 학교 앞에서 자전거와 자동차의 교통사고를 보았어. → 구경꾼들과 비슷한 경험임.

② 단아: 부모님께 생일 선물로 자전거를 선물받은 적이 있어. ┐

③ 시아: 수업 시간에 선생님께 칭찬을 받고 뿌듯한 마음이 들었어. ┘ → 옳지 못한 행동을 한 경험이 아님.

④ 찬호: 친구들이 부추겨서 엄마 몰래 학원 수업에 빠진 적이 있어.

⑤ 범수: 누나 몰래 누나가 아끼는 필통을 가져다 쓰고 미안한 마음이 들었어.
→ 다른 이의 부추김 없이 스스로 옳지 못한 행동을 했고, 수남이와 달리 미안한 마음이 들어 뉘우치고 있음.

수남이처럼 다른 사람의 부추김으로 옳지 못한 행동을 한 경험을 떠올린 친구는 '찬호'입니다. 찬호는 친구들의 부추김에 엄마 몰래 학원 수업에 빠지는 옳지 못한 행동을 했습니다.

6 '수남이'의 행동에 대해 알맞게 평가한 것은 무엇인가요? (③)

비판 하기

① 신사가 얼마를 버냐고 물었을 때 울지 말고 대답을 했어야 해. → 신사가 한 말은 수남이의 수입을 알기 위한 것이 아니었음.

② 신사에게 잘못을 사과하지 않고 화를 낸 행동은 잘못한 일이야. → 수남이의 행동에 대한 평가가 아님. 수남이는 화를 낸 적이 없음.

③ 신사의 돈을 물어 주지 않고 도망친 행동은 잘못한 일이라고 생각해.

④ 신사가 오천 원을 내라고 했을 때 자신의 자전거가 아니라고 말했어야 해. → 수남이가 자전거를 들고 도망가는 상황으로 보아 사고가 난 자전거는 수남이 것이 맞음.

⑤ 구경꾼들이 뒷일을 감당하겠다고 했으니 수남이는 교통사고에 책임이 없어.
→ 구경꾼들이 부추겼더라도 사고의 책임은 수남이에게 있음.

수남이는 자신의 자전거와 신사의 차가 교통사고가 난 뒤 구경꾼들의 부추김에 돈을 물어 주지 않고 자전거를 들고 도망갔습니다. 이런 수남이가 한 잘못된 행동에 대한 의견을 알맞게 말한 것은 ③입니다.

[수능 연계]

— 뒷부분의 줄거리

7 [보기]는 이 글의 뒷이야기를 간추린 줄거리입니다. [보기]를 참고할 때 이 글의 주제로 알맞은 것은 무엇인가요? (⑤)

주제 찾기

— 물질적인 이익을 중요하게 생각함.

[보기] 가게로 돌아온 수남이는 주인 영감이 자신을 혼내기는커녕 오히려 칭찬하는 모습에 실망한다. 그리고 그날 밤 수남이는 자전거를 들고 도망가면서 쾌감을 느꼈던 자신을 되돌아보고, 자신의 모습에 양심의 가책을 느낀다. 이에 수남이는 도덕적으로 자신을 꾸짖고 올바른 충고를 해 줄 수 있는 어른이었던 아버지가 그리워 가게를 떠나 고향 으로 향하기 위해 짐을 꾸린다.
→ 도덕적으로 자신을 이끌어 줄 어른이 있는 곳.

① 어른들의 삶을 통해 지혜를 배워야 한다. → 신사나 구경꾼, 주인 영감 등이 도덕적이고 지혜로운 삶을 사는 것은 아님.

② 친구와의 우정을 소중하게 생각해야 한다. ┐

③ 성실하게 일해서 물질적으로 풍요롭게 살아야 한다. ┘ → 이 글의 사건이나 [보기]와 관련 없는 내용임.

④ 끝없는 사랑을 베풀어 주신 부모님께 효도해야 한다. → 수남이가 자전거를 들고 도망갔던 행동이나 고향에 내려가는 행동은 효도와 상관없음.

⑤ 물질적인 이익보다 도덕적이고 양심적인 삶을 추구해야 한다.

이 글에서 글쓴이는 교통사고가 나자 자전거를 들고 도망간 수남이의 행동과 이를 칭찬하는 주인 영감, 이에 실망해 고향에 돌아가는 수남이의 모습을 통해 이 글의 주제를 드러내고 있습니다. 글쓴이는 주인 영감처럼 물질적인 이익을 추구하는 삶보다 수남이처럼 자신의 잘못을 깨닫고 뉘우칠 줄 아는 도덕적이고 양심적인 삶을 추구해야 한다는 주제를 전하고 있습니다.

1 이 글에서 가장 먼저 일어난 일은 무엇인가요? (②)

구조
알기

① 화가 손님이 돌아와 마사 양에게 사납게 화를 냈다. 4

②마사 양은 늘 묵은 빵을 사 가는 남자 손님에게 관심을 가졌다. 1

③ 젊은 남자가 돌아와 화가 손님이 화를 낸 까닭을 자세히 설명해 주었다. 5

④ 화가 손님이 묵은 빵을 주문하자 마사 양이 몰래 빵 속에 버터를 넣었다. 3

⑤ 마사 양은 남자 손님의 손에 적갈색 얼룩을 보고 그가 가난한 화가라고 생각했다. 2

이 글에서 가장 먼저 일어난 일은 마사 양이 늘 묵은 빵을 사 가는 남자 손님에게 관심을 가지게 된 일입니다.(②) 마사 양은 그의 손에 묻은 얼룩을 보고 그가 가난한 화가라고 생각했습니다.(⑤) 그래서 화가 손님이 묵은 빵을 주문하자 몰래 빵 속에 버터를 넣었고,(④) 다시 돌아온 화가 손님은 마사 양에게 화를 냈습니다.(①) 젊은 남자는 화가를 돌려보내고 돌아와 그 까닭을 자세히 설명해 주었습니다.(③)

2 [보기]에서 설명하는 소재는 무엇인가요? (①)

세부
내용

[보기]
• 화가 손님에 대한 마사 양의 호감을 표현함.
• 화가 손님이 마사 양에 대한 태도를 바꾸게 된 원인이 됨.
• 마지막 부분에서 사건의 흐름을 뒤바꾸는 계기가 되어 충격과 재미를 줌. → '반전' 기법

①버터   ② 지우개   ③ 묵은 빵

④ 신선한 빵   ⑤ 적갈색 얼룩 → 마사 양이 손님을 화가라고 착각하게 만든 소재.

마사 양은 손님이 가난한 화가라고 생각해 묵은 빵에 버터를 넣는 친절을 베풀었습니다. 이 버터는 화가에 대해 마사 양이 가진 호감의 표현이면서 화가 손님이 마사 양에 대한 태도를 바꾸는 원인이기도 합니다. 또, 이 버터는 마지막에 건축 설계사인 손님의 설계도를 망쳐 놓아 충격적인 결말로 사건의 흐름을 뒤바꾸는 역할을 합니다.

3 '화가 손님'이 '마사 양'에게 화를 낸 까닭은 무엇인가요? (⑤)

세부
내용

① 마사 양이 묵은 빵을 주지 않아서 → 마사 양은 버터를 넣은 묵은 빵을 주었음.

② 마사 양이 방금 구운 빵을 주어서 ┐
                                    ├ → 글에서 확인할 수 없는 내용임.
③ 마사 양이 빵을 제대로 포장해 주지 않아서 ┘

④ 마사 양이 빵 속에 버터를 조금만 넣어 주어서 → 마사 양은 빵 속에 버터를 듬뿍 넣어 주었음.

⑤마사 양이 빵 속에 넣은 버터 때문에 설계도가 엉망이 되어서

화가 손님은 사실 건축 설계사로 설계도의 연필 선을 묵은 빵으로 지우고 있었습니다. 그런데 마사 양이 빵 속에 버터를 넣어 주어서 이 빵으로 설계도를 지우자 설계도가 엉망이 되었습니다.

┌ 관용 표현 '오지랖이 넓다'와 비슷한 말

4 ㉠과 바꾸어 쓸 수 있는 말은 무엇인가요? (⑤)

어휘
어법

① 무섭게 생긴   ② 넓은 웃옷을 입은

③ 나쁜 마음을 가진   ④ 화려한 옷을 입은

⑤쓸데없이 참견하기 좋아하는

'오지랖이 넓다'는 '쓸데없이 지나치게 아무 일에나 참견하는 면이 있다.'라는 뜻의 관용 표현입니다.

5

추론
하기

이 글에 나타난 '마사 양'의 성격으로 알맞은 것은 무엇인가요? (④)

① 게으르다.   ② 샘이 많다.   ③ 장난스럽다.

④ 인정이 많다.   ⑤ 욕심이 많다.

가난한 화가를 도와주고 싶어 하는 행동을 통해 마사 양의 인정 많은 성격을 짐작할 수 있습니다.

6

비판
하기

등장인물의 행동에 대한 평가로 알맞지 않은 것은 무엇인가요? (③)

① 마사 양이 화가 손님을 도와주기 전에 솔직히 물어보았다면 좋았을 텐데. → 마사 양이 한 행동의 적절성에 대해 판단한 것임.

② 젊은 남자가 나중이라도 마사 양을 위해 사실을 말해 준 것은 잘한 일이야. → 젊은 남자가 알려 주지 않았다면 마사 양은 화가 손님이 화난 이유를 계속 궁금해했을 것임.

③ 마사 양이 묵은 빵 대신 신선한 빵을 주었다면 화가 손님이 화를 내지 않았을 거야.

④ 화가 손님이 아무것도 모르는 마사 양에게 무턱대고 화를 낸 것은 잘못된 행동이야. → 화가 손님은 화가 나서 마사 양의 입장을 배려하지 않았음.

⑤ 마사 양이 손님의 직업이나 처지에 대해 자신의 입장에서 생각하고 판단한 것은 잘못이야.

→ 마사 양은 손님의 직업이나 처지를 가난한 화가라고 자기 마음대로 단정했음.

젊은 남자의 말을 살펴보면, 묵은 빵은 사실은 건축 설계사의 지우개로 쓰였습니다. 그래서 마사 양이 묵은 빵 대신 신선한 빵을 주었다면 버터만큼은 아니더라도 설계도를 망칠 우려가 있습니다. 신선한 빵을 주었더라도 화가 손님이 화를 내지 않았을 것이라고 판단할 수 없습니다.

── 마사 양의 행동에 대한 이해와 감상

7

비판
하기

[보기]를 참고할 때, 이 글에 대한 독서 토론 주제로 가장 알맞은 것은 무엇인가요? (⑤)

[보기]   이 글에서 마사 양은 자신의 마음대로 빵집의 손님을 가난한 화가라고 판단한다. 그가 늘 값이 싼 묵은 빵을 사고, 그의 손에 물감이 묻어 있는 것을 근거로 마사 양은 그가 가난한 화가라고 확신한 것이다. 결국 자기중심적으로 상대방을 이해하고 판단한 마사 양의 배려는 건축 설계사였던 손님에게 큰 불행을 가져오게 된다.

상대방의 의사를 물어보지 않은 배려

① 물감을 사용하는 직업은 무엇이 있는가?

② 가난한 이웃을 돕는 방법에는 무엇이 있는가?

③ 가난한 화가에게 버터를 바른 빵이 필요한가?

④ 묵은 빵으로 연필 선을 지우는 것이 효과적인가?

⑤ 상대방의 의사를 물어보지 않은 배려는 진정한 배려인가?

이 글은 마사 양이 손님을 가난한 화가라고 착각해 묵은 빵에 버터를 바르는 친절을 베풀었다가 건축 설계사였던 손님이 설계도를 망치게 되는 이야기입니다. 따라서 이 글을 읽고 나서 자기 마음대로 상대방을 판단하고 상대방의 의사와 상관없이 친절을 베푼 마사 양의 배려에 대해 토론할 수 있습니다.

(나)
'왜 우리 착한 남실이를 학교도 가기 전에 죽게 해요? 그럴려면 왜 내 동생으로 태어나게 했어요. 왜? 왜? 엄마도 미워요. 동네에서 돈을 꿀 수도 있는데 창피하다고 미루다가 이모네까지 가다니. 엄마의 자존심*만 아니었으면 우리 남실인 안 죽었어요. 엄마가 미워요, 엄마. 집에 오지 말아요. 흑흑…….' / 그러면서도 복실이는 엄마를 기다렸습니다.

– 노경실, 「복실이네 가족사진」

● ● ●

1
구조
알기

이 글에 대한 설명으로 알맞은 것은 무엇인가요? (③)

① 어떤 대상을 다른 대상에 빗대어 표현했다. → 비유하는 표현은 나타나지 않았음.
② 등장인물이 사건을 관찰해 객관적으로 보여 준다. → 이 글에서 말하는 이는 등장인물이 아니라 글쓴이임.
③ 주로 인물의 행동과 대사를 통해 사건을 표현했다.
④ 작품 속 주인공이 자신의 이야기를 들려주고 있다. → 이 글에서 말하는 이는 '글쓴이'임.
⑤ 어떤 대상에 대해 그림을 그리듯이 자세히 나타냈다. → 그림을 그리듯이 표현하는 '묘사'를 사용한 부분은 없음.

이 글에는 주로 엄마, 아버지, 복실이, 공숙이 엄마와 석호 엄마 등의 대화와 행동이 나타나 있으므로, ③은 알맞은
설명입니다.

2
세부
내용

등장인물에 대한 설명으로 알맞지 않은 것은 무엇인가요? (⑤)

① 남실이는 복실이의 여동생이다. → 남실이는 복실이의 세 명의 여동생 중 한 명임.
② 남실이는 학교에 입학하기도 전인 어린 나이에 죽었다. → 복실이의 혼잣말 속에 남실이가 학교에 가기도 전에 죽었다는 말이 나옴.
③ 복실이는 부모님이 없는 집에서 남실이의 죽음을 맞이했다. → 아버지는 남실이가 죽은 뒤에 돌아왔고, 어머니는 아직 집에 돌아오지 않았음.
④ 아버지는 집에 돌아와서 뒤늦게 남실이의 죽음을 알고 크게 슬퍼했다. → 아버지는 쓰러질 정도로 남실이의 죽음에 슬퍼했음.
⑤ 어머니는 이웃에게 남실이의 병원비를 빌리고자 했지만 돈을 빌리지 못했다.

어머니가 돈을 빌리지 못한 까닭은 '왜 우리 ~ 오지 말아요. 흑흑…….'에 나타나 있습니다. 어머니는 자존심이 강
해 이웃에게 돈을 빌리지 못하고 멀리 이모네까지 돈을 빌리러 갔습니다.

3
세부
내용

㉠~㉢에 대한 설명으로 알맞지 않은 것은 무엇인가요? (④)

① ㉠: 남실이의 얼굴이 보이지 않는 가족사진이다. ┐
② ㉠: 복실이가 고개를 옆으로 돌리고 있는 가족사진이다. ┘ → 엄마의 말 "보세요. 우리 ~ 돌리고 있고."에 나타남.
③ ㉡: 남실이가 어릴 때 모습이 들어 있는 돌 사진이다. → ㉡ 앞부분에서 남실이의 돌 때 찍은 사진이라고 했음.
④ ㉢: 복실이네 집 거실에 걸려 있는 가족사진이다.
⑤ ㉢: 다섯 남매와 아버지, 어머니가 다 보이는 가족사진이다. → ㉠과 ㉡의 사진을 합친 온 가족이 있는 사진임.

㉢은 거실이 아닌 안방에 걸려 있는 가족사진입니다. 이 사진에는 사진관 아저씨의 실수로 남실만 빠져 있었는
데, 아버지가 남실이 돌 사진에서 얼굴만 오려서 붙였습니다.

4
어휘
어법

┌ 복실이 아버지를 위로하는 인물
㉮ 부분에 나타난 '석호 엄마'의 마음을 표현하는 한자 성어는 무엇인가요? (①)

① 측은지심(惻隱之心): 불쌍히 여기는 마음.
② 일장춘몽(一場春夢): 인생의 부귀영화가 덧없이 사라짐.
③ 결초보은(結草報恩): 죽은 뒤에라도 은혜를 잊지 않고 갚음.
④ 타산지석(他山之石): 다른 사람의 나쁜 행동이 자신의 몸과 마음을 닦는 데 도움이 됨.
⑤ 동상이몽(同床異夢): 여럿이 같이 행동하더라도 속으로는 서로 다른 생각을 하고 있음.

㉮ 부분에서 석호 엄마는 남실이의 죽음을 알고 슬퍼하는 복실이의 아버지를 불쌍히 여기고 함께 눈물을 흘리며
위로하고 있습니다. 이와 같은 석호 엄마의 마음을 표현한 한자 성어는 '측은지심'입니다.

독해 정답	1. ③	2. ⑤	3. ④
	4. ①	5. ⑤	6. ④
	7. ④		

어휘 정답	1. (1) ㉮ (2) ㉺ (3) ㉹ (4) ㉵ (5) ㉯		
	2. (1) 자존심 (2) 내동댕이쳐 (3) 위로 (4) 살뜰		
	(5) 통곡 3. ⑤		

5 ㈏ 부분에 나타난 '복실이'의 마음으로 알맞지 않은 것은 무엇인가요? (⑤)

추론 하기

① 남실이의 죽음을 슬퍼하는 마음 ┐
② 남실이를 죽게 한 하나님을 원망하는 마음 ┘ → '왜 우리 ~ 왜? 왜?'에 나타남.
③ 돈을 빨리 빌리지 못한 엄마를 원망하는 마음 → '엄마도 미워요. ~ 오지 말아요. 흑흑……'에 나타남.
④ 어린 나이에 죽은 남실이를 안타까워하는 마음 → '왜 우리 ~ 죽게 해요?'에 나타남.
⑤ 엄마가 집에 오지 않기를 진심으로 바라는 마음

이 글에서 복실이는 마음속으로 '엄마, 집에 오지 말아요.'라고 말했지만 엄마가 집에 오지 않는 것을 바라는 것은 아닙니다. 또한 바로 다음 부분에 그러면서도 엄마를 기다리고 있다는 내용이 연결되고 있으므로, ⑤의 내용은 알 맞지 않습니다.

6 '복실이'에게 해 줄 말로 가장 알맞은 것은 무엇인가요? (④)

비판 하기

① 가난보다 이웃의 무관심 속에 죽어간 남실이가 불쌍해. → 남실이가 죽자 이웃 아주머니들이 복실이와 아버지를 위로해 주고 있음.
② 아무 잘못이 없는 하나님을 원망하다니 이해할 수 없어. → 복실이 입장에서는 하나님이 남실이를 데려갔다고 생각할 수 있음.
③ 엄마 때문에 남실이가 죽었으니 엄마를 용서해서는 안 돼. → 엄마도 남실이의 병원비를 구하러 집을 비운 것이므로, 알맞지 않음.
④ 동생인 남실이가 죽어서 얼마나 슬플지 짐작조차 가지 않아.
⑤ 네가 남실이를 더 잘 돌봤다면 남실이가 죽지 않았을지도 몰라. → 복실이는 끝까지 동생인 남실이를 돌본 언니였음.

이 글의 뒷부분에는 부모님도 없는 집에서 동생인 남실이의 죽음을 겪게 된 복실이가 슬퍼하는 장면이 나타나 있 습니다. 따라서 이러한 복실이의 슬픔을 위로하고 있는 ④가 복실이에게 해 줄 말로 알맞습니다.

'복선'의 기법

7 [보기]를 참고해 이 글을 알맞게 감상하지 못한 것은 무엇인가요? (④)

감상 하기

'복선'의 정의
[보기] 소설에서 글쓴이는 앞으로 일어날 일에 대해 미리 독자에게 넌지시 알려 준다. 앞서
복선의 방법 ① → 일어난 일을 활용해 뒤에 일어날 일을 알려 주기도 하고, 인물이나 배경을 통해 독자 들이 앞으로 일어날 일을 미리 추측하게 도와주기도 한다. 복선의 방법 ②

① 뒷이야기를 보면 가족사진은 남실이의 죽음을 미리 넌지시 알려 준 사건이야. ┐→ 남실이가 빠진 가족사진은 남실이의 죽음을 예고한 것임.
② 처음 부분에서 남실이가 가족 사진에 찍히지 못한 사건은 특별한 의미가 있구나. ┘
③ 남실이의 사진을 따로 오려 붙인 것은 남실이가 죽어도 가족이라는 것을 뜻하고 있어. → 남실이의 사진을 따로 오려 붙여 남실이가 죽어도 여전히 복실이네 가족이라는 것을 알려 주고 있음.
④ 가족사진에서 남실이가 빠진 것은 가족들이 남실이를 잊어야 한다는 것을 뜻하는 거야.
⑤ 가족사진에 남실이만 돌 사진을 넣은 것은 가족 중에 남실이만 어린 나이에 죽는 것을 미리 알 려 준 거야. → 남실이만 돌 사진을 오려 붙인 것은 남실이가 어린 나이에 죽을 것을 미리 예고한 것임.

이 글의 앞부분에서 아버지는 남실이의 돌 사진에서 남실이를 따로 오려 붙여 가족사진을 완성했습니다. 이 장면 은 남실이가 죽었어도 가족들 기억 속에 계속 남아 있다는 것을 의미하는 것입니다. 따라서 남실이를 잊어야 한다 는 것을 뜻한다는 ④의 감상은 알맞지 않습니다.

은 조정에 포도대장*을 보내 홍길동을 잡아 달라며 앞다투어 글을 올렸다.

㈜ 임금도 사태*가 심각하다고 생각해 좌우의 포도대장을 보내 홍길동을 잡으라는 명령을 내렸다. 그러나 포도대장도 길동에게 붙들려 실패하고 말았다. 심지어 같은 날, 같은 시각, 조선 팔도 곳곳에서 홍길동이 나타났다는 보고가 꼬리를 물고* 올라오니 기막히고* 답답할 뿐이었다.

- 「홍길동전」

- ● ● ● ● -

1
구조
알기

이 글의 특징으로 알맞지 않은 것은 무엇인가요? (　③　)

① 시간의 흐름에 따라 이야기가 전개되고 있다. → 홍길동의 활약상이 시간 순서대로 나타남.

② 조선 시대의 우리나라를 배경으로 하고 있다. → '함경 감사, 조선 팔도 곳곳'이라는 표현에서 시대적, 공간적 배경을 알 수 있음.

③ 등장 인물의 내면 심리를 자세하게 보여 주고 있다.

④ 현실에서 일어나기 어려운 신기하고 괴이한 일이 일어났다. → 홍길동이 허수아비로 똑같은 홍길동을 만드는 등 신기하고 괴이한 일이 일어났음.

⑤ 뛰어난 능력을 가진 주인공을 중심으로 이야기가 전개되고 있다. → 홍길동은 도술을 부리는 등 뛰어난 능력을 가진 주인공임.

이 글은 홍길동의 마음을 드러내는 내면 심리 위주가 아니라 홍길동의 말과 행동으로 표현되는 활약 위주로 내용이 펼쳐지고 있습니다. 따라서 ②는 이 글의 특징으로 알맞지 않습니다.

2
세부
내용

홍길동에 대한 설명으로 알맞지 않은 것은 무엇인가요? (　③　)

① 양반인 아버지와 노비인 어머니 사이에서 태어났다. → [앞 이야기]에 나타남.

② 도술을 부려 자기와 똑같은 일곱 명의 허수아비를 만들었다. → 글 ㈑에 나타남.

③ 활빈당이라 불리던 도적의 무리에 들어가 우두머리가 되었다.

④ 어린 시절 아버지를 아버지라고, 형을 형이라고 부르지 못했다. → 글 ㈎에 나타남.

⑤ 탐관오리의 재산만 훔칠 뿐 나라와 백성의 재산은 손대지 않았다. → 글 ㈐에 나타남.

홍길동과 활빈당의 관계는 글 ㈏에 잘 나타나 있습니다. 홍길동은 도적의 무리에 들어가 이름을 '활빈당'이라고 지은 것이지, 이미 활빈당이라고 불리던 도적의 무리에 들어간 것이 아닙니다.

3
세부
내용

㉠~㉤에 대한 설명으로 알맞지 않은 것은 무엇인가요? (　①　)

① ㉠: 홍길동이 홍 판서를 아버지라고 부르기 위한 까닭.

② ㉡: 홍길동이 자신을 낮추어 부르는 말.

③ ㉢: 홍 판서를 가리키는 말.

④ ㉣: 아버지와 형을 제대로 부르지 못하는 한.

⑤ ㉤: 성 밖에 불을 지른 다음 혼란한 틈을 타 재물을 훔칠 계획.

㉠은 '홍길동이 밤이 깊었는데 자지 않고 돌아다닌 까닭'으로, 홍길동의 말에 나타나 있습니다. 홍길동이 밤늦게 홍 판서를 찾아간 까닭은 집을 떠나기 전에 마지막 인사를 하기 위해서였습니다.

4
어휘
어법

㉮의 상황에 어울리는 한자 성어는 무엇인가요? (　①　)

① 노심초사(勞心焦思): 몹시 마음을 쓰며 애를 태움.

② 좌충우돌(左衝右突): 이리저리 마구 찌르고 부딪침.

③ 구사일생(九死一生): 죽을 뻔한 상황을 여러 번 넘기고 겨우 살아남.

④ 전화위복(轉禍爲福): 불행하고 나쁜 일이 바뀌어 오히려 좋은 일이 됨.

⑤ 갑론을박(甲論乙駁): 서로 자신의 주장을 내세우고 상대의 주장을 반대하여 말함.

㉮는 탐관오리들의 재물을 빼앗아 가난한 백성들에게 나누어 주는 홍길동과 활빈당의 활약에 수령과 탐관오리들이 자신이 당할까 봐 걱정스러워 잠을 이루지 못하는 상황입니다. 이와 같은 상황에 어울리는 한자 성어는 '노심초사'입니다.

5 글 (개)~(매) 중 다음 편지글이 들어가기에 알맞은 곳은 어디인가요? (④)

구조
알기

> <u>임금께 아룁니다.</u>
> 　홍길동이라는 도적이 각 고을에 나타나 소란을 피웁니다. 어느 날은 이 고을의 무기를 훔치고, 어느 날은 저 고을의 곡식을 훔치고 달아나 각 고을의 피해가 큽니다. 하지만 저희들의 능력이 부족해 잡지 못했으니 <u>부디 임금께서 포도대장을 내어 홍길동과 그 무리들을 잡아 주시기를 부탁드립니다.</u>　　　　　　　　　편지의 목적

① 글 (개)의 뒤 ② 글 (내)의 뒤 ③ 글 (대)의 뒤
④ 글 (래)의 뒤 ⑤ 글 (매)의 뒤

주어진 편지글은 임금에게 포도대장을 시켜 홍길동과 그 무리들을 잡아 달라는 내용입니다. 그리고 글 (래)의 뒷부분에 '각 고을의 수령들은 임금 앞으로 홍길동을 잡아 달라며 앞다투어 글을 올렸다.'는 내용이 나오므로, 편지글은 글 (래)의 뒤에 들어가는 것이 알맞습니다.

6 이 글에 나타난 홍길동의 행동을 알맞게 평가하지 못한 것은 무엇인가요? (③)

비판
하기

① 아무리 탐관오리의 재물이라도 남의 것을 빼앗는 일은 잘못이야. → 홍길동의 행동에 대해 비판적으로 판단한 평가임.
② 자신의 뛰어난 재주를 이용해 백성에게 도움을 준 것은 잘한 일이야. → 홍길동의 활약에 대해 긍정적인 평가를 내릴 수 있음.
③ 아버지와 형을 제대로 부르지 못하는 한 때문에 집을 나간 것은 잘한 일이야.
④ 탐관오리의 재물을 뺏기 위해서라고 해도 함부로 불을 지른 것은 잘못한 일이야. → 탐관오리를 혼내 준다고 하더라도 다른 사람들이 위험해질 수 있으므로, 잘못이라고 평가할 수 있음.
⑤ 탐관오리의 재물은 원래 백성의 것이므로 백성에게 다시 나누어 준 것은 잘한 일이야.
　　→ 탐관오리의 재물은 백성을 쥐어짜서 뺏은 것이므로, 홍길동의 행동에 대해 긍정적인 평가를 내릴 수 있음.

글 (개)에서 아버지가 아버지라 부르는 것을 허락했지만, 홍길동은 그래도 집을 나갔습니다. 아버지와 형을 부르지 못하게 해서 나간 것이 아니라, 자신을 해치려는 사람을 피하려고 집을 나간 것입니다.

수능
연계 ✏️

┌ 조선의 신분 제도

7 [보기]를 참고해 이 글을 알맞게 감상하지 못한 사람은 누구인가요? (③)

감상
하기

> [보기]　<u>조선의 신분 제도</u>는 양반, 중인, 상민, 천민으로 나뉘었다. <u>신분은 대대로 자손에게 이어졌는데, 어머니의 신분이 기준이었다.</u>「어머니가 노비나 기생 같은 천민이면 아버지가 양반이어도 자손은 노비의 신분으로 살아야 했다. 천민은 과거 시험을 볼 수 없었고, 재산, 결혼 등의 생활에도 제약이 심했다.」「　」: 홍길동의 처지임.

① 홍길동의 어머니는 여종이었으니 천민의 신분이었군. → 여종은 집안에 딸린 여자 하인이므로 천민이 맞음.
② 홍길동은 과거 시험도 볼 수 없고 생활에도 제약이 심했을 거야. → [보기]에서 보면, 홍길동은 천민이어서 과거 시험도 볼 수 없었고 생활에도 제약이 많았을 것임.
③ 홍길동이 활빈당을 만든 까닭은 신분 제도를 없애기 위한 것이겠군.
④ 홍길동은 신분이 낮아서 홍 판서를 아버지 대신 상공, 대감이라고 불렀어. → [앞 이야기]와 [보기]에서 미루어 보면 홍길동은 천민이어서 양반인 아버지를 아버지라고 부르지 못하고 상공, 대감이라고 불렀음.
⑤ 글쓴이는 홍길동을 주인공으로 삼아 당시 신분 제도의 문제점을 비판하고 있어.
　　→ 능력은 뛰어나지만 부당한 대우를 받는 홍길동을 통해 당시 신분 제도를 비판하고 있음.

[보기]는 조선의 신분 제도에 대해 설명한 글입니다. 홍길동이 활빈당과 함께 탐관오리의 재물을 빼앗은 것은 가난한 백성에게 나누어 주기 위한 것이지 신분 제도를 없애기 위한 것은 아니었습니다.

1 이 글을 감상하는 방법으로 알맞지 않은 것은 무엇인가요? (　⑤　)

구조
알기

① 대상과 관련한 구체적인 이미지를 떠올려 본다. → 시의 장면 상상하기

② 대상에 대한 말하는 이의 생각이나 감정을 파악한다. → 말하는 이의 생각과 태도 파악

③ 글을 읽을 때 감각적인 느낌이나 운율을 살려 읽는다. ⎫

④ 다양한 비유적인 표현이 어떻게 쓰이고 있는지 살펴보며 읽는다. ⎭ → 표현상의 특징 파악

⑤ 글에 쓰인 낱말의 뜻을 사전에서 찾아 파악하는 것이 효과적이다.

이 글은 유성을 표현한 시로, 시를 읽을 때에는 시와 관련한 이미지를 떠올려 보거나 말하는 이의 생각과 태도 등을 살피면서 감상해야 합니다. 그러나 ⑤는 설명문이나 논설문을 읽을 때 낱말의 정확한 의미를 파악하는 방법으로 알맞습니다.

2 이 시에 대한 설명으로 알맞지 않은 것은 무엇인가요? (　④　)

세부
내용

① 1연 10행으로 구성된 시이다.

② 이 시는 내용상 크게 두 부분으로 나눌 수 있다. → 1~5행과 6~10행으로 나눌 수 있음.

③ 말하는 이는 별로 가득찬 밤하늘에서 유성을 바라보고 있다. → 말하는 이는 드러나지는 않지만 밤하늘에서 유성을 바라보고 있음.

④ 친구와 대화하는 것처럼 표현해 밤하늘이 생생하게 느껴진다.

⑤ 밤하늘의 별들과 유성을 경쾌하고 생동감 넘치는 분위기로 표현하고 있다.

　　→ 수많은 별이 반짝이는 밤하늘을 운동장에 비유해 경쾌하고 생동감 넘치는 분위기를 표현했음.

이 시에서 말하는 이는 별들로 가득 찬 밤하늘을 바라보며 친구와 대화하는 것이 아니라, 독백 형식으로 혼잣말을 하며 신비로운 밤하늘의 아름다움과 유성의 생동감을 표현하고 있습니다.

⎡── '운동장'이 뜻하는 대상

3 ㉠이 뜻하는 대상으로 알맞은 것은 무엇인가요? (　④　)

어휘
어법

① 별　　　　　　　　② 유성　　　　　　　　③ 지구

④ 밤하늘　　　　　　⑤ 아이들의 함성 → 별이 반짝이는 모습을 청각적 이미지로 나타낸 표현임.

㉠은 별들이 반짝이는 밤하늘을 비유한 표현입니다.

⎡── '빗나간 야구공'과 '유성'의 공통점

4 ㉡과, ㉢이 뜻하는 대상 사이의 공통점은 무엇인가요? (　④　)

추론
하기

① 스스로 빛을 내고 있다. → 유성에만 해당함.

② 같은 모양과 크기를 지닌다. → 야구공과 유성의 크기는 다름.

③ 잘 부서지거나 깨지는 특징이 있다. → 야구공과 유성은 모두 해당하지 않음.

④ 예정된 궤도에서 벗어난 움직임을 보인다.

⑤ 밤하늘에서 날아가는 모습을 자주 볼 수 있다. → 유성에만 해당함.

㉡'빗나간 야구공 하나'는 지구로 떨어져 구르는 유성을 뜻하는 표현입니다. '빗나간 야구공'과 '유성' 사이의 공통점을 찾으면 예정된 궤도에서 벗어난 움직임을 보인다는 점입니다. 그래서 빗나간 야구공은 유리창을 깼고, 유성은 원래 궤도를 벗어나 지구로 떨어진 것입니다.

독해 정답	1. ⑤	2. ④	3. ④
	4. ④	5. ④	6. ③
	7. ⑤		

어휘 정답	1. (1) ㉣ (2) ㉢ (3) ㉠ (4) ㉡
	2. (1) 아득 (2) 부산 (3) 아슴푸레 (4) 빗나간
	3. (1) ㉢ (2) ㉡ (3) ㉠ (4) ㉣

5

세부
내용

— 3~5행

㉮ 부분에 대한 설명으로 알맞은 것은 무엇인가요? (　④　)

① 별들이 빠르게 이동하는 모습을 표현했다. → 별들이 반짝이는 모습을 표현한 부분임.

② 별들이 사라진 까닭을 묻는 문장으로 표현하고 있다. → 별들이 반짝이는 모습을 묻는 문장으로 표현함.

③ 별이 거의 없는 캄캄한 밤하늘의 모습을 떠올릴 수 있다. → ㉮ 부분에서 별들이 반짝이는 모습을 떠올릴 수 있음.

④ 별들이 반짝이는 모습을 사람이 움직이는 것처럼 표현했다.

⑤ 운동장에서 바쁘게 움직이는 아이들을 별에 빗대어 표현했다.
→ 별들이 반짝이는 모습을 아이들이 운동장에서 부산하게 움직이는 모습에 비유했음.

이 시에서 ㉮ 부분은 별들이 반짝이는 모습을 아이들이 운동장에서 움직이는 모습에 빗대어 표현한 부분입니다.

6

감상
하기

— 감각적 이미지의 개념과 효과

[보기]를 참고해 이 시를 감상한 것으로 알맞지 <u>않은</u> 것은 무엇인가요? (　③　)

[보기]　'이미지'는 심상이라고 하는데, <u>마음속으로 떠오르는 그림</u>이라는 뜻이다. 이미지 중
눈을 통해 느껴지는 시각, 소리로 느껴지는 청각, 피부의 감촉으로 느껴지는 촉각, 맛
으로 느껴지는 미각, 냄새로 느껴지는 후각 등을 '감각적 이미지'라고 한다. '감각적
이미지'를 사용하면 <u>표현하려고 하는 시적 대상의 이미지가 훨씬 구체적이고 생생하
게 보여져 생동감이 느껴진다.</u>　'감각적 이미지 사용의 효과

① 이 시는 밤하늘의 별이 반짝이는 모습을 시각적 이미지로 생생하게 표현했어. → 별이 반짝이는 모습을 아이들이 운동장에서 부산하게
움직이는 모습이라는 시각적 이미지로 표현함.

② '유성'이 나타나는 순간을 청각적 이미지를 사용해서 표현한 것이 인상적이야. → 유성이 나타나는 순간을 '먼 곳에서 아슴푸레'하게
들리는 '빈 우레 소리'로 표현함.

③ 3행은 밤하늘에 별이 반짝이는 모습을 촉각적 이미지를 써서 생생하게 표현했어.

④ '유성'과 '빗나간 야구공' 사이에 시각적 이미지의 공통점을 발견했다는 것이 놀라워. → '유성'과 '빗나간 야구공' 사이에는 예정된
궤도를 벗어났다는 공통점이 있음.

⑤ '쨍그랑' 같은 청각적 이미지를 나타내는 낱말로 실제 현장에 있는 느낌이 들도록 표현했어.
→ '쨍그랑' 같은 흉내 내는 말을 써서 유리창이 깨진 현장에 있는 것처럼 생생한 느낌을 주고 있음.

[보기]는 감각적 이미지의 개념과 효과에 대해 설명한 글입니다. 이 시는 밤하늘에 별이 반짝이는 모습을 시각적
이미지를 사용해서 표현했습니다.

7

주제
찾기

이 시의 주제로 알맞은 것은 무엇인가요? (　⑤　)

① 밤하늘에서 떨어지는 유성의 위험성 → '빗나간 야구공 ~ 유리창을 깨고'는 유성의 위험성이 아닌 생동감을 나타내는 시구임.

② 밤하늘 별들과 아이들의 평화로운 공존 → 아이들은 밤하늘의 별을 빗대어 표현한 것이지 실제 아이들을 표현한 것은 아님.

③ 밤하늘의 별들과 유성의 혼란스러운 모습 → 별들은 아름답고 유성은 생생하게 살아 움직이는 모습임.

④ 밤하늘에서 떨어질 수밖에 없는 유성의 슬픔 → 이 시에는 떨어지는 유성의 슬픔이 아닌 생동감이 드러남.

⑤ 밤하늘 별들의 아름다운 모습과 유성의 생동감

이 시는 여러 가지 비유적인 표현을 통해 수많은 별들로 가득 찬 밤하늘의 아름다움과 밤하늘에서 빗나간 야구공
처럼 떨어지는 유성의 생동감을 주제로 표현한 시입니다.

1
구조
알기

┌─ 수필

글쓴이가 이 글을 쓴 까닭은 무엇인가요? (⑤)

① 근거를 들어 자신의 의견을 주장하려고 → 논설문을 쓰는 까닭

② 과학적 사실을 객관적으로 알려 주려고 → 설명문을 쓰는 까닭

③ 훌륭한 인물의 일생을 기록해 교훈을 주려고 → 전기문을 쓰는 까닭

④ 자신이 읽은 책 내용과 느낀 점을 기록하려고 → 독서 감상문을 쓰는 까닭

⑤ 경험을 통해 얻은 느낌과 깨달음을 표현하려고

글쓴이는 자신이 알게 된 막내의 이야기에서 얻은 감동과 깨달음을 표현하기 위해 이 글을 썼습니다.

2
구조
알기

'막내'에게 일어난 일의 차례대로 기호를 쓰세요.

> ㉮ 막내네 반 아이들이 다른 반에 흩어져 괄시를 받고 기가 죽었다. 1
> ㉯ 막내는 야구 대회 우승을 위해 반 아이들과 밤늦게까지 야구 연습을 했다. 3
> ㉰ 막내네 반의 간부였던 아이들이 야구 대회를 개최해 우승을 하자는 제안을 했다. 2
> ㉱ 막내네 반 아이들은 결승전에서 패했지만 다시 다음 대회를 준비하며 연습에 나섰다. 4

(㉮) → (㉰) → (㉯) → (㉱)

막내에게 일어난 일은 다음과 같습니다. 담임 선생님의 입원으로 막내의 반 아이들이 다른 반에 흩어져 괄시를 받고 기가 죽었습니다.(㉮) 그러자 반 간부였던 아이들이 모여 야구 대회를 개최해 우승을 할 계획을 세웠습니다.(㉰) 그때부터 흩어졌던 반 아이들은 똘똘 뭉쳐 우승을 위해 밤 늦게까지 야구 연습을 했습니다.(㉯) 비록 첫 대회에서 우승을 못해 실망했지만 막내와 반 아이들은 다시 다음 대회를 준비하기 위해 연습에 나섰습니다.(㉱)

3
추론
하기

이 글에 나타난 '글쓴이'의 마음 변화로 알맞은 것은 무엇인가요? (④)

① 화남 → 궁금함 → 대견함

② 궁금함 → 통쾌함 → 미안함 → 막내의 사연을 알고 나서는 통쾌함이 아닌 감동을 느낌. 또, 미안한 마음은 드러나지 않음.

③ 궁금함 → 즐거움 → 대견함 → 이 글에는 즐거움보다 감동이 드러남.

④ 걱정스러움 → 감동함 → 대견함

⑤ 걱정스러움 → 감동함 → 실망함 → 실망한 마음은 드러나지 않음.

글쓴이가 막내의 사연을 알기 전에는 야구 연습으로 늦는 막내를 걱정했습니다. 그러나 막내가 늦게까지 연습하는 까닭을 듣고 난 후에는 '망국민의 독립운동사라도 읽은 것처럼' 막내와 그 친구들의 단결심과 순수한 마음에 감동 받았습니다. 그리고 다음번에 이기기 위해 더욱 노력하는 막내의 모습을 보고 대견해하고 있습니다.

4
세부
내용

㉠~㉤에 대한 설명으로 알맞지 않은 것은 무엇인가요? (②)

① ㉠: 각자 다른 반으로 흩어져 자기 반을 그리워하는 동안에. → '그러는 동안에'는 바로 앞 문단의 내용을 뜻함.

② ㉡: 자신들을 괄시하던 다른 반 아이들을 혼내 주는 일.

③ ㉢: 야구 대회를 개최해 우승을 차지하는 일. → 바로 다음에 있는 일을 말함.

④ ㉣: 저녁 늦게까지 야구 연습에 몰두했다. → 별이 뜰 때인 저녁까지 야구 연습을 했음.

⑤ ㉤: 막내의 순수한 열정에 공감하고 믿어 주는 마음. → 막내의 사연을 알고 감동받았기 때문임.

㉡은 반 간부였던 아이들이 깨달은 사명으로, 바로 다음 문장에 나타나 있습니다. 간부였던 아이들의 사명은 반 아이들이 기죽지 않을 방법을 말하는 것이지, 다른 반 아이들을 혼내 주는 일이 아닙니다.

독해 정답	1. ⑤	2. ㉮, ㉰, ㉯, ㉱
	3. ④	4. ② 5. ⑤
	6. ④	7. ②

어휘 정답	1. ⑤
	2. (1) ㉯ (2) ㉱ (3) ㉲ (4) ㉮ (5) ㉰
	3. (1) ㉯ (2) ㉰ (3) ㉮

5
어휘
어법

— 막내와 친구들이 피나는 연습을 하는 상황

㉮ 부분의 상황에 어울리는 한자 성어는 무엇인가요? (⑤)

① 백전백승(百戰百勝): 싸울 때마다 다 이김.
② 임전무퇴(臨戰無退): 전쟁에 나아가서 물러서지 않음.
③ 유비무환(有備無患): 미리 준비를 해 놓으면 걱정할 것이 없음.
④ 진퇴양난(進退兩難): 이렇게도 저렇게도 하지 못하는 어려운 처지.
⑤ 악전고투(惡戰苦鬪): 몹시 힘들고 어려운 조건에서 힘을 다해 싸움.

㉮ 부분에는 막내와 친구들이 야구 대회에서 우승하기 위해 배고픈 것도 참고 밤늦게까지 피나는 연습을 하고 있는 상황이 나타나 있습니다. 이와 같은 상황에 어울리는 한자 성어는 '몹시 힘들고 어려운 조건에서 힘을 다해 싸움.'을 뜻하는 '악전고투'입니다.

6
감상
하기

이 글에 대한 감상으로 알맞지 않은 것은 무엇인가요? (④)

① 글쓴이는 야구 대회 결승전의 열기를 '열광의 도가니'에 비유해서 표현했어. → 직유법
② '망국민'과 이 반 저 반으로 헤어진 막내의 반 아이들은 비슷한 처지에 놓여 있어. → 글쓴이는 막내와 반 친구들의 처지가 망국민과 비슷하다고 생각함.
③ 막내의 이야기에서 글쓴이가 일상생활에서 실제로 겪은 일이라는 것을 알 수 있어. → '막내의 야구 연습'이라는 일상생활의 경험이 드러나 있음.
④ '초롱초롱한 눈 같은'은 아이들의 초롱초롱한 눈을 맑게 빛나는 푸른 별에 비유한 거야.
⑤ '이 캄캄한 밤에 공이 보이니?'에는 늦게까지 연습하는 막내에 대한 걱정이 드러나 있어. → 글의 첫 부분에 나타난 대화에서 막내에 대한 걱정이 드러남.

'초롱초롱한 눈 같은'은 맑게 빛나는 푸른 별을 아이들의 초롱초롱한 눈에 빗대어 표현한 것입니다. 이것은 막내와 친구들의 착하고 순수한 마음에 감동받은 마음을 표현한 부분입니다.

수능
연계

— '상징'의 정의와 이 글에 쓰인 예

     — '맑고 푸른 별'의 뜻

7
추론
하기

[보기]를 참고할 때, ㉂의 상징적인 의미로 알맞은 것은 무엇인가요? (②)

     — '상징'의 정의

[보기]   '상징'이란 말로 설명하기 힘든 사물이나 개념 등을 구체적인 사물로 나타내는 표현 방법이다. '비둘기'가 '평화'를, '칼'이 '무력'을 뜻하는 것처럼 오랫동안 반복되면서 특별한 뜻으로 굳어진 상징도 있고, 글쓴이가 자신만의 특별한 뜻을 담은 상징도 있다. 글쓴이는 '야구 방망이'에 '막내와 막내 반 친구들의 노력과 단결심'이라는 상징적인 뜻을 담았다.

    — '상징'의 예

    '야구 방망이'의 상징적 의미

① 별처럼 예쁜 막내의 눈 → ㉂을 표현하기 위해 빗댄 대상임.
② 아이들의 맑고 순수한 마음
③ 다른 날보다 밝게 빛나는 별 → ㉂은 실제 별을 뜻하는 것이 아님.
④ 막내네 반이 우승할 것이라는 예감
⑤ 다른 아이보다 더 뛰어난 막내의 실력   — → 글에서 짐작할 수 없는 내용임.

[보기]는 상징의 정의와 이 글에 쓰인 예를 설명한 내용입니다. '야구 방망이'의 상징적인 의미로 미루어 '맑고 푸른 별'의 상징적인 뜻을 짐작할 수 있습니다. 이 글에서 '맑고 푸른 별'은 막내와 친구들의 맑고 순수한 마음을 상징하는 표현입니다.

1 이 글에 대한 설명으로 알맞은 것은 무엇인가요? (③)

구조
알기

① 등장인물의 소개와 함께 이야기가 시작되고 있다. → 등장인물의 소개는 [앞 이야기]에 나타난 부분임.

② 이야기가 벌어지는 장소가 바뀌면서 사건이 전개된다. → 이 글의 공간적 배경은 세몬의 구둣방으로, 장소가 바뀌지 않음.

③ 등장인물의 대화를 통해 과거의 비밀이 드러나고 있다.

④ 등장인물 사이의 갈등이 폭발해 사건이 급박하게 진행된다. → 이 글은 사건이 급박하게 진행되는 단계가 아니라 마무리되는 단계임.

⑤ 여러 개의 사건이 쌓여 등장인물 간의 갈등이 높아지고 있다.
  → 갈등이 높아지는 것이 아니라 미하일의 과거가 드러나면서 긴장이 사라지고 궁금증이 풀리고 있음.

이 글에서는 두 여자아이를 데려온 여인과 세몬, 그리고 미하일의 대화를 통해 하늘의 천사였던 미하일의 과거가
드러나고 있습니다.

2 '미하일'에 대한 설명으로 알맞지 않은 것은 무엇인가요? (②)

세부
내용

① 하늘나라 천사로, 세몬의 일을 도우며 함께 살고 있다. → 미하일과 세몬의 말에 나타남.

② 두 아이가 다른 사람의 도움으로 살 수 있다고 믿었다.

③ 두 아이의 어머니인 여자의 영혼을 거두는 임무를 맡은 적이 있다. → 미하일의 말 '사실 전 ~ 임무를 맡았지요.'에 나타남.

④ 두 아이의 어머니인 여자의 영혼을 가져가던 중 날개가 꺾여 추락했다. → 미하일의 말 '전 할 수 ~ 당신을 만났답니다."'에 나타남.

⑤ 하나님께 두 아이의 어머니인 여자의 영혼을 거두지 말아 달라고 부탁했다.
  → 미하일의 말 '저도 하나님께 ~ 달라고 부탁했지요.'에 나타남.

미하일이 누구인지, 어떤 사연을 가지고 있는지는 미하일의 말에 잘 드러나 있습니다. 영혼을 거두는 임무를 맡은
미하일은 두 아이의 어머니가 한 말처럼 부모가 없으면 아이도 살 수 없다고 생각했기 때문에 하나님께 두 아이의
어머니를 살려 달라고 부탁했습니다.

┌─ '촛불과도 같아요.'의 뜻

3 ㉠의 뜻으로 알맞은 것은 무엇인가요? (③)

어휘
어법

① 촛불처럼 쉽게 녹아 버려 불안한 존재들이에요.

② 촛불처럼 급할 때만 나에게 필요한 존재들이에요.

③ 촛불처럼 내 삶을 비추어 나에게 힘을 준 존재들이에요.

④ 촛불처럼 힘이 약해 내가 도와주어야 하는 존재들이에요.

⑤ 촛불처럼 쉽게 흔들려 내가 잡아 주어야 하는 존재들이에요.

㉠은 두 아이를 '촛불'에 빗대어 표현한 부분입니다. 촛불이 어둠을 밝혀 주듯이 ㉠은 쌍둥이가 자신의 삶을 밝게
비추어 살아갈 힘을 주는 존재라는 뜻입니다.

4 '여인'의 성격으로 알맞지 않은 것은 무엇인가요? (③)

추론
하기

① 착하고 정이 많다.

② 자신의 삶을 열심히 살아간다. → 가난했지만 뒤에는 살림이 불어났으므로, 자신의 삶을 열심히 사는 성격임을 짐작할 수 있음.

③ 자신의 가족만 사랑으로 돌본다.

④ 불쌍한 사람을 외면하지 못한다. ┐
                              ├→ 자신도 어려운 처지지만 부모를 잃은 두 아이를 데려다 키우기로
⑤ 어려운 처지에도 다른 이를 돕는 일에 앞장선다. ┘   결정한 행동에 나타남.

여인의 성격은 여인이 한 말과 두 아이들에 대해 얘기하며 눈물을 훔치는 행동에 잘 드러나 있습니다. 여인은 가난
했고 자신도 어린 아들이 있었지만 부모를 잃은 두 아이를 데려다 키우기로 결심했습니다. 따라서 자신의 가족만
사랑으로 돌본다는 ③은 여인의 성격으로 알맞지 않습니다.

ⓒ의 답을 알 수 있는 이 글의 다른 부분

'사람에게 주어지지 않은 것'의 답

5
추론
하기

[보기]를 참고할 때, ⓒ에 대한 답으로 알맞은 것은 무엇인가요? (④)

> [보기] 어느 날, 화려한 옷을 입은 부자가 세몬의 구둣방을 찾아와 장화를 주문했다.
> "돈은 얼마든지 줄 테니 1년이 지나도 끄떡없을 만큼 튼튼한 장화를 만들어 주게나."
> 그런데 다음 날, 부자의 하인이 급하게 세몬을 찾아왔다.
> "주인님이 주문한 장화는 필요없게 됐어요. 어젯밤에 갑자기 돌아가셨거든요. 대신 관 속에서 신으실 슬리퍼를 만들어 주세요."
> 이 말을 들은 세몬이 혀를 차며 말했다.
> "쯧쯧, 당장 필요한 건 장화가 아니라 슬리퍼였는데……. 어떻게 알았겠나?"

① 자신이 언제 가장 행복한지 아는 것이다.　→ [보기]의 부자가 행복한지는 알 수 없음.
② 얼마나 많은 재산을 벌어야 할지 아는 것이다. → [보기]의 부자는 이미 충분한 재산을 가지고 있었음.
③ 누가 자신을 진심으로 사랑하는지 아는 것이다.
④ 자신에게 진정 필요한 것이 무엇인지 아는 것이다.　→ [보기]는 사랑과 관련 없는 내용임.
⑤ 자신이 진심으로 사랑하는 사람은 누구인지 아는 것이다.

[보기]는 이 글의 다른 부분으로, 부자의 이야기를 통해 ⓒ의 답을 확인할 수 있습니다. 부자가 오래 신을 수 있는 장화를 주문했지만, 갑자기 죽어서 관 속에서 신을 슬리퍼가 필요한 상황이 되었습니다. 자신에게 곧 쓸모없어질 장화를 주문한 부자의 예로 보아, 사람에게 주어지지 않은 것은 자신에게 진정 필요한 것이 무엇인지 아는 것이라는 것을 짐작할 수 있습니다.

'사람은 무엇으로 사는가'의 답

6
주제
찾기

ⓒ의 답이면서 이 글의 주제로 알맞은 것은 무엇인가요? (①)

① 마음속의 사랑
② 신에 대한 믿음
③ 자신에 대한 걱정
④ 고난을 극복하는 의지
⑤ 앞날을 풀어 가는 지혜

이 글에서 ⓒ의 답은 마지막 미하일에 말에서 짐작할 수 있습니다. 여인은 마음속에 사랑이 있었기 때문에 어려운 처지에서도 남의 자식을 가엽게 여겨서 친자식처럼 키웠습니다. 비록 아이들은 부모를 잃었지만 여인의 사랑 속에 무럭무럭 자랐습니다.

7
감상
하기

이 글을 읽고 난 독자의 반응으로 알맞지 **않은** 것은 무엇인가요? (③)

① 다른 사람을 사랑할 때 내게도 행복이 온다는 것을 알게 됐어. → 두 아이를 키운 여인에게 두 아이도 촛불과 같은 존재가 되었음.
② 어려운 시련도 이웃 간의 사랑으로 극복할 수 있다고 생각했어. → 두 아이는 부모를 잃은 시련을 겪었지만 이웃 여인의 사랑으로 행복하게 살고 있음.
③ 어려운 이웃을 도우려면 집안 형편이 넉넉해야 한다고 생각했어.
④ 우리 주변의 어려운 이웃들에게 관심을 가져야겠다는 생각을 했어. → 주변의 부모 잃은 두 아이를 데려다 키운 여인의 행동을 보고 나올 수 있는 반응임.
⑤ 모두가 이웃에 관심을 가지면 세상이 더 따뜻해질 것이라고 생각했어.
→ 부모를 잃은 두 아이가 여인의 도움으로 무럭무럭 잘 자라는 모습을 보고 나올 수 있는 반응임.

이 글에서 여인은 가난한 형편에도 부모를 잃은 두 아이를 거두어 키워 주었습니다. 따라서 ③과 같은 생각은 이 글을 읽고 난 반응으로 알맞지 않습니다.

개미는 비로소 정신을 차려 둘이를 다시금 보니, 참 우스워 기절을 하였겠다.

속을 못 차리고 공짜를 너무 바라면 이마가 벗어진다더니, 정말 왕치는 이마의 땀을 쓱쓱 씻는데 보기좋게 대머리가 홀러덩 단박*에 벗어지고 만 것이었다.

소새는 또 주둥이가 한 발*이나 쑥- 나와 버렸고.

개미는 하도하도 우습다 못해 대굴대굴 구르다가 그만 허리가 부러지고 말았다.

– 채만식, 「왕치와 소새와 개미와」

- ● ● ● -

1
세부내용

이 글에 대한 설명으로 알맞지 (않은) 것은 무엇인가요? (　②　)

① 동물을 주인공으로 하여 교훈을 전하는 우화이다. → 왕치와 소새, 개미가 주인공으로, 인간에게 깨달음을 주는 우화 소설임.

②동물에 대한 지식이나 정보를 알기 쉽게 풀어 썼다.

③ 동물의 생김새에 대한 이야기를 재미있게 꾸며 썼다. → 왕치와 소새, 개미가 지금의 생김새를 가지게 된 내력을 재미있게 소개함.

④ 소리나 모양을 흉내 내는 말을 사용해 내용을 실감 나게 표현했다. → 쌕, 풀쩍, 쓱쓱, 홀러덩, 데굴데굴 등 다양한 흉내 내는 말을 써서 내용을 실감 나게 표현함.

⑤ 세 동물들의 행동을 통해 여러 유형의 인간들을 빗대어 보여 주고 있다.
　→ 동물이 인간처럼 말하고 행동하면서 여러 유형의 인간들을 드러내서 비교하고 있음.

이 글은 왕치와 소새와 개미의 모습이 지금처럼 된 내력을 재미있게 꾸며 쓴 우화 소설로, 객관적인 동물에 대한 지식과 정보를 설명하는 것은 아닙니다. ②는 동물에 대한 설명문에 해당하는 내용이므로 알맞지 않습니다.

2
구조알기

이 글에서 일이 일어난 차례대로 기호를 쓰세요.

> ㉮ 잉어 배 속에서 왕치가 뛰어나왔다. 3
> ㉯ 집에 돌아온 소새는 개미와 잡아 온 잉어를 먹었다. 2
> ㉰ 왕치는 자신이 잉어를 잡았으니 어서 먹으라고 말했다. 4
> ㉱ 소새가 왕치를 찾아 나섰다가 물 위로 떠오른 잉어를 사냥했다. 1
> ㉲ 왕치는 대머리가 되고, 소새는 주둥이가 길어지고, 개미는 허리가 부러졌다. 5

(　㉱　) → (　㉯　) → (　㉮　) → (　㉰　) → (　㉲　)

이 글에서 일이 일어난 차례는 다음과 같습니다. 소새는 왕치가 잉어에게 먹힌 줄 모르고 찾아 나섰다가 물 위에 떠오른 잉어를 사냥했습니다.(㉱) 집에 돌아온 소새는 개미와 함께 잡아 온 잉어를 먹었습니다.(㉯) 중간쯤 먹는 순간, 잉어 배 속에서 왕치가 뛰어나왔습니다.(㉮) 잉어 배 속에서 나온 왕치는 자신이 잉어를 잡았다고 허세를 부렸습니다.(㉰) 그 뒤로 왕치는 대머리가 되고 소새는 주둥이가 길어졌으며, 개미는 허리가 부러졌습니다.(㉲)

3
어휘어법

┌─ 왕치가 자신이 잉어를 잡았다고 한 말

㉠에 나타난 '왕치'의 태도에 어울리는 속담은 무엇인가요? (　③　)

① 등잔 밑이 어둡다 → 가까이 있는 사람이 도리어 대상에 대하여 잘 알기 어려움.

② 고양이 목에 방울 달기 → 실행하기 어려운 것을 공연히 의논함.

③남의 떡으로 선심 쓴다

④ 사공이 많으면 배가 산으로 간다 → 여러 사람이 자기주장만 내세우면 일이 제대로 되기 어려움.

⑤ 콩 심은 데 콩 나고 팥 심은 데 팥 난다 → 모든 일은 근본에 따라 거기에 걸맞은 결과가 나타나는 것임.

㉠은 왕치가 자신을 구해 준 친구에게 고마워하기는커녕 도리어 자신이 잉어를 잡았다고 생색을 내며 한 말입니다. 이런 왕치의 태도에 가장 어울리는 속담은 '남의 것으로 생색을 낸다.'는 뜻의 '남의 떡으로 선심 쓴다'입니다.

┌─ 반가움과 놀라움이 사라지고 마음이 상했다고 표현한 부분

4

세부
내용

ⓒ처럼 '소새'가 마음이 상한 까닭은 무엇인가요? (⑤)

① 왕치가 무사히 살아 돌아와서 → 왕치가 무사히 돌아온 것은 반갑고 기뻤음.

② 왕치를 먹은 잉어를 잡지 못해서

③ 오랜만에 만난 왕치가 인사를 하지 않아서

④ 소새가 왕치가 잡은 것보다 작은 잉어를 잡아와서

⑤소새가 왕치를 구했는데 왕치가 자신이 잉어를 잡았다고 생색을 내서

소새가 마음이 상한 까닭은 '소새는 반가운 ~ 있더냐 말이었다.' 부분에 드러나 있습니다. 소새는 잡은 잉어를 개미와 함께 먹으려다가 왕치가 잉어 배 속에서 뛰어나오자 처음에는 반갑고 놀라웠습니다. 그러나 자신이 구해 준 것은 아랑곳하지 않고 왕치가 엉뚱하게 자신이 잉어를 잡았다고 생색을 내자 화가 났습니다.

5

추론
하기

'왕치'의 성격으로 알맞은 것은 무엇인가요? (⑤)

① 점잖고 침착하다.   ② 억세고 야무지다.

③ 너그럽고 다정하다. → 개미의 성격으로 알맞음. ④ 매정하고 쌀쌀맞다.

⑤뻔뻔하고 이기적이다.

왕치는 자신을 구해 준 소새에게 고마워하기는 커녕 자신이 잉어를 잡았다고 생색을 내고 있습니다. 이러한 왕치의 말과 행동으로 보아, 뻔뻔하고 이기적인 성격임을 알 수 있습니다.

6

비판
하기

등장인물에게 해 줄 말로 알맞지 않은 것은 무엇인가요? (②)

① 왕치야, 너의 목숨을 구해 준 소새에게 고맙다는 인사를 해야지. → 소새가 잉어를 잡아 왕치를 구했으므로, 왕치에게
                                                          할 수 있는 말임.

②소새야, 왕치가 공짜를 좋아하다가 대머리가 되어 안타까웠겠구나.

③ 왕치야, 솔직하지 못하고 거짓말만 하면 친구들과 잘 지낼 수 없어. → 소새가 잡은 잉어를 자신이 잡았다고 거짓말로
                                                 너스레를 떠는 왕치에게 할 수 있는 말임.

④ 개미야, 친구의 외모가 우습다고 해서 친구 앞에서 웃어서는 안 돼. → 소새와 왕치의 우스꽝스러운 외모를 보고 웃는
                                                  개미에게 할 수 있는 말임.

⑤ 소새야, 네가 잡은 잉어를 왕치가 자신이 잡았다고 말해서 속상했지?

     → 소새의 입장에서 자신이 잡은 잉어를 왕치가 자신이 잡은 것처럼 말하는 상황이 속상했을 것임.

소새는 자신이 구해 준 것에 감사하지 않고 생색만 내는 왕치에게 토라졌으므로, 왕치가 대머리가 된 것이 안타깝
지 않고 고소했을 것입니다. 따라서 ②는 소새에게 할 말로 알맞지 않습니다.

[수능
연계]

7

감상
하기

┌─ '풍자'의 기법

[보기]를 참고해 이 글을 알맞게 감상하지 못한 것은 무엇인가요? (②)

[보기]   ┌─'풍자'의 정의
'풍자'란 개인의 어리석음이나 사회의 문제를 드러내려고 인물이나 사건을 사실보
다 부풀려서 과장하거나 웃음을 일으킬 수 있게 넌지시 비판하는 방법이다. 글쓴이는
'풍자'의 방법으로 이치에 맞지 않는 부당한 세상일과 이기적이고 겉과 속이 다른 인 ── 이 글의 비판 대상 ②
간들의 성격과 태도를 거침없이 비웃으며 날카롭게 비판하고 있다.
                                               └─ 이 글의 비판 대상 ①

① 글쓴이는 이 글에 등장하는 세 동물의 행동을 통해 세상일을 풍자하고 있어. → [보기]에서 추론할 수 있는 내용임.

②왕치와 소새, 개미가 한집에 사는 모습은 여럿이 함께 살기 힘든 현실을 드러내고 있어.

③ 공짜로 생색을 내려는 왕치의 말과 행동을 우습게 표현해 사람은 염치를 알아야 한다는 교훈
    을 주고 있어. → 소새의 입장은 아랑곳하지 않고 공짜로 생색내는 왕치의 모습에서 분수나 염치를 알아야 한다는 교훈을 얻을 수 있음.

④ 집으로 돌아와 생색내는 왕치를 보고 마음 상한 소새는 속이 좁고 쉽게 토라지는 사람을 빗대
    어 표현한 거야. → 왕치는 이기적인 사람, 소새는 속이 좁고 쉽게 토라지는 사람을 빗대어 표현한 것임.

⑤ 글쓴이는 왕치와 소새, 개미가 가진 생김새의 내력과 다양한 인간들의 성격과 태도를 간접적
    으로 보여 주고 있어. → 글쓴이는 이야기를 통해 다양한 인간들의 성격과 태도를 간접적으로 보여 줌.

[보기]는 풍자의 기법에 대한 설명입니다. 글쓴이는 이 글에서 풍자를 통해 세상일이나 이기적이고 겉과 속이 다른
인간 등 여러 유형의 인간들을 비웃으며 비판하고 있습니다. 왕치와 소새, 개미가 한집에 사는 모습은 글쓴이가 이
세 동물처럼 서로 다른 여러 사람이 함께 살고 있는 현실을 풍자해서 보여 준 것입니다.

까투리가 눈밭을 뒹굴고 가슴을 치며 울었다. 이에 아홉 아들과 열두 딸, 친척들도 달려와 탄식하며* 울부짖었다.

– 「장끼전」

• • •

1

세부
내용

이 글에 대한 설명으로 알맞지 <u>않은</u> 것은 무엇인가요? (⑤)

① 사람처럼 표현된 동물이 이야기를 이끌어 간다. → 장끼와 까투리는 모두 사람처럼 말하고 행동하는 동물로, 이야기를 이끌어 가는 주인공임.

② 장끼와 까투리의 대화를 통해 인물의 성격을 보여 준다. → 장끼와 까투리의 대화에서 고집 센 장끼의 성격과 소신이 뚜렷하고 지혜로운 까투리의 성격이 드러남.

③ 말하는 이가 작품 밖에서 인물의 상황과 마음을 들려준다.

④ 소리나 모양을 흉내 내는 말로 인물의 행동을 생생하게 보여 준다. → 후닥닥, 꾸벅꾸벅, 주춤주춤 등 흉내 내는 말을 써서 인물의 행동을 표현함.

⑤ 남편에게 아무 말도 못하는 까투리를 통해 당시의 전통적인 여성상을 보여 준다.

이 글에서 아내인 까투리는 조선 시대의 전통적인 여성상과 다르게 남편의 행동에서 잘못된 점을 논리적으로 지적하고 콩을 먹지 말라고 말리는 역할을 합니다.

2

세부
내용

'장끼'가 콩을 먹은 까닭으로 알맞은 것은 무엇인가요? (①)

① 여자인 까투리의 의견을 무시해서

② 까투리가 콩에 독을 넣은 줄 몰라서 → 글의 내용과 관련 없음.

③ 가장인 자신이 콩을 먼저 먹어 보려고 → 장끼의 말에서 가장이 먼저 먹어야 한다는 내용을 짐작할 수 없음.

④ 까투리가 덫이 놓인 것을 알려 주지 않아서 → 장끼와 까투리는 모두 덫을 놓은 것은 몰랐지만 까투리는 불길한 예감에 말렸음.

⑤ 장끼가 먼저 콩을 먹은 다음 가족들에게 주려고 → 장끼는 자신이 콩을 먹으려고 하지만 가족들을 줄 생각은 하지 않았음.

장끼는 콩이 먹고 싶은 나머지 까투리가 불길하다고 말리는데도 까투리를 뿌리치고 콩을 먹었습니다. 까투리가 아녀자라고 여자의 말을 무시했기 때문입니다.

3

주제
찾기

다음 빈칸에 들어갈 알맞은 한자 성어는 무엇인가요? (⑤)

글쓴이는 이 작품에서 두 가지 사건을 통해 당시 사회를 비판하고 있다. 첫 번째는 남편 장끼가 아내 까투리의 말을 듣지 않아 콩을 먹은 뒤 죽는 것이고, 두 번째는 아내 까투리가 남편이 죽은 후 곧바로 재혼을 하는 것이다. 글쓴이는 이 사건들을 통해 조선 시대의 유교에서 나온 [   ]와/과 재혼 금지를 비꼬고 있다.   이 글의 주제

① 선남선녀(善男善女): 성품이 착한 남자와 여자.

② 대대손손(代代孫孫): 여러 대를 이어서 내려오는 모든 자손.

③ 남녀노소(男女老少): 남자와 여자, 늙은이와 젊은이의 모든 사람.

④ 백년가약(百年佳約): 부부가 되어 평생을 함께 지낼 것을 맹세하는 약속.

⑤ 남존여비(男尊女卑): 남자는 지위가 높고 귀하며, 여자는 지위가 낮고 천하다고 여김.

주어진 글의 마지막 문장은 이 글의 주제가 드러난 부분입니다. 그중 빈칸은 첫 번째 사건을 통해 비판하는 내용이므로, 장끼가 까투리의 의견을 무시하고 콩을 먹으려는 태도에서 당시 사회에 널리 퍼져 있던 '남존여비'의 생각을 비판하고 있다는 것을 알 수 있습니다.

4 추론하기

이 글을 읽고 떠올린 장면으로 알맞지 않은 것은 무엇인가요? (④)

① 장끼가 콩을 먹으려고 달려드는 장면 → '장끼는 발을 ∼ 장끼를 바라보았다.'에서 떠올릴 수 있음.

② 까투리가 콩을 먹으려는 장끼를 말리는 장면→ ' "여보! 이렇게 ∼ 탄식하며 울부짖었다.'에서 떠올릴 수 있음.

③ 덫에 걸린 장끼를 보고 가족들이 통곡하는 장면 '장끼는 발을 ∼ 장끼를 바라보았다.'에서 떠올릴 수 있음.

④ 장끼와 까투리가 정답게 아들과 딸을 돌보는 장면

⑤ 장끼와 까투리가 콩을 앞에 두고 이야기하는 장면 → '장끼는 아녀자가 ∼ 올라갈 거요.'"에서 떠올릴 수 있음.

이 글에서는 콩을 먹으려는 장끼가 이를 말리는 까투리를 뿌리치고 콩을 먹는 순간 덫에 걸려 죽어 가는 내용이 나타납니다. 이와 같은 내용을 볼 때 장끼와 까투리가 아들과 딸을 돌보는 ④의 장면은 떠올리기 어렵습니다.

5 추론하기

'장끼'와 '까투리'의 성격으로 알맞게 짝 지어진 것은 무엇인가요? (⑤)

	장끼	까투리
①	온순하고 섬세함.	상냥하고 차분함.
②	상냥하고 차분함.	어리석고 아둔함. → 장끼의 성격으로 알맞음.
③	신중하고 현명함.→ 까투리의	덤벙대고 경솔함.
④	고집스럽고 어리석음. 성격으로 알맞음.	거칠고 과격함.
⑤	고집스럽고 어리석음.	당차고 지혜로움.

이 글에서 장끼는 앞뒤를 따지지 않고 먹고 싶은 콩만 생각하며 까투리의 말을 아녀자의 말이라고 듣지 않는 데서 어리석고 고집스러운 성격임을 짐작할 수 있습니다. 이에 비해 까투리는 함부로 콩을 먹으려는 장끼에게 자신의 소신을 밝히고 먹지 말라고 말리는 당차고 지혜로운 성격입니다.

6 비판하기

'장끼'에게 해 줄 말로 가장 알맞은 것은 무엇인가요? (③)

① 자신의 목적을 이루려고 거짓말을 해서는 안 돼. → 장끼는 거짓말이 아니라 자기에게 유리한 쪽으로만 말하고 있음.

② 높은 벼슬을 얻으려고 쓸데없는 욕심을 부려서는 안 돼. → 장끼는 높은 벼슬을 얻으려는 것이 아니라 콩을 먹으려고 핑계를 댄 것임.

③ 자신만 옳다고 하지 말고 다른 사람의 충고도 들어야 해.

④ 콩을 먹으면 신선이 될 수 있다는 헛된 생각을 버려야 해. → 장끼는 진짜 신선이 될 수 있다고 생각한 것이 아니라 콩을 먹고 싶어서 콩을 먹으면 신선이 될 것이라고 둘러댄 것임.

⑤ 아무리 배가 고프더라도 가족과 음식을 나누어 먹어야 해. → 콩을 가족과 나누어 먹으면 가족이 모두 덫에 걸리는 일이 생길 수 있음.

이 글에서 장끼는 콩을 먹지 말라고 만류하는 아내의 말을 듣지 않고 콩을 먹은 결과 죽고 맙니다. 아내를 무시하는 행동이 빚은 결과를 생각할 때, 장끼에게 해 줄 말로는 자신만 옳다고 하지 말고 다른 사람의 충고도 들어야 한다고 조언하는 것이 가장 알맞습니다.

7 감상하기

[보기]를 참고해 이 글을 감상한 것으로 알맞지 않은 것은 무엇인가요? (⑤) ┐ '우화'의 특징과 효과

[보기] '우화'는 일반적으로 사람처럼 말하고 행동하는 동물들이 주인공으로 등장해 인간의 어리석음과 약점을 드러내 도덕적인 교훈을 준다. 이 작품 역시 동물이 주인공으로 등장해 이들의 행동을 통해 당시의 사회 제도나 사상을 비판하거나 풍자해 읽는 이들에게 교훈을 준다.

① 종민: 아내의 말을 무시하는 장끼를 통해 남성 위주의 사고방식을 엿볼 수 있어. → 장끼는 아녀자라고 까투리의 의견을 무시했음.

② 유진: 글쓴이는 장끼와 까투리를 등장시켜 당시의 사회 모습을 돌려서 비판하려고 했어. → 장끼와 까투리를 통해 '남존여비'의 생각을 비판함.

③ 혜민: 굶주림에 콩을 먹다가 덫에 걸린 장끼의 처지는 백성들의 고된 삶을 보여 주고 있어. → 눈밭, 염치가 무엇이냐는 장끼의 말에서 당시 백성들의 고단한 삶을 엿볼 수 있음.

④ 선율: 아내의 말을 듣지 않아 죽은 장끼를 통해 눈앞의 이익만 좇는 사람들을 비판하고 있군. ┐

⑤ 지아: 남편의 뜻에 따르지 않고 자신의 의견을 밝힌 까투리를 통해 당시의 유교적 가치관을 보여 주고 있어. ┘ 글쓴이는 당장의 배고픔을 면하기 위해 콩을 먹다가 덫에 치인 장끼를 통해 눈앞의 이익만 좇는 사람들을 비판함.

이 글은 조선 후기를 배경으로 쓴 우화 소설로, 당시의 유교적 가치관을 비판하고 있습니다. 당시 여성들은 아버지나 남편의 의견을 따라야 했고 자신의 목소리를 낼 수 없었습니다. 그러나 이 글에서 까투리는 장끼의 의견에 반대하며 당당히 자신의 의견을 밝히고 있습니다. 이런 까투리의 모습은 당시 유교적 가치관에서 벗어난 새로운 여성의 모습을 보여 주고 있습니다.

1 이 시에 대한 설명으로 알맞지 <u>않은</u> 것은 무엇인가요? (③)

세부
내용

① 4연 15행으로 구성되어 있다.

② 웃는 기와를 본 느낌을 솔직하게 표현했다. → 웃는 기와를 보고 초승달처럼 웃고 있다고 생각함.

③ 웃는 기와에 담긴 역사적 사실을 찾아냈다.

④ 웃는 기와를 보고 옛사람들의 모습을 떠올렸다. → 웃는 기와를 보고 신라 사람들이 웃는 기와로 집을 짓고 웃는 집에서 살았다고 생각함.

⑤ 사람이 아닌 웃는 기와를 마치 사람처럼 표현했다.
　　→ 얼굴 한 쪽이 깨졌지만 초승달처럼 웃고 있다고 표현함.

이 시는 글쓴이가 신라 시대의 유물인 웃는 기와의 깨진 모습을 보고, 떠오르는 생각이나 느낌을 떠올려 쓴 시입니다. 글쓴이가 표현한 내용은 역사적 사실에서 찾은 것이 아니라 웃는 기와의 모습을 보고 느끼고 생각한 것을 쓴 것입니다.

2 이 시에서 '웃는 기와'를 빗대어 표현한 것은 무엇인가요? (④)

어휘
어법

① 집　　　　　　　② 기와　　　　　　　③ 처마

④ 초승달　　　　　⑤ 신라 사람들

글쓴이는 3연에서 웃는 기와의 모습을 나뭇잎 뒤에 숨은 초승달에 직접 빗대어 표현했습니다.

　― 웃음이 깨지지 않은 까닭

3 ㉠의 까닭으로 알맞은 것은 무엇인가요? (⑤)

세부
내용

① 옛사람들의 얼굴을 상상한 것이므로

② 기와가 깨지는 소리가 웃는 소리처럼 들려서 → 기와가 깨진 것과 웃는 소리는 관련이 없음.

③ 기와에 금이 간 것이 마치 웃는 것처럼 보여서 → 말하는 이의 생각과 다른 내용임.

④ 초승달에 비친 모습이 깨지지 않은 것처럼 보여서 → ㉠ 앞부분에서 기와의 한 쪽이 깨졌다고 했음.

⑤ 기와에 담긴 웃는 모습이 변함없이 이어져 오고 있어서

㉠은 글쓴이가 웃는 기와의 얼굴 한 쪽이 깨졌지만 웃음은 깨지지 않았다고 표현한 부분입니다. 글쓴이는 기와의 일부분이 깨졌지만 웃는 기와의 모습은 천 년을 훌쩍 넘어 오늘날까지 변함없이 이어져 감동을 주고 있기 때문에 웃음이 깨지지 않았다고 표현했습니다.

4 이 시의 분위기로 알맞은 것은 무엇인가요? (①)

추론
하기

① 밝고 따뜻하다.　　　　　　　　　② 쓸쓸하고 외롭다. ┐
　　　　　　　　　　　　　　　　　　　　　　　　　├ → 웃는 기와의 모습에서 나타날 수
③ 엄숙하고 웅장하다. → 신라의 유물인 문화재를　④ 어둡고 암울하다. ┘　없는 분위기임.
　　　　　　　　　　　엄숙하고 웅장한 분위기가 아니라
┌─ ⑤ 산만하고 어수선하다.　친숙하고 따뜻하게 그리고 있음.
└─ 말하는 이의 생각은 기와와 웃음으로 잘 정돈되어 있음.

이 시에서 말하는 이는 신라의 유물인 웃는 기와를 보면서 신라 사람들이 웃는 기와로 지어진 집에서 사는 것을 상상하고 자신도 누군가에게 이런 웃음을 주고 싶어 웃는 기와의 모습을 흉내 내고 있습니다. 이러한 시의 내용으로 보아, 밝고 따뜻한 분위기라는 것을 알 수 있습니다.

독해 정답	1. ③	2. ④	3. ⑤
	4. ①	5. ③	6. ②
	7. ⑤		

어휘 정답	1. ②
	2. (1) 금 (2) 초승달 (3) 남긴 (4) 처마 (5) 기와
	3. (1) ㉮ (2) ㉰ (3) ㉱ (4) ㉯ (5) ㉲

5

추론
하기

이 시를 읽고 떠올릴 수 있는 장면이 아닌 것은 무엇인가요? (③)

① 기와 하나가 처마 밑으로 떨어지는 모습 → 2연에서 떠올릴 수 있음.

② 신라 사람들의 집에 웃는 기와가 올려진 모습 → 1연에서 떠올릴 수 있음.

③ 거울을 보고 사진 찍는 표정을 연습하는 모습

④ 박물관에서 웃는 기와를 바라보는 아이의 모습 → 시 전체 내용에서 짐작할 수 있음.

⑤ 신라 사람들이 집 안에서 서로 즐겁게 이야기하며 웃는 모습 → 1연에서 떠올릴 수 있음.

이 시를 읽으면 웃는 기와를 보고 있는 말하는 이의 모습을 비롯해 말하는 이가 상상한 신라의 집과 신라 사람들이 떠오릅니다. 말하는 이는 웃는 기와의 모습을 닮고 싶어 웃음을 흉내 냈을 뿐 사진을 찍으려고 표정을 연습하는 장면은 떠올릴 수 없습니다.

6

주제
찾기

다음은 각 연의 주제입니다. ㉮에 공통으로 들어갈 알맞은 낱말은 무엇인가요? (②)

1연	웃는 기와로 집을 짓고 살았던 옛 신라 사람들을 상상함.
2, 3연	기왓장은 깨졌지만 웃음은 깨지지 않았음.
4연	나도 천 년의 ㉮ 을/를 남기고 싶음.

↓

주제	나도 누군가에게 ㉮ 을/를 주는 사람이 되고 싶음.

① 기와　　②웃음　　③ 얼굴　　④ 흉내　　⑤ 초승달

이 시에서 말하는 이의 바람은 4연에 나타나 있습니다. 누군가에게 웃음을 주고 싶은 마음이 주제이므로, ㉮에 들어갈 낱말로는 '웃음'이 알맞습니다.

수능 연계

┌─ 시의 소재인 얼굴 무늬 수막새

7

감상
하기

[보기]를 참고해 이 시를 감상한 것으로 알맞지 않은 것은 무엇인가요? (⑤)

─── 창작 배경

[보기]　이 시는 글쓴이가 국립 경주 박물관에 있는 신라의 얼굴 무늬 수막새를 보고 쓴 것이다. '수막새'란 목조 건물의 처마 끝에 있는 무늬 기와로, 인상적인 푸근한 미소 덕분에 경주에서 '신라의 미소' 혹은 '천년의 미소'라고 불리며 유명해졌다. 그 뒤 신라와 경주시를 상징하는 유물로 자리 잡았고, 2018년 11월에는 보물 제2010호로 지정되었다.

└─ 얼굴 무늬 수막새의 특징

① 말하는 이는 박물관에서 웃는 기와를 보고 있구나. → 이 시와 [보기]의 첫 부분에서 알 수 있는 감상임.

② 글쓴이는 웃는 기와가 만들어졌던 때의 상황을 상상해 보고 있어. → 1연을 중심으로 한 감상임.

③ 깨진 기왓장에서 천 년을 이어 온 웃음을 발견한 글쓴이의 상상력이 놀라워. → 이 시와 [보기]의 수막새를 떠올려서 나올 수 있는 감상임.

④ 웃는 기와가 오늘날까지 감동을 주고 있는 것을 '천 년을 가는 웃음'으로 표현했어. → 4연을 중심으로 한 감상임.

⑤글쓴이는 웃는 기와가 깨져서 조상들의 웃음이 훼손되고 있는 것을 안타까워하고 있어.

[보기]는 이 시의 소재인 얼굴 무늬 수막새에 대한 내용입니다. 이 시에서 말하는 이는 한 쪽이 깨진 채 발견된 웃는 기와를 보고 웃는 기와는 깨졌지만 웃음은 깨지지 않았다고 했습니다. 따라서 조상들의 웃음이 훼손되었다고 말한 ⑤는 이 시에 대한 감상으로 알맞지 않습니다.

닌 길수였더라면 대길이는 어떻게 되었을까. 아마 노상* 어디론가 멀리멀리 달아날 궁리*를 하고 있을지도 몰랐다.

내가 박힌 돌로 변한 것은 공부에 열중하면서부터였다*. 나는 이제 대구를 떠날 생각은 염두*에 두지 않았다. 설령* 길수가 나를 데리러 온다 해도 결코 따라가지 않을 작정*이었다. 그보다는 어떻게 하든 검정고시에 합격해 여기서 고등학생이 되어야겠다는 결심이 섰다. ⓒ하늘의 무지개를 바라보기보다는 내 발 앞에 무지개를 그려 보려는 생각이 앞선 것이었다.

– 손춘익, 「땅에 그리는 무지개」

• • •

1 이 글에 대한 설명으로 알맞은 것은 무엇인가요? (③)

세부
내용

① 장소의 이동에 따라 사건이 달라지고 있다. → 장소는 나와 대길이가 함께 있는 방으로 바뀌지 않음.

② 인물 사이의 갈등이 직접적으로 드러나 있다. → 나와 대길이는 갈등 관계에 있지 않음.

③ 우리나라가 가난했던 시대를 배경으로 하고 있다.

④ 글쓴이가 직접 작품에 개입해 주제를 드러내고 있다.

⑤ 말하는 이는 작품 밖에서 인물과 사건을 관찰하고 있다.

→ 이 글에서 말하는 이는 '나'임.

앞부분의 내용과 '나'와 대길이의 대화에서 '나'는 가난하여 중학교에 가지 못하고 일을 하는 소년임을 알 수 있습니다. '나'뿐 아니라 대길이와 길수도 같은 입장에 있는 소년들이므로, 이 글이 학교에 가지 못하고 일하는 소년들이 많았던, 우리나라가 가난했던 시대를 배경으로 하고 있다는 것을 알 수 있습니다.

2 '나'에 대한 설명으로 알맞지 않은 것은 무엇인가요? (②)

세부
내용

① 독학으로 중학 과정을 밟아 나갔다. → '그러면서 나는 ~ 밟아 나갔다.'에 나타남.

② 아무리 어려운 문제가 나와도 스스로 해결했다.

③ 검정고시에 도전하려고 영어와 수학을 공부했다. → '초등학교에서 전혀 ~ 물어보기도 했다.'에 나타남.

④ 공부에 열중한 뒤로는 대구를 떠나지 않겠다고 마음먹었다. → '내가 박힌 ~ 두지 않았다.'에 나타남.

⑤ 공부하기 싫어하는 대길이를 설득해서 공부를 시작하게 했다. → '"처음부터 어떻게 ~ 밟아 갔다.'에 나타남.

이 글에서 '나'는 영어, 수학에서 끝내 실마리가 풀리지 않거나 자신의 실력으로 해결할 수 없는 문제는 시골에 계신 한 선생님께 편지로 묻기도 했습니다. 그리고 이렇게 공부하는 사이에 '나'의 실력은 점점 늘어났습니다.

3 ㉮ 부분에서 알 수 있는 '나'의 성격으로 알맞은 것은 무엇인가요? (④)

추론
하기

① 모질고 독하다.　　　　　　　② 사려 깊고 신중하다.

③ 순진하고 고지식하다.　　　　④ 끈기 있고 의지가 굳다.

⑤ 계산적이고 잇속을 잘 차린다.

'나'는 혼자 힘으로 벅찬 검정고시용 책들을 공부하며 중학 과정을 밟아 나갔습니다. 어렵고 힘들었지만 자신의 실력보다 어려운 문제는 한 선생님께 편지로 질문하며 실력을 늘려 나갔습니다. 이러한 '나'의 행동으로 보아 끈기가 있고 의지가 굳은 성격임을 알 수 있습니다.

4 ㉠과 뜻이 통하는 속담은 무엇인가요? (①)

→ '첫술에 배 부르랴'와 비슷한 뜻의 속담

어휘
어법

① 천 리 길도 한 걸음부터　　　　② 백지장도 맞들면 낫다 → 쉬운 일이라도 협력하여 하면 훨씬 쉽다는 말.

③ 낫 놓고 기역 자도 모른다 → 아주 무식함을 비유적으로 이르는 말.　　④ 서당 개 삼 년에 풍월을 읊는다

⑤ 구슬이 서 말이라도 꿰어야 보배　　→ 지식과 경험이 전혀 없는 사람이라도 그 부문에 오래 있으면 얼마간의 지식과 경험을 갖게 된다는 말.

→ 아무리 훌륭하고 좋은 것이라도 다듬고 정리하여 쓸모 있게 만들어 놓아야 값어치가 있음.

㉠은 '어떤 일이든지 단번에 만족할 수는 없다.'는 뜻입니다. 이와 비슷한 뜻의 속담은 '무슨 일이나 그 일의 시작이 중요하다.'는 뜻의 '천 리 길도 한 걸음부터'입니다.

— 하늘의 무지개를 바라보기보다 발 앞에 무지개를 그려 보겠다는 다짐

5 ⓒ의 의미를 알맞게 이해한 것은 무엇인가요? (③)

추론
하기

① 금방 사라질 꿈을 좇지 말고 오래 남길 만한 꿈을 찾아보라는 뜻이군.

② 아름다운 꿈은 마음에서 버리고 아름답지 않은 꿈을 마음에 담으라는 뜻이군.

③ 허황된 꿈을 좇기보다 현실에서 이룰 수 있는 꿈을 위해 노력하겠다는 뜻이군.

④ 현실이 어렵고 힘들지라도 포기하지 말고 꿈을 넓고 크게 가져야 한다는 뜻이군. → 하늘의 무지개와 발 앞의 무지개는
꿈의 크기에 대한 문제가 아님.

⑤ 비 온 뒤의 무지개를 보려고 시간 낭비하지 말고 지금 땅에 무지개를 그리라는 뜻이군.
→ ⓒ의 무지개는 비유적 표현으로 실제 무지개를 그리는 것이 아님.

이 글에서 '무지개'는 내가 이루고 싶은 꿈, 목표를 상징하는 낱말입니다. 따라서 ⓒ의 하늘의 무지개는 잡기 힘든
이상적이고 막연한 꿈을 뜻하고, 발 앞의 무지개는 현실에서 이룰 가능성이 있는 현실적인 꿈을 뜻합니다. 따라서
ⓒ은 막연한 꿈을 바라보고 좇기보다 현실에서 이룰 수 있는 꿈과 목표를 위해 노력하겠다는 뜻입니다.

6 '나'에게 해 줄 말로 알맞지 않은 것은 무엇인가요? (④)

비판
하기

① 혼자서 공부하려면 많이 힘들고 어려울 것 같아. → 혼자서 독학으로 중학 과정을 밟아 나가는 '나'의 모습을 보고 할 수 있는 말임.

② 일하면서 검정고시를 준비하다니 정말 기특하구나. → 일하면서 밤에 열심히 공부하는 '나'에게 해 줄 수 있는 말임.

③ 대길이가 너를 닮아 간다니 네 마음이 뿌듯할 것 같아. → 자신의 말대로 공부하는 대길이를 본 '나'의 마음을 헤아린 말임.

④ 책을 읽으면 옷과 돈이 생긴다고 거짓말을 해서는 안 돼.

⑤ 한 선생님이 계셔서 어려운 문제를 물어볼 수 있다니 다행이야. → 혼자서 공부하는 '나'의 처지를 볼 때 해 줄 수 있는 말임.

'나'는 문구점에서 일하면서 검정고시로 중학 과정을 밟고 있는 소년입니다. '내'가 대길이에게 책을 읽으면 옷과
돈이 저절로 생긴다고 한 것은 실제 옷과 돈이 생긴다는 의미가 아닙니다. 이 말은 공부를 해서 좋은 직업을 얻으
면 돈을 벌어 옷도 살 수 있다는 뜻으로 한 말이므로, ④는 '나'에게 해 줄 말로 알맞지 않습니다.

— 작품의 이해와 감상

7 [보기]를 참고해 이 글을 감상한 것으로 알맞지 않은 것은 무엇인가요? (①)

감상
하기

[보기] 어느 시대, 어느 곳에서나 정직하고 씩씩하게 살아가는 사람의 이야기는 소중하다.
그리고 아무리 살아가는 형편이 좋아졌다지만 불행한 환경 속에서 고달픈 삶에 쫓기
는 어린이들은 지금도 있다. 이 작품은 가난했던 1950년대에 하늘을 바라보며 자신의
무지개를 꿈꿨다는 우리 할머니, 할아버지 세대의 이야기이다. 『하지만 지금의 우리에
게도 여전히 큰 감동을 주는 것은 어려운 환경 속에서도 하늘의 무지개를 바라볼 수
있는 꿈과 희망이 담겨 있기 때문이다.』   『　』: 세대를 초월해 감동을 주는 까닭

① '내'가 말한 '박힌 돌'은 자신이 이루려고 하는 꿈인 고등학생을 뜻하는 것이군.

② 글쓴이는 '나'의 입을 빌려 불행한 환경을 극복하는 힘은 공부라고 말하고 있네. → '나'는 글쓴이의 생각을 말해 주는 인물임.

③ 검정고시에 합격해서 고등학생이 되려는 '나'의 노력은 오늘날에도 감동을 주고 있어. → 늦은 밤에 혼자 끈기 있게
노력하는 모습은 감동을 줌.

④ 낮이 아닌 밤에 혼자서 공부하는 '나'의 모습은 불행한 환경에 있다는 것을 표현한 거야.

⑤ '나'는 전쟁 직후의 어려운 환경 속에서 정직하고 씩씩하게 살아가는 사람을 대표하고 있어.

→ '내'가 늦은 밤에 혼자 공부하는
모습은 전쟁 직후 일하면서
공부하는 청소년을 대표하는
모습임.

[보기]는 이 글의 내용과 시대적 배경을 바탕으로 감동을 주는 까닭에 대해 말하고 있습니다. 일하면서 공부하
는 '나'는 공부에 열중하면서 '박힌 돌'로 바뀌었다고 했습니다. 내가 '박힌 돌'이라고 표현한 것은 대구에 머물
며 자신의 꿈을 이루기로 다짐했다는 뜻이므로, ①은 이 글에 대한 감상으로 알맞지 않습니다.

거야. 그 돈을 갚는 데 10년이나 걸렸지. 이제 다 갚아서 홀가분하지만*!"

포레스티에는 입을 다물지 못했다.

㉮ "그게 정말이니? 그 목걸이는 다이아몬드가 아니야. 고작 5백 프랑짜리 모조품*이었어!"

– 기 드 모파상, 「목걸이」

● ● ●

이야기를 읽는 방법

1 이 글을 읽는 방법으로 알맞은 것은 무엇인가요? (②)

구조
알기

① 설명하는 대상이 무엇인지 생각하며 읽는다. → 설명하는 글을 읽는 방법
②인물이 처한 상황과 그때 느껴지는 인물의 마음을 살피며 읽는다.
③ 인물이 추구하는 가치를 파악하고 인물의 삶에서 주는 교훈을 찾는다. → 전기문을 읽는 방법
④ 글쓴이의 주장을 파악해 뒷받침하는 근거가 알맞은지 생각하며 읽는다. → 주장하는 글을 읽는 방법
⑤ 운율이 느껴지는 부분을 찾고 글쓴이가 어떻게 표현했는지 파악하며 읽는다. → 시를 읽는 방법

이 글은 있을 법한 일을 작가의 상상력으로 꾸며 쓴 이야기 글입니다. 이야기를 읽을 때에는 사건의 흐름을 파악하고 인물이 어떤 상황에 처해 있는지 이해하며 그때 주인공과 등장인물들의 마음을 파악하며 읽습니다. 그리고 이를 통해 글쓴이가 말하고자 하는 것이 무엇인지 생각하며 읽어야 합니다.

2 '마틸드'가 목걸이를 빌리게 된 계기가 된 사건은 무엇인가요? (⑤)

세부
내용

① 마틸드가 집과 가구를 마음에 들지 않아 한 일 → 마틸드의 성격을 보여 주는 일임.
② 마틸드가 10년 동안 빚을 갚기 위해 노력한 일 → 목걸이를 빌린 일이 원인이 되어 일어난 일임.
③ 마틸드가 평범한 교육 공무원과 결혼하게 된 일
④ 포레스티에가 샹젤리제 거리에서 마틸드와 마주친 일 → 목걸이를 빌린 일 다음에 일어난 일임.
⑤루아젤이 마틸드가 만찬에 입고 갈 옷을 마련해 준 일

이 글에서 마틸드가 목걸이를 빌리게 된 사건은 남편 루아젤이 파티에 입고 갈 옷을 마련해 주었지만 옷에 어울리는 장신구가 마땅치 않았기 때문입니다.

친구 포레스티에가 보석 상자를 열어 보지 않아서 다행이라고 생각한 까닭

3 '마틸드'가 ㉠처럼 생각한 까닭은 무엇인가요? (③)

세부
내용

① 친구가 자기 목걸이가 망가진 것을 확인하지 않아서 → 마틸드가 목걸이를 망가뜨린 적은 없음.
② 친구가 새로 산 목걸이가 더 싼 것을 알아보지 못해서
③친구가 자기 목걸이가 아니라는 것을 확인하지 않아서 → 마틸드는 똑같은 목걸이를 구해서 사 주었음.
④ 친구가 보석 상자 안에 목걸이가 없는 것을 알아보지 못해서
⑤ 친구가 새로 산 목걸이가 가짜 목걸이라는 것을 알아보지 못해서 → 친구가 빌려준 목걸이가 가짜였고, 마틸드는 진짜 다이아몬드 목걸이를 돌려주었음.

마틸드는 비록 빚으로 사기는 했지만 친구의 것과 똑같은 다이아몬드 목걸이를 사서 돌려주었습니다. 그렇지만 친구 포레스티에가 자신의 목걸이가 아닌 것을 눈치챌까 봐 보석 상자를 열어 보지 않은 것을 다행이라고 생각한 것입니다.

4 '마틸드'의 성격으로 알맞은 것은 무엇인가요? (③)

추론
하기

① 허세를 싫어한다.　　　　② 현실에 만족한다.
③사치를 좋아한다.　　　　④ 자신의 분수를 잘 안다.
⑤ 실속을 중요하게 여긴다.

마틸드는 평범한 교육 공무원과의 결혼 생활을 불만스러워하고 있습니다. 교육부 장관의 만찬에 초대받았지만 마땅한 옷과 장신구가 없다고 투정을 부리고, 분수에 맞지 않는 비싼 다이아몬드 목걸이를 빌렸다가 잃어버려서 10년이나 고생을 하게 됩니다. 이러한 마틸드의 행동으로 볼 때 사치를 좋아하는 성격임을 알 수 있습니다. 나머지는 마틸드의 성격과 반대되는 성격입니다.

독해 정답	1. ②	2. ⑤	3. ③
	4. ③	5. ⑤	6. ③
	7. ③		

어휘 정답	1. (1) ㉮ (2) ㉫ (3) ㉯ (4) ㉰ (5) ㉭
	2. ②
	3. (1) ㉯ (2) ㉭ (3) ㉮ (4) ㉰

5

주제
찾기

[보기]의 ㉮와 ㉯에 들어갈 알맞은 낱말은 무엇인가요? (⑤) —— 마틸드가 10년간 고생하게 된 궁극적인 원인

[보기] 선생님: 이 이야기는 가짜 목걸이를 진짜 다이아몬드 목걸이로 오해해서 목걸이 때문
에 진 빚을 갚으려고 10년이나 고생하는 인물의 삶을 그리고 있습니다. 이것을 통
해 작가가 말하려는 것은 무엇일까요? —— 이 글의 중심 내용
한율: 인간의 [㉮]이 가져온 인생의 [㉯]을 말하려고 한 거예요.

① ㉮ 호기심, ㉯ 희극　　　　　　　② ㉮ 이타심, ㉯ 행복
③ ㉮ 자존심, ㉯ 연극　　　　　　　④ ㉮ 자긍심, ㉯ 불행
⑤ ㉮ 허영심, ㉯ 비극

[보기]는 이 글의 중심 내용을 통해 글쓴이가 말하고자 하는 주제를 설명하고 있습니다. 글쓴이는 마틸드의 분수에
맞지 않은 행동, 즉 인간의 허영심이 가져온 인생의 비극을 통해 인간의 헛된 욕심을 비판하고자 했습니다.

6

감상
하기

이 글을 감상한 것으로 알맞지 않은 것은 무엇인가요? (③)

① 글쓴이는 마지막 부분에 충격적인 결말을 배치해 말하고자 하는 주제를 강조하고 있어. → 마지막 부분에서 마틸드가 빌린 목걸이가
　　　　　　　　　　　　　　　　　　　　　　　　　　　　　　　　　　　　가짜였음이 밝혀짐.
② 글쓴이는 여러 인물의 마음 상태나 행동을 한 의도까지 알고 읽는 이에게 들려주고 있어.
③ 만찬에 입고 갈 옷을 마련해 준 남편 루아젤의 행동은 앞으로 일어날 사건을 넌지시 알려 주고 ┐ 글쓴이는 마틸드와 포레스티에의
　　있어.　　　　　　　　　　　　　　　　　　　　　　　　　　　　　　　　　행동과 마음 상태를 모두 알고 읽
　　　　　　　　　　　　　　　　　　　　　　　　　　　　　　　　　　　　　는 이에게 들려주고 있음.
④ 글쓴이는 헛된 것에 매달리는 인간의 욕심을 보여 주기 위해 '다이아몬드 목걸이'라는 소재를
　　사용했어. → 다이아몬드 목걸이는 마틸드에게 분에 넘치는 물건이었지만 허영심 때문에 빌렸다가 잃어버려서 10년간 고생을 하게 됨.
⑤ 글쓴이는 빚을 갚으려고 고생하는 장면을 사실적으로 표현해 환경에 따라 마틸드가 어떻게 변
　　하고 있는지 보여 주고 있어. → '그때부터 마틸드는 ~ 바닥을 청소했다.'에 대한 감상임.

루아젤은 교육부 장관의 만찬에 초대받고 나서 마틸드가 입고 갈 옷과 장신구가 없다고 투정을 부리자 입고 갈 옷
을 마련해 주었습니다. 루아젤의 행동은 교육부 장관의 만찬에 초대받은 일에 대한 결과일 뿐 앞으로 일어날 사건
을 암시해 주는 것과 관련이 없습니다.

7

적용
창의

[보기]를 참고할 때, '㉮ 부분'이 사용된 장면은 무엇인가요? (③) —— '반전'의 정의

[보기] 이 글에서 '㉮ 부분'은 이야기의 반전을 보여 주는 부분이다. '반전'이란 사건이나 일
의 흐름이 거꾸로 뒤집힌다는 뜻으로, 이야기에서 재미를 더해 주는 장치이다. 이 글
에서도 마틸드가 잃어버린 목걸이가 가짜라는 사실을 나중에 밝힘으로써 글쓴이는
자신의 의도를 강조하는 극적 효과를 얻게 된다.　　　　　'반전'의 효과

① 「흥부전」에서 흥부가 제비 다리를 고쳐 주는 장면 → 흥부의 착한 성격을 보여 주는 장면
② 「콩쥐팥쥐」에서 콩쥐가 팥쥐에게 괴롭힘을 당하는 장면 → 팥쥐의 못된 성격이 드러나는 장면
③ 「토끼와 거북의 경주」에서 거북이 토끼를 앞지르고 이기는 장면
④ 「개미와 베짱이」에서 베짱이가 열심히 일하는 개미를 놀리는 장면 → 베짱이의 성격을 보여 주는 장면
⑤ 「심청전」에서 심청이 공양미 삼백 석에 팔려 인당수에 빠지는 장면
　　→ 심청이 새로 태어나는 계기가 되는 장면이나 사건의 흐름을 바꾸는 요소가 되지는 못함.

[보기]는 이야기에서의 반전 기법에 대해 설명한 글입니다. 이 글에서는 마틸드가 잃어버려 10년간 고생하게 했던
목걸이가 가짜였다는 사실이 밝혀진 것이 반전의 예입니다. 「토끼와 거북의 경주」에서는 모두 발 빠른 토끼가 이길
것이라고 예상했던 것과 달리 거북이 경주에서 이기는 장면에 반전 기법이 쓰였습니다.

1 이 글의 내용으로 알맞지 않은 것은 무엇인가요? (②   )

세부
내용

① 아저씨는 옥희네 집 사랑에서 하숙을 한다. → '또 우리 ~ 계시게 되었다고요.'에 나타남.

② 어머니가 제일 좋아하는 반찬은 삶은 달걀이다.

③ 아저씨는 우리 동리에 있는 학교의 교사로 왔다. → '어디 먼 데 ~ 오게 되었대요.'에 나타남.

④ 아저씨는 옥희의 아버지와 큰외삼촌의 친구이다. ┐

⑤ 아저씨가 하숙을 하면 옥희네 살림에 보탬이 된다. ┘ → '또 우리 ~ 좀 되고 한다고요.'에 나타남.

좋아하는 반찬을 서로 묻고 답한 아저씨와 옥희의 대화 내용으로 보아 삶은 달걀을 좋아하는 사람은 어머니가 아
닌 옥희와 아저씨임을 알 수 있습니다.

2 이 글에서 일어난 일의 차례대로 기호를 쓰세요.

구조
알기

> ㉮ 어머니가 달걀 장수에게 달걀을 많이씩 사게 되었다. 5
>
> ㉯ 아저씨가 옥희에게 좋아하는 반찬이 무엇이냐고 물었다. 2
>
> ㉰ 아버지와 어렸을 적 친구인 아저씨가 사랑에 와 있게 되었다. 1
>
> ㉱ 옥희는 어머니에게 아저씨가 삶은 달걀을 좋아한다고 말했다. 4
>
> ㉲ 옥희가 삶은 달걀을 좋아한다고 하자 아저씨가 자신도 그렇다고 말했다. 3

(㉰) → (㉯) → (㉲) → (㉱) → (㉮)

이 글에서 일어난 일은 다음과 같습니다. 아버지와 어렸을 적 친구인 아저씨가 사랑에 하숙을 하게 되었습니다.(㉰)
어느 날 아저씨는 '나'에게 좋아하는 반찬이 무엇인지 물었고(㉯) '나'와 아저씨가 삶은 달걀을 좋아한다는 것을 알
았습니다.(㉲) '나'는 아저씨가 삶은 달걀을 좋아한다고 어머니에게 말했고(㉱) 그 뒤로 어머니는 달걀을 많이씩 샀
습니다.(㉮)

┌ 살림: 살아가는 형편이나 정도.

3 밑줄 친 낱말이 ㉠과 같은 뜻으로 쓰인 것은 무엇인가요? (①   )

어휘
어법

① 우리 집은 살림이 넉넉하다.

② 어머니는 살림을 도맡아서 하신다. ┐

③ 시댁에서 삼 년을 살고 살림을 났다. ┘ → '한집안을 이루어 살아가는 일.'의 뜻

④ 언니는 결혼을 앞두고 살림을 장만했다. → '집 안에서 주로 쓰는 세간.'의 뜻

⑤ 우리 반의 살림을 맡아 줄 총무를 뽑았다. → '국가나 집단의 재산을 관리하고 경영하는 일.'의 뜻

㉠의 살림은 살아가는 형편이나 정도를 나타내는 말입니다. 이와 같은 같은 뜻으로 쓰인 문장은 '우리 집의 경제적
형편이나 정도.'를 뜻하는 ①입니다.

4 ㉡~㉺에 대한 설명으로 알맞은 것은 무엇인가요? (②   )

세부
내용

① ㉡: 아저씨는 '나'에게 불친절하다. → 아저씨의 친절함을 보여 주는 부분임.

② ㉢: 아저씨는 어린 '나'의 마음을 헤아린다.

③ ㉣: 아저씨는 어머니한테 알리려는 '나'에게 화가 났다. → 아저씨는 어머니에게 부담을 주기 싫어서 말린 것임.

④ ㉤: '나'는 어머니에게 귓속말로 말하고 있다. → '나'는 어머니에게 큰 소리로 말했음.

⑤ ㉺: 어머니는 시끄럽게 떠드는 '내'가 창피하다. → 어머니가 아저씨를 의식하는 태도가 드러남.

아저씨는 자신이 점심을 먹는 것을 구경하는 옥희에게 좋아하는 반찬이 무엇이냐고 묻고, 아저씨 자신도 옥희가
좋아하는 삶은 달걀을 좋아한다고 답해 주었습니다. 이를 통해 아저씨는 친절하고 배려심이 많은 사람임을 알 수
있습니다.

— '달걀'의 상징적 의미

5 ㉮의 의미로 가장 알맞은 것은 무엇인가요? (④)

추론
하기

① 옥희와 어머니 사이를 친밀하게 한다. → 옥희는 어머니와 달걀 때문에 친밀해진 것이 아님.

② 옥희에 대한 아저씨의 관심을 드러낸다. → 옥희에 대한 아저씨의 관심은 그림책을 보여 주거나 사탕을 주는 행동에 드러남.

③ 옥희에 대한 어머니의 애정을 드러낸다.

④ 아저씨에 대한 어머니의 관심을 드러낸다.

⑤ 아버지에 대한 어머니의 그리움을 드러낸다. → 아버지에 대한 그리움은 나타나지 않음.

어머니는 아저씨가 삶은 달걀을 좋아한다는 말에 달걀을 많이씩 사게 됩니다. 이 글에서 달걀은 옥희와 아저씨 사
이를 친밀하게 만들어 주는 소재이면서 달걀을 많이 사는 어머니의 행동에서 아저씨에 대한 어머니의 관심을 드러
내는 소재임을 알 수 있습니다.

6 이 글에 나타난 등장인물의 성격을 알맞게 말한 친구는 누구인가요? (②)

추론
하기

① 예지: 아저씨는 냉정한 성격이야. → 자상하지만 소극적임.

② 영범: 옥희는 솔직하고 순수한 성격이야.

③ 하은: 아저씨와 어머니는 대범한 성격이야. → 아저씨와 어머니는 모두 소극적인 성격임.

④ 병수: 어머니는 적극적이고 활발한 성격이야. → 어머니는 친절하고 예의 바르며 다정다감함.

⑤ 은경: 옥희와 어머니는 예민하고 걱정이 많은 성격이야. → 옥희는 솔직하고 순수한 성격이고 어머니는 소극적인 성격임.

옥희는 여섯 살의 여자아이로 솔직하고 순수한 성격을 갖고 있습니다. 아저씨가 삶은 달걀을 좋아한다고 엄마에게
말하는 모습이나 아저씨가 달걀을 좋아하는 것이 나에게 좋은 일이라고 말하는 모습에서 천진난만하고 순수한 성
격이 드러납니다.

— 작품의 말하는 이

7 [보기]를 참고해 이 글에 대해 평가한 것으로 알맞지 않은 것은 무엇인가요? (④)

감상
하기

> [보기] 이 글에서 말하는 이는 여섯 살 난 어린아이로, 어머니와 아저씨의 행동을 관찰하여
> 말하고 있다. 『순수한 어린이의 눈을 통해 인물이 겪는 상황이나 사건을 전달하므로,
> 참신한 느낌을 준다. 말하는 이가 어린이여서 어른의 세계를 모두 이해할 수 없기 때
> 문에 어머니와 아저씨의 속마음과 행동의 의미를 잘못 전달하기도 한다.』 『 』: 말하는 이가 어린아이였을 때의 효과

① 천진난만한 말투와 생각으로 읽는 이에게 웃음을 준다. → 달걀을 실컷 먹을 수 있어 아저씨를 좋아하는 옥희의 모습이
읽는 이에게 웃음을 줌.

② 어머니와 아저씨의 사랑이 순수하고 아름답게 느껴진다. → 어린아이의 눈으로 보았기 때문에 순수하고 아름답게 느껴지는 효과가 있음.

③ 어린아이의 말투를 사용해 부드러움과 친밀감이 느껴진다. → 어린아이의 말투와 어법을 이용해서 친근하게 느껴짐.

④ 어머니와 아저씨의 말이나 행동을 엉뚱하게 전달해 답답함을 준다.

⑤ 읽는 이가 어머니와 아저씨의 마음을 해석하게 해서 상상하는 즐거움을 준다.
→ 어린아이인 말하는 이가 잘 모르는 어른의 세계를 읽는 이들이 해석하게 해 상상하며 읽는 재미를 줌.

[보기]는 이 작품의 말하는 이가 어린아이일 때의 효과에 대해 설명한 글입니다. 글쓴이는 여섯 살 어린아이인 옥
희의 눈으로 주변 인물의 행동과 상황을 관찰하여 전달하게 하고 있습니다. 그러므로 말하는 이인 어린이가 어른
들의 심리와 행동을 잘못 추측하여 전달함으로써 독자에게 답답함을 주는 것이 아니라 읽는 이들에게 상상의 범위
를 넓혀 주어 이야기의 재미를 더해 줍니다.

1

세부
내용

이 글에 대한 설명으로 알맞지 않은 것은 무엇인가요? (⑤)

① 쥐를 사람처럼 표현했다. → 늙은 쥐는 노인, 젊은 쥐는 젊은이를 빗대어 표현함.

② 교훈적인 내용을 담고 있다. → 지혜로운 노인의 의견을 존중하라는 교훈이 담겨 있음.

③ 우화를 제시하여 주제를 강조하고 있다. → 늙은 쥐의 이야기를 제시해 '지혜로운 노인들의 의견에 대한 존중'이라는 주제를 강조함.

④ 세상 형편을 비판하는 글쓴이의 생각이 잘 드러나 있다. → '그런데 오늘날 ~ 않을 수 없다.'에 나타남.

⑤ 젊은이들의 말을 귀담아듣지 않는 노인을 비판하고 있다.

이 글은 쥐를 사람처럼 표현해서 경험 많고 지혜로운 노인들의 의견을 귀담아듣지 않는 젊은이들의 모습을 비판하
고 있는 수필입니다.

2

세부
내용

㉠과 ㉡이 뜻하는 것으로 알맞지 않은 것은 무엇인가요? (③)

	㉠	㉡
①	어른	젊은이
②	늙은이	어린아이
③	미물	만물의 영장
④	경험이 많다.	경험이 적다.
⑤	지혜가 풍부하다.	지혜가 부족하다.

늙은 쥐는 경험이 많고 지혜가 풍부한 어른을, 젊은 쥐는 경험이 적고 지혜가 부족한 젊은 사람을 의미합니다. 그
러나 '미물'은 앞부분의 늙은 쥐와 젊은 쥐를, '만물의 영장'은 뒷부분의 늙은이와 젊은이를 포함한 사람을 뜻하므
로, ③의 내용은 알맞지 않습니다.

3

추론
하기

이 글의 내용을 알맞게 이해하지 못한 친구는 누구인가요? (③)

① 유석: 늙은 쥐의 지혜 덕분에 늙은 쥐와 젊은 쥐가 모두 배부르게 음식을 먹을 수 있었어.→ 앞부분의 이야기에 대한 반응임.

② 세호: 젊은 쥐들이 늙은 쥐에게 음식을 나누어 주지 않자 늙은 쥐는 젊은 쥐들에게 서운함을
느꼈을 거야. → 젊은 쥐들이 솥뚜껑 속의 음식을 먹을 방법을 묻자 처음에는 늙은 쥐가 괘씸해서 가르쳐 주지 않으려고 했음.

③ 혜림: 글쓴이는 늙은 쥐와 젊은 쥐의 이야기를 통해 나이가 많은 정치가들의 독선적인 면을 비
판하고 있어.

④ 준영: 젊은 쥐들이 음식을 얻을 수 있는 방법을 알지 못한 것을 보면 늙은 쥐와 달리 경륜이나
지혜가 부족한 것 같아. → 젊은 쥐들은 솥뚜껑 속의 음식을 먹을 방법을 알지 못했음.

⑤ 수지: 늙은 쥐는 젊은 쥐들의 말을 들어주고, 젊은 쥐들은 늙은 쥐의 말을 귀담아 들었기 때문
에 문제를 잘 해결할 수 있었어. → 젊은 쥐들이 용서를 빌고 간청하자 늙은 쥐가 방법을 알려 주어 모두 같이 맛있는 음식을 먹게 됨.

글쓴이는 앞부분의 늙은 쥐와 젊은 쥐의 이야기를 통해 뒷부분에서 나라를 다스릴 때 문제점들을 해결하기 위해
나이 많고 경륜 있는 선비들의 의견을 귀담아 들어야 한다고 말하고 있습니다. 그러므로 나이가 많은 정치가들의
독선적인 면을 비판하고 있다고 말한 혜림이는 이 글의 내용을 잘못 이해하고 있습니다.

4

어휘
어법

┌ '수수방관하다'와 비슷한 말이 아닌 것
㉢과 바꾸어 쓸 수 없는 말은 무엇인가요? (①)

① 참견하며

② 거들지 않으며

③ 보고만 있으며

④ 간섭하지 않으며

⑤ 그대로 내버려 두며

'수수방관하다'는 팔짱을 끼고 보고만 있다는 뜻으로 '간섭하거나 거들지 않고 그대로 내버려 두다.'라는 뜻입니다.
그러나 '참견하다'는 '자기와 관계없는 일에 끼어들어 쓸데없이 이래라저래라 하다.'라는 뜻이므로, ㉢을 대신하여
쓸 수 없는 낱말입니다.

5 다음은 이 글의 내용을 정리한 것입니다. ㉮와 ㉯에 들어갈 낱말로 알맞은 것은 무엇인가요?

구조
알기

(②)

앞부분	젊은 쥐들이 늙은 쥐에게 [㉮]을/를 얻어 음식을 구하게 되자 늙은 쥐를 공경하게 됨. → 대화와 행동 위주의 이야기를 제시함.
뒷부분	경험 없는 젊은이들이 나랏일을 운영하고 노인들은 이를 방관하고 있는 세상 형편을 한탄함. → 나라를 다스리는 일에 대해 비판함.

↓

늙은 쥐와 젊은 쥐의 이야기를 제시하고 이를 [㉯]과 관련지으며 주제를 전달함.

① ㉮ 지혜, ㉯ 동물의 모습   ② ㉮ 지혜, ㉯ 인간의 모습
③ ㉮ 허락, ㉯ 동물의 모습   ④ ㉮ 허락, ㉯ 인간의 모습
⑤ ㉮ 허락 ㉯ 동물과 인간의 모습

글쓴이는 늙은 쥐와 젊은 쥐의 이야기를 앞부분에 제시하고, 이를 뒷부분에서 인간 사회의 모습과 관련지으며 자신의 생각을 드러내고 있습니다.

6 이 글에서 얻을 수 있는 교훈은 무엇인가요? (④)

주제
찾기

① 노인은 잘 보살펴야 하는 존재이다.
② 젊은 사람들은 예의를 배워야 한다.
③ 음식이 생기면 어른들부터 대접해야 한다.
④ 경륜 있는 노인들의 의견을 존중해야 한다.
⑤ 노인들은 젊은이들의 의견을 귀담아들어야 한다. → 이 글의 교훈과 반대되는 내용임.

글쓴이는 젊은 쥐들에게 해결 방법을 알려 주는 늙은 쥐의 우화를 통해 경륜 있는 노인들의 지혜와 의견을 존중해야 한다는 교훈을 전하고 있습니다.

수필의 형식

7 [보기]를 참고해 이 글을 감상한 내용으로 알맞은 것은 무엇인가요? (⑤)

감상
하기

[보기] 수필의 형식은 자유롭다. 이러이러한 형식으로 써야 한다는 규정이나 관습이 없기 때문에 글쓴이는 자신이 전달하고자 하는 내용에 가장 어울리는 형식을 스스로 찾아야 한다. 때로는 꾸며 낸 일화나 일상적인 대화를 가져올 수도 있고, 다른 문학 갈래의 요소들을 활용할 수도 있다. └ 수필에서 활용할 수 있는 형식의 예   └ 자유로운 수필의 형식

① 글쓴이의 오랜 경험이 잘 드러나 있어. → 글쓴이의 경험은 드러나지 않음.
② 실제 벌어진 사건을 연극처럼 표현했어. → 늙은 쥐 이야기는 연극이 아니라 이야기 글임.
③ 자연에서 보고 느낀 것을 솔직하게 표현했군. → 이 글의 내용과 관련 없음.
④ 글쓴이가 보고 들은 사실을 객관적으로 말하고 있어. → 이 글은 이야기 글의 형식을 사용하고 있으므로, 글쓴이가 보고 들은 내용이 아님.
⑤ 글쓴이의 의도를 효과적으로 전달하기 위해 이야기를 활용했어.

[보기]는 수필의 자유로운 형식에 대해 설명하고 있습니다. 글쓴이는 이야기 글의 형식을 빌려 교훈적인 주제를 담아내고 있습니다. 글쓴이는 늙은 쥐의 이야기를 통해 사람도 늙었다고 하여 홀대하지 말고 경륜 있는 노인들의 지혜를 빌려 사회를 바르게 이끌어 나가는 것이 바람직하다는 점을 말하고 있습니다.

1

세부
내용

이 시에 대한 설명으로 알맞은 것은 무엇인가요? (　⑤　)

① 3연 13행으로 이루어져 있다. → 3연 14행임.

② 사람을 사람이 아닌 것처럼 표현했다. → 사람이 아닌 풀잎을 사람처럼 표현함.

③ 초여름의 암울한 풀밭의 모습을 표현하고 있다. → 초여름의 맑고 싱그러운 풀밭의 모습을 표현함.

④ 시의 중심 소재를 인공물에 빗대어 표현하고 있다. → 중심 소재인 풀잎을 인공물에 빗댄 표현은 나타나지 않음.

⑤ 말하는 이가 대화하는 것처럼 말하고 있어 정다운 느낌을 준다.

이 시의 중심 소재는 '풀잎'으로 말하는 이는 자연적 존재로서의 풀잎을 정다운 느낌의 대화 형식을 사용하여 표현
하고 있습니다.

─── 중심 소재 '풀잎'

2

추론
하기

㉠이 주는 느낌으로 알맞지 않은 것은 무엇인가요? (　④　)

① 풀잎은 사람까지 순수하게 만들고 있어.

② 풀잎은 어린이 같은 밝고 순수한 느낌을 주고 있어.

③ 푸른 휘파람 소리가 나는 풀잎은 맑고 싱그러운 느낌이야.

④ 바람에 흔들리는 풀잎은 나약하고 절망적인 느낌을 주고 있어.

⑤ 소나기를 맞는 풀잎에서 연약하지만 굴하지 않는 생명력이 느껴져.

이 시에서 '바람'과 '소나기'는 고통과 시련을 나타냅니다. 풀잎이 바람에 흔들린다고 해서 나약하고 절망적인 느낌
으로 파악할 수는 없습니다. 왜냐하면 풀잎이 비록 바람과 소나기 앞에 의연하지는 못하지만 어린아이 같은 순수
하고 소박한 생명력을 보여 주기 때문입니다.

3

세부
내용

이 시가 노래하는 느낌을 주는 까닭이 아닌 것은 무엇인가요? (　⑤　)

① 낱말 '풀잎'이 반복되고 있어서

② 시 전체에서 문장이 '-요'로 끝나서 → '~가졌어요, ~나거든요, 흔들까요' 등으로 끝남.

③ 1연과 3연의 1, 2행이 반복되고 있어서 → '풀잎은 퍽도 아름다운 이름을 가졌어요.'가 반복됨.

④ 2연에서 '~ 날의 풀잎들은 ~ 까요.'의 문장이 반복되어서 → 2연의 1 ~ 2행과 3 ~ 4행의 구조가 비슷함.

⑤ 1연과 2연을 이루는 각 행이 비슷한 구조로 한 쌍을 이루어서

이 시에서 비슷한 문장 구조를 가진 것은 1연과 2연이 아니라 1연과 3연입니다. 이 시는 같은 낱말('풀잎', '우리')과
같은 구조의 문장(1연과 3연의 '풀잎은 ~가졌어요', 2연의 '~날의 풀잎들은 ~까요')을 반복하면서 운율을 형성하
고 있습니다.

─── 의인법: 사람이 아닌 것을 사람처럼 표현하는 방법

4

어휘
어법

㉡과 같은 표현 방법이 쓰인 것은 무엇인가요? (　⑤　)

① 벚꽃은 봄에 내리는 분홍 눈. → 은유법: '벚꽃'을 '분홍 눈'에 비유함.

② 다람쥐처럼 귀여운 우리 아가야. → 직유법: '아가'를 '다람쥐'에 비유함.

③ 독수리보다 빨리, 사자보다 사납게. → 과장법: 사물을 실제보다 크거나 작게 표현함.

④ 내려갈 때 보았네, 올라갈 때 못 본 그 꽃. → 도치법: 문장의 순서를 바꾸어 감정을 표현하는 방법.

⑤ 바람이 속삭이자 들꽃이 부끄러워 얼굴 붉히고.

㉡은 사람이 아닌 풀잎을 사람처럼 이름을 부른다고 표현하였습니다. 이처럼 사람이 아닌 것을 사람처럼 표현하는
의인법이 쓰인 것은 '바람'과 '들꽃'을 사람처럼 표현한 ⑤입니다.

독해 정답	1. ⑤	2. ④	3. ⑤
	4. ⑤	5. ④	6. ⑤
	7. ③		

어휘 정답	1. (1) ㉮ (2) ㉯ (3) ㉯ (4) ㉯
	2. (1) 자꾸 (2) 어느덧 (3) 퍽
	3. (1) ㉯ (2) ㉲ (3) ㉮ (4) ㉣

5
추론
하기

　　감각적 표현의 종류와 효과

이 시에서 [보기]의 ㉮와 ㉯를 함께 사용해 감각적으로 표현한 부분은 무엇인가요? (④)

[보기]　시인은 독자에게 시의 장면을 생생하게 전달하기 위해 '감각적 표현'을 이용한다. 『감각적 표현에는 ㉮눈으로 보는 시각, ㉯귀로 듣는 청각, 혀로 맛보는 미각, 코로 냄새 맡는 후각, 피부로 느끼는 촉각 등이 있다.』이처럼 특별한 감각이 잘 느껴지는 낱말을 이용해 시의 장면을 생생하게 전달할 수 있다.　『 』: 감각적 표현의 종류
　　　　　　　　　　감각적 표현의 효과

① 왜 저리 몸을 흔들까요 ⎤
② 푸른 풀잎이 돼 버리거든요 ⎬→ 시각적 표현
③ 바람이 부는 날의 풀잎들은 ⎦
④ 푸른 휘파람 소리가 나거든요
⑤ 퍽도 아름다운 이름을 가졌어요

'푸른 휘파람 소리'는 '푸른'의 시각과 '휘파람 소리'의 청각의 감각적 표현이 합쳐져 청각을 시각화하여 표현하였습니다. 그러므로 ㉮와 ㉯를 함께 사용해 감각적으로 표현한 부분은 ④이 알맞습니다.

6
주제
찾기

이 시의 주제로 알맞은 것은 무엇인가요? (⑤)

① 생명을 소중히 여기는 마음
② 고향에 대한 추억과 그리움
③ 평화로운 삶을 바라는 마음
④ 맑고 순수한 세계를 바라는 마음
⑤ 풀잎처럼 아름답게 살고 싶은 마음

글쓴이는 맑고 싱그러운 풀잎을 보며 자연과 하나가 되어 살고 싶은 마음을 표현하고 있습니다. 비록 풀잎이 바람과 비에 흔들리지만 순수하고 소박한 생명력을 지닌 풀잎을 보면서 풀잎처럼 아름답게 살고 싶은 마음을 노래하고 있습니다.

7
감상
하기

이 시와 [보기]를 비교한 것으로 알맞지 않은 것은 무엇인가요? (③)

[보기]　날이 흐리고 풀이 눕는다
　　　　발목까지 / 발밑까지 눕는다
　　　　바람보다 늦게 누워도 / 바람보다 먼저 일어나고
　　　　바람보다 늦게 울어도 / 바람보다 먼저 웃는다.
　　　　날이 흐리고 풀뿌리가 눕는다.
　　　　　　　　　　　　　　　　　　　　– 김수영, 「풀」

① 이 시와 [보기]는 중심 글감이 같다. → 이 시와 [보기]의 중심 글감은 모두 풀임.
② 이 시와 [보기]는 모두 풀을 사람처럼 표현하고 있다. → 이 시에서는 풀잎을 부른다는 표현에서, [보기]에는 풀이 울고 웃는다는
　　　　　　　　　　　　　　　　　　　　　　　　　　　　　　표현에서 의인법이 쓰였음.
③ 이 시와 [보기]에서 글쓴이가 말하고자 하는 주제가 같다.
④ 이 시와 [보기]에서는 모두 낱말과 문장을 반복해 노래하는 느낌이 든다. → 이 시와 [보기]에는 모두 반복되는 낱말과 문장들이 있음.
⑤ 이 시는 풀잎을 순수한 생명력을 가진 존재로, [보기]는 강인한 생명력을 가진 존재로 보고 있다.
　　→ 이 시는 자연적인 존재로서 풀잎의 소박한 생명력을, [보기]는 의지를 가진 존재로서 풀잎의 강인한 생명력을 표현함.

이 시와 [보기]의 시는 모두 '풀'이라는 대상을 노래하고 있습니다. 이 시의 글쓴이는 풀잎처럼 아름답게 살고 싶은 마음을, [보기]의 글쓴이는 풀의 끈질긴 생명력을 주제로 표현하고 있습니다.

1
구조
알기

이 글에 대한 설명으로 알맞은 것은 무엇인가요? (⑤)

① 대상에 대해 정확한 지식을 전달하고 있다. → 설명문에 대한 내용임.

② 실제 역사 속 인물의 생애를 알려 주고 있다. → 전기문에 대한 내용임.

③ 무대 위에서 공연을 하기 위한 목적으로 쓰였다. → 희곡에 대한 내용임.

④ 시간의 흐름에 따라 '나'의 심리 변화를 표현하고 있다. → '나'의 심리 변화는 드러나지 않음.

⑤ 묻고 답하는 표현을 사용해 자신의 생각을 드러내고 있다.

이 글의 글쓴이는 첫 부분에서 묻고 답하는 표현을 써서 자신의 소원이 우리나라의 완전한 자주독립임을 드러내고 있습니다.

2
세부
내용

글쓴이의 소원은 무엇인가요? (③)

① 우리나라와 일본이 전쟁을 하는 것

② 우리나라가 무력과 경제력을 갖는 것

③ 우리나라가 완전한 자주독립을 하는 것

④ 우리나라가 큰 이웃 나라의 연방에 편입되는 것

⑤ 우리나라가 세계에서 가장 아름다운 나라가 되는 것

글쓴이는 '네 소원이 무엇이냐?'라고 묻는 세 번의 질문에 '나의 소원은 대한 독립이오.', '우리나라의 독립이오', '나의 소원은 우리나라 대한의 완전한 자주독립이오.' 하고 대답했습니다. 그러므로 글쓴이의 소원은 우리나라가 완전한 자주독립을 하는 것임을 알 수 있습니다.

3
세부
내용

┌─ 우리나라 대한의 완전한 자주독립

글쓴이가 말한 ㉠의 의미로 알맞지 않은 것은 무엇인가요? (③)

① 다른 나라에 종속되지 않는다. → 독립한 제 나라의 빈천이 남의 밑에 사는 부귀보다 기쁘고 영광스럽다고 했음.

② 다른 나라에 의해 차별받지 않는다. → 둘 이상의 민족이 하나가 되면 하나는 명령하고 하나는 복종하는 것이 근본 문제가 된다고 생각함.

③ 다른 나라에 살면서 명예와 부귀를 누린다.

④ 다른 나라에 기대 의지하거나 간섭받지 않는다. → 이웃 나라의 연방에 편입하기를 바라는 사람은 제정신을 잃은 사람이라고 생각함.

⑤ 사람들이 믿는 종교나 사상에 구애받지 않는다.
→ 공자, 석가, 예수가 힘을 합하여 세운 천당, 극락에도 우리 민족을 끌고 들어가지 않겠다고 생각함.

㉠의 의미는 ㉠ 뒷부분의 내용으로 미루어 짐작할 수 있습니다. 글쓴이가 말한 '완전한 자주 독립'은 우리나라가 다른 나라에 종속되지 않고, 간섭받지 않으며, 우리 민족이 차별받지 않는 것을 의미합니다. 다른 나라에 살면서 명예와 부귀를 누리는 것은 우리나라의 자주독립이 아니며, 이웃 나라의 연방에 편입되기를 소원하는 사람들이 바라는 것입니다.

4
어휘
어법

㉡~㉤ 중 가리키는 대상이 다른 것은 무엇인가요? (④)

① ㉡ → 문지기   ② ㉢ → 미천한 자   ③ ㉣ → 계림의 개, 돼지   ④ ㉤ → 왜왕의 신하   ⑤ ㉥ → 내 나라의 귀신

㉡, ㉢, ㉣, ㉥은 글쓴이를 비롯하여 자주독립을 희망하는 사람들을 뜻합니다. 그러나 ㉤은 우리나라의 부귀보다 재물과 부귀를 중요하게 여기는 사람들, 즉 우리나라가 어느 이웃 나라의 연방에 편입이 되기를 소원하는 사람들을 뜻합니다.

독해 정답	1. ⑤	2. ③	3. ③
	4. ④	5. ②	6. ②
	7. ④		

어휘 정답	1. (1) 숭배하다 (2) 신조 (3) 완연하다 (4) 서슴다
	(5) 복종하다 2. (1) ⓝ (2) ⓜ (3) ⓓ (4) ⓐ (5) ⓡ
	3. (1) ⓝ (2) ⓐ (3) ⓝ

— 박제상 이야기를 인용한 부분

5 글쓴이가 ㉮ 부분을 통해 얻을 수 있는 효과는 무엇인가요? (②)

추론
하기

① 자주독립보다 중요한 문제가 있다는 것을 드러낸다. → 박제상 이야기와 맞지 않는 내용임.

②조국의 자주독립에 대한 열망이 강렬함을 보여 준다.

③ 자주독립이 오래전부터 꿈꾸어 왔던 것임을 보여 준다. → 박제상 이야기를 인용한 목적은 주제를 강조하기 위해서임.

④ 자신의 경우와 반대되는 예를 들어 읽는 이의 이해를 돕고 있다. → 박제상은 글쓴이와 같은 생각을 가진 인물임.

⑤ 같은 처지의 인물을 통해 고국에 돌아가고 싶은 심정을 표현했다. → 고국으로 돌아가고 싶은 심정은 나타나지 않음.

㉮는 글쓴이가 신라의 충신인 박제상의 이야기를 인용한 부분입니다. 글쓴이는 박제상의 이야기를 통해 읽는 이의
이해를 돕고 주제인 우리나라의 자주독립을 강조하고 있습니다.

6 이 글에 나타난 글쓴이의 생각을 알맞게 평가하지 못한 것은 무엇인가요? (②)

비판
하기

① 우리나라가 독립하기 전에 쓴 글이므로, 글쓴이의 생각은 중요하고 가치 있어. → 자주독립을 강조하는 데서 독립 전에
쓴 글임을 알 수 있음.

②이웃 나라의 연방에 편입하기를 바라는 동포들에 대한 내용은 글쓴이의 생각과 연관성이 없어.

③ 제 나라의 빈천이 남의 밑에 사는 부귀보다 더 값지다는 내용은 글쓴이의 생각을 잘 보여 주고
있어. → 박제상 이야기의 예로 표현됨.

④ 공자, 석가, 예수가 세운 나라여도 우리 민족을 끌고 들어가지 않겠다고 한 이유는 자주독립을
해야 한다는 생각과 잘 어울려.→ 글의 첫 부분에 나타남.

⑤ 글쓴이는 비슷한 문장을 여러 번 반복해 자신의 소원이 과거, 현재, 미래에도 완전한 자주독립
이라는 생각을 잘 드러내고 있어. → 도덕적으로 이상적인 나라보다 자주독립이 중요하다고 생각함.

글쓴이는 이웃 나라의 연방에 편입하기를 바라는 사람을 제정신을 잃은 사람들이라고 하며, 공자, 석가, 예수가 함
께 세운 이상적인 나라가 있더라도 우리 민족을 그 나라로 끌고 들어가지 않겠다고 했습니다. 글쓴이가 바라는 완
전한 자주독립은 다른 나라에 합쳐지는 것이 아니므로, '이웃 나라의 연방에 편입하기를 바라는 동포'에 대한 내용
은 글쓴이의 생각과 관련 있는 내용입니다.

수능 연계

— 「나의 소원」 이해와 감상

7 [보기]의 밑줄 친 부분에 해당하는 감상으로 알맞은 것은 무엇인가요? (④)

감상
하기

[보기] 「나의 소원」은 『백범일지』에 실려 있는 글로, 글쓴이가 꿈꾸는 우리나라의 이상적인
모습을 담고 있다. 이 글은 청중들 앞에서 연설할 때 쓰였는데, <u>논리적인 설득과 감성
적인 설득의 방법을 적절히 활용하였다. 처음 부분에는 듣는 이가 관심을 끄는 말을
사용하고 듣는 이가 이해하기 쉽게 문장이나 낱말을 여러 번 반복하여 사용하였다.</u>
또한 여러 사람 앞에서 말하기 위해 높임말을 썼다.

① '동포 여러분!'이라는 말에서 이 글을 듣는 대상이 우리나라 국민임을 알 수 있다.→ 부르는 말에 듣는 대상이 드러남.

② '네 소원이 무엇이냐?'라는 말로 글의 첫 부분을 시작해 듣는 이의 관심을 끌고 있다. → 질문 형식으로 듣는 이의
관심을 유도함.

③ 듣는 이가 이해하기 쉽게 과거, 현재, 미래를 연결해 소원에 대한 이야기를 하고 있다. → '나 김구의 ~ 이루려고
살 것이다.'에 드러남.

④'소원'이라는 말을 반복해서 강조하고자 하는 말을 듣는 이가 쉽게 알 수 있도록 하였다.

⑤ 우리나라가 다른 나라에 편입될 수 없는 까닭을 형제가 한집에 사는 것에 비유해 듣는 이의 이
해를 돕고 있다. → 비유적 표현은 듣는 이의 이해를 도울 수 있음.

글쓴이는 이 글의 앞부분에서 '소원'이라는 낱말을 반복해서 '나의 소원은 우리나라의 완전한 자주독립'이라는 주
제를 강조했습니다. 낱말을 여러 번 반복하면 글쓴이가 말하려는 내용을 강조해 듣는 이들이 쉽게 이해할 수 있습
니다.

1 이 글에 대한 설명으로 알맞지 <u>않은</u> 것은 무엇인가요? (④)

구조
알기

① 두 인물이 갈등을 일으키면서 이야기가 진행된다. → '나'와 크로머가 갈등을 벌이고 있음.

② 말하는 이인 '내'가 자신의 이야기를 직접 들려준다. → 주인공인 '내'가 자신의 이야기를 들려줌.

③ 상황의 변화에 따른 '나'의 마음 변화가 드러나 있다. → 크로머를 두려워하여 거짓말을 하다가 약점을 잡혀 크게 당황하는
심정들이 잘 나타남.

④ 과거에 일어난 일을 떠올리는 방식으로 이야기가 전개되고 있다.

⑤ 사건의 실마리가 제공되고 있어 이야기가 시작되는 발단에 해당한다. → '나'와 크로머의 갈등이 시작되는 이야기의 처음
부분이라고 볼 수 있음.

이 글은 '나'와 크로머가 갈등을 일으키면서 이야기가 진행되며, 말하는 이인 '나'가 자신의 이야기를 직접 들려주
고 있습니다. '내'가 꾸며 낸 거짓말로 크로머에게 약점을 잡히게 되는 이야기는 현재에서 일어난 일로 과거에 일어
난 일은 아닙니다.

2 '나'에 대한 설명으로 알맞지 <u>않은</u> 것은 무엇인가요? (⑤)

세부
내용

① 크로머를 두려워한다. → '나는 잠자코 ~ 않을까 두려웠다.'에 나타남.

② 거짓말을 해서 궁지에 빠졌다.
③ 크로머에게 협박을 받고 있다. ┘→ '내'가 꾸며 낸 거짓말을 진짜로 믿은 크로머에게 협박받았음.

④ 크로머와 달리 집안 형편이 넉넉한 편이다. → 크로머의 말에서 '나'는 여유 있는 집안임을 알 수 있음.

⑤ 물방앗간 근처에 있는 과수원에서 사과를 훔쳤다.

'나'는 크로머를 무서워하고 있으며, 침묵하고 있으면 크로머에게 노여움을 살까 두려워서 사과를 훔쳤다는 이야기
를 꾸며 내어 말했습니다. 그러므로 과수원에서 사과를 훔쳤다는 말은 알맞지 않습니다.

3 이 글에서 <u>갈등을 일으키는 중심 사건</u>은 무엇인가요? (④)

세부
내용

① '나'와 크로머가 만난 일

② '내'가 크로머에게 맹세한 일

③ 과수원의 사과를 도둑맞은 일 → '내'가 꾸며 낸 일임.

④ '내'가 이야기를 꾸며 내어 말한 일

⑤ 크로머가 나쁜 일을 영웅담처럼 떠벌린 일

이 글에서 '나'와 크로머가 갈등하게 된 사건은 '내'가 크로머에게 물방앗간 옆의 과수원에서 사과를 훔쳤다고 거짓
말로 이야기를 꾸며 내서 말한 일입니다. 이 일 때문에 '나'는 크로머에게 협박을 받게 됩니다.

4 ┌ 싱클레어가 생각하는 두 세계를 설명한 부분 ┌ 크로머가 속한 세계

[보기]는 이 글의 일부입니다. [보기]를 참고해 ⓐ에 대해 알맞게 짐작한 것은 무엇인가요? (②)

추론
하기

[보기]　싱클레어는 자신을 둘러싼 두 세계가 있다고 믿었다. 하나는 따뜻한 집 안에 있는
밝은 세계로, 사랑을 주시는 부모님과 다정한 누나들이 속한 곳이었다. 이곳에서는
언제나 부드럽고 다정한 이야기들이 오가며 희망과 평화가 있었다.
　또 다른 하나는 바깥의 어두운 세계로, 하녀와 직공들이 여기에 속했다. 이 세계에
는 유령 이야기와 섬뜩하고 끔찍한 일들이 일어나는 곳이었다. 이곳에는 분노와 죄책
감, 절망이 가득했다.
└ 크로머에게 협박 받기 전 '나'의 세계임.

① 밝고 평화로운 세계이다. ─┐　　　② 죄의식이 없는 세계이다.

③ '나'의 성장을 막는 세계이다. ─┐　　④ 선과 악이 공존하는 세계이다. → ⓐ은 선과 악 중 악의 세계임.

⑤ '나'를 반성하게 하는 세계이다. ┘ → '나'의 성장을
돕는 세계임.

ⓐ은 크로머가 사는 세계로, 크로머가 사는 환경이나 판단하고 행동하는 범위를 의미합니다. 크로머는 '내'가 무서
워하는 아이며, 못된 장난을 영웅담처럼 말하고, 2마르크를 벌기 위해 친구를 고발하는 것이 아무렇지 않은 사람입
니다. 그러므로 '나'를 힘들게 만드는 크로머의 세계는 죄의식이 없는 세계 즉, 악의 세계라고 볼 수 있습니다.

5

비판
하기

등장인물에게 해 주고 싶은 말로 알맞지 <u>않은</u> 것은 무엇인가요? (①)

①크로머야, 과수원 주인에게 이르겠다고 하다니 정직한 아이구나.

② 싱클레어야, 거짓말을 한 사실을 친구들에게 솔직하게 말하는 것이 좋아. → 거짓말로 협박당하는 싱클레어에게 할 수 있는 말임.

③ 싱클레어야, 친구가 얕잡아 보는 것이 두려워 거짓말을 하다니 철이 없구나. → 결과를 생각하지 못한 싱클레어에게 할 수 있는 말임.

④ 싱클레어야, 자신의 잘못을 인정하고 부모님께 도움을 요청하는 것이 좋겠어. → 싱클레어의 처지를 헤아려 한 말임.

⑤ 크로머야, 싱클레어를 협박하는 것보다 자수를 권하는 것이 더 옳은 행동이야. → 친구를 협박하는 크로머에게 할 수 있는 말임.

크로머가 싱클레어를 과수원 주인에게 고발하려고 한 까닭은 도둑이 누구인지 말하면 2마르크를 벌 수 있기 때문입니다. 그러므로 크로머에게 정직하다고 한 말은 알맞지 않습니다.

6

추론
하기

이 이야기의 뒷부분에 이어질 내용으로 알맞은 것은 무엇인가요? (④)

① 크로머가 '나'를 자수하게 할 것이다. ⎤

② 크로머가 '나'의 잘못을 감추어 줄 것이다. ⎦ → 이미 '나'를 협박하고 있는 상황이므로 알맞지 않음.

③ 크로머가 '나' 대신 사과를 돌려줄 것이다. → 싱클레어가 한 거짓말과 관련한 내용이므로 알맞지 않음.

④크로머가 '나'를 협박해 돈을 요구할 것이다.

⑤ 크로머가 '나'에게 미안하다고 사과할 것이다. → 이미 '나'를 협박하고 있는 상황이므로 알맞지 않음.

크로머는 과수원의 사과를 훔친 것이 '나'임을 재확인한 뒤, 과수원 주인에게 '나'를 고발하고 2마르크를 벌겠다고 말했습니다. 이와 같은 내용으로 보아, 이 이야기의 뒷부분에 이어질 내용으로 가장 어울리는 것은 ④입니다.

7

감상
하기

— 작품의 주제와 이 글의 줄거리

[보기]를 참고해 이 글을 감상한 내용으로 알맞지 <u>않은</u> 것은 무엇인가요? (④)

— 작품의 주제

[보기] 이 작품은 <u>한 소년이 선과 악의 세계에서 다양한 경험을 하며 데미안이라는 한 안내자의 도움으로 비로소 성숙한 인간으로 성장하는 일종의 성장 소설</u>이다. 『싱클레어는 프란츠 크로머에게 사과를 훔친 이야기를 거짓으로 꾸며 내서 약점을 잡힌다. 크로머는 과수원 주인이 훔친 사람을 알려 주면 2마르크를 주겠다는 이야기를 흘리며 은근히 싱클레어를 괴롭힌다.』 『 』: 이 글의 줄거리

① 글쓴이는 악의 세계가 우리 주변에 가까이 있다는 것을 알려 주고 있어. → 악을 대표하는 크로머가 주변에 있는 상황에서 드러남.

② 크로머는 다른 사람의 약점을 잡아 괴롭히는 야비하고 잔인한 성격이야. → '나'를 협박하는 행동에서 드러남.

③ 크로머는 '나'를 정신적으로 성숙하게 만드는 고통과 시련을 뜻하는 것이구나. → '세계가 내 주위에서 무너졌다.'는 표현과 [보기]의 주제에서 드러남.

④크로머에게 괴롭힘을 당하는 '나'는 선의 세계를 대표하는 인물이라고 할 수 있어.

⑤ 데미안은 앞으로 '나'를 크로머로부터 구하거나 구하는 데 도움을 주는 인물이겠구나. → [보기]에 드러난 주제로 보아 데미안이 이 사건에 영향을 미칠 인물임을 알 수 있음.

이 글에서 크로머가 나와 다른 세계에 속해 있다고 말한 내용을 보면 '나'는 크로머의 협박 사건을 겪기 전 선의 세계에 속한 인물이었습니다. 그러나 크로머가 속한 악의 세계를 만나게 되면서 '나'는 선의 세계를 대표하는 인물이 아니라, 두 세계를 경험하며 성장하는 인물이라는 것을 알 수 있습니다.

1 이 글에 대한 설명으로 알맞은 것은 무엇인가요? (　①　)

구조
알기

①대화를 통해 단오와 나리의 생각을 자세히 드러내고 있다.

② 비유하는 표현을 사용해 장면을 실감 나게 설명하고 있다. → 비유하는 표현은 장면 표현이 아니라 인물의 심리를
　　　　　　　　　　　　　　　　　　　　　　　　　　　　나타내는 데 사용함.

③ 단오와 나리의 경험을 통해 교훈적인 이야기를 전하고 있다.

④ 겉모습을 자세히 설명해 단오와 나리의 성격을 보여 주고 있다. ┐
　　　　　　　　　　　　　　　　　　　　　　　　　　　　├ → 글에 나타나지 않은 내용임.
⑤ 서로 갈등하던 단오와 나리가 어떤 사건을 계기로 화해하고 있다. ┘

이 글은 나리와 단오의 대화를 통해 이야기가 진행되고 있습니다. 나리와 단오의 대화에서 나리가 단오를 못살게
굴었던 이유와 마음의 변화를 알 수 있습니다. 그리고 왕따를 당한 단오의 심정도 알 수 있습니다.

2 '나'에 대한 설명으로 알맞지 않은 것은 무엇인가요? (　②　)

세부
내용

① '나'는 친구들에게 왕따를 당하고 있다. → '나한테 실망이라고? ~ 내는 꼴이다.'에 나타남.

②나리가 자신을 못살게 구는 이유를 짐작하지 못했다.

③ 자신에게 화를 내는 나리의 행동을 이해하지 못한다. → '"그런데 애들이 ~ 말일 것이다.'에 나타남.

④ 나리가 학교 뒷산에 있는 까닭을 궁금하게 여기고 있다. → '무릎 사이에 ~ 여기엔 웬일일까?'에 나타남.

⑤ 왕따를 당한 만큼 친구들에게 그대로 되갚아 주고 싶어 한다.→ "난 그러고 ~ 해 주고 싶어."에 나타남.

'내가 짐작했던 대로다. 나한테서 등을 돌린 이유가.'라는 부분을 보면, '나'는 나리가 못살게 구는 이유를 어느 정
도 짐작하고 있었다는 것을 알 수 있습니다.

┌─ 대항하기를 바랐다는 나리의 말

3 ㉠의 뜻을 알맞게 짐작한 친구는 누구인가요? (　④　)

추론
하기

① 민재: 나리는 단오가 애들에게 고분고분한 태도로 대하기를 바랐던 것 같아.

② 채은: 나리는 아이들과 친해지기를 바랐는데, 단오가 친해지지 못한 것 같아.

③ 다인: 나리는 단오가 아이들을 먼저 공격하기를 바랐어. 그런데 단오는 모른 체한 것 같아.

④서아: 나리는 단오가 아이들의 잘못된 행동에 맞서기를 바랐는데, 그렇게 하지 못한 것 같아.

⑤ 도윤: 나리는 아이들과 단오가 서로 대화하기를 바랐어. 그런데 서로 말이 통하지 않은 거지.

나리는 아이들의 잘못된 행동에 단오가 대항하여 왕따를 당하지 않기를 바랐습니다. 그러나 나리가 '실망했다'고
한 것으로 보아 단오는 나리의 바람과 달리 아이들에게 대항하지 못했음을 짐작할 수 있습니다.

4 ㉡에 들어갈 알맞은 속담은 무엇인가요? (　③　)

추론
하기

① 누워서 침 뱉기 → 남을 해치려고 하다가 도리어 자기가 해를 입게 됨.

② 꼬리가 길면 밟힌다 → 나쁜 일을 오래 두고 하면 끝내는 들키고야 만다는 뜻임.

③방귀 뀐 놈이 성낸다

④ 고래 싸움에 새우 등 터진다 → 강한 자들끼리 싸우는 통에 아무 상관도 없는 약한 자가 피해를 입게 됨.

⑤ 간에 붙었다 쓸개에 붙었다 한다 → 자신에게 이로우면 체면 안 가리고 아무쪽에나 달라붙음.

친구들과 함께 단오를 왕따시켰던 나리가 아이들에게 대항하지 않고 당하고만 있냐고 따지고 있습니다. 따라서 ㉡
에 들어갈 가장 알맞은 속담으로는 '잘못을 저지른 쪽에서 오히려 남에게 성냄.'을 뜻하는 '방귀 뀐 놈이 성낸다'가
어울립니다.

독해 정답	1. ①	2. ②	3. ④
	4. ③	5. ④	6. ②
	7. ④		

어휘 정답	1. (1) ㉮ (2) ㉯ (3) ㉮ (4) ㉯ (5) ㉮
	2. (1) 정면 (2) 대항 (3) 유치 (4) 헛웃음 (5) 고소
	3. ②

5

추론
하기

이 글에 나타난 '단오'의 마음 변화로 알맞은 것은 무엇인가요? (　④　)

① 궁금한 마음 → 미안한 마음

② 안타까운 마음 → 궁금한 마음

③ 억울하고 슬픈 마음 → 궁금한 마음

④ 궁금한 마음 → 억울하고 슬픈 마음

⑤ 미안한 마음 → 억울하고 슬픈 마음

단오는 학교 뒷산에서 울고 있는 나리를 보고 나리가 왜 울고 있는지 궁금한 마음이 들었습니다. 그리고 왜 아이들의 괴롭힘을 당하고만 있냐는 나리의 말에 속에 차 있던 말을 하면서 억울하고 슬픈 마음이 들었습니다.

┌─ 단오가 자신을 괴롭힌 아이들을 용서하는 장면

6

주제
찾기

[보기]는 이 글의 다른 부분입니다. [보기]를 참고해 <u>이 글의 주제</u>를 알맞게 파악한 것은 무엇인가요? (　②　)

> [보기]　나는 어렵게 용기를 냈다. 여자아이들 모두에게 쪽지를 보낸 것이다. 망설이고, 망설이고, 또 망설인 끝에.
>
> > 우리 같이 한마루 육상 대회 응원하러 갈래?
> > 내일 교문 앞에서 8시에 만나자.
> > ─ 단오 ─
>
> 마루가 했던 말이 나에게 용기를 주었다. 나 자신에게 예의 지키기! 나는 애들에게 짓밟힌 자존심을 스스로 찾고 싶었다. 내 자존심을 짓밟은 아이들을 용서하는 것으로.

① 다른 사람의 괴롭힘을 잘 참는 것이 진정한 용서이다. → 단오는 참지 않고 먼저 손을 내밀었음.

② 나를 괴롭힌 사람을 용서하는 것이 스스로 나를 지키는 것이다.

③ 다른 사람의 괴롭힘을 견디는 것이 진정으로 나를 지키는 것이다. → 여자아이들에게 쪽지를 보낸 행동은 괴롭힘을 견디는 행동보다 적극적인 행동임.

④ 괴롭힘을 당하는 친구를 마음속으로 응원하는 것이 진정한 우정이다. → 괴롭힘을 당하는 것은 마루가 아니라 단오임.

⑤ 나를 괴롭힌 사람에게 똑같이 대하는 것이 스스로 나를 지키는 것이다. → 단오는 자신을 괴롭힌 친구들을 용서했음.

단오는 자신을 괴롭힌 아이들에게 용기를 내어 한마루를 응원하러 가자고 쪽지를 보냈습니다. 이러한 행동을 한 까닭은 단오를 괴롭힌 아이들을 용서하는 것이 나 자신에게 예의를 지키는 것 즉, 스스로 나를 지키는 일이라고 생각했기 때문입니다.

수능연계

┌─ 공감하며 대화하는 방법

7

비판
하기

[보기]를 참고해 단오와 나리의 대화를 알맞게 평가하지 (못한) 것은 무엇인가요? (　④　)

> [보기]　서로 공감하며 대화를 할 때는 상대방의 처지를 생각해야 한다. 그리고 나보다 상대방의 입장과 기분을 먼저 배려해 주어야 하며, 서로의 감정이나 생각을 받아 주며 이야기해야 한다.

① 나리는 자신의 감정과 생각만 말하고 있어. → 단오의 입장과 상관없이 '실망했다'는 자신의 감정과 '대항하기를 바란다'는 자신의 생각만 말함.

② 나리는 왕따를 당한 단오의 상황을 배려하지 않고 있어. → 나리는 왕따를 당하는 단오의 상황을 배려하지 않고 화를 내고 있음.

③ 나리는 단오의 입장과 기분에 대해 깊게 생각하지 못했어. → 나리는 전에도 왕따였던 것이 아니냐고 물으며 단오의 입장과 기분을 깊게 생각하지 못했음.

④ 나리는 단오가 원하는 방법으로 단오의 문제를 해결하려고 해.

⑤ 단오는 나리에게 그동안의 생각과 감정을 솔직하게 털어놓고 있어. → 단오는 글의 마지막 부분에서 나리에게 속에 차 있던 말을 솔직하게 털어놓았다고 했음.

나리는 왕따를 당한 단오의 입장에서 생각하지 않고 자신의 감정과 생각만 이야기하고 있습니다. 그래서 나리와 단오는 많은 대화를 나눴지만 단오를 걱정하는 나리의 마음이 단오에게 전달되지 못했습니다.

1 '주몽'에 대한 설명으로 알맞지 (않은)것은 무엇인가요? (⑤)

세부
내용

① 주몽은 활을 잘 쏘았다. → '그 아이는 ~ 맞히는 실력이었다.'에 나타남.
② 주몽은 알에서 태어났다. → '알이 무사히 ~ 껍질을 깨고 나왔다.'에 나타남.
③ 주몽은 고구려를 세운 동명왕이다.'주몽은 자라서 ~ 동명왕이 되었다.'에 나타남.
④ 주몽의 아버지는 천제의 아들 해모수이다. → '동부여의 금와왕이 ~ 하나를 낳았다.'에 나타남.
⑤주몽의 어머니는 주몽을 돼지우리에 버렸다.

주몽이 알의 형태로 태어나자 금와왕이 돼지에게 먹이로 주라고 명령했습니다.

2 이 글에서 일어난 일의 차례대로 기호를 쓰세요.

구조
알기

> ㉮ 유화가 알을 낳았다. 3
> ㉯ 알에서 아이가 태어났다. 6
> ㉰ 유화가 알을 다시 돌려받았다. 5
> ㉱ 금와왕이 알을 버리도록 명령했다. 4
> ㉲ 귀양 와 있던 유화가 금와왕을 만났다.1
> ㉳ 햇빛이 유화의 몸을 따라다니며 비추었다. 2

(㉲) → (㉳) → (㉮) → (㉱) → (㉰) → (㉯)

이 글에서 일어난 일은 다음과 같습니다. 해모수와 혼인하여 귀양을 온 유화는 금와왕을 만났습니다.(㉲) 금와왕의 궁에 머물게 된 유화는 햇빛을 통해 주몽을 임신합니다.(㉳) 유화가 알을 낳자㉮ 금와왕이 버리게 합니다.(㉱) 그러나 짐승들이 알을 보호하자 유화는 알을 다시 돌려받게 되고(㉰) 알에서 주몽이 태어납니다.(㉯)

3 다음 빈칸에 들어갈 알맞은 낱말은 무엇인가요? (②)

어휘
어법

> 세훈: 속담에 '될성부른 나무는 ☐☐부터 알아본다'고 하잖아. 어릴 적부터 활을 잘 쏘는
> 등 남다른 면모를 가진 주몽은 결국 고구려를 건국했지.   어렸을 때부터 장래성이 엿보이는 부분

① 열매   ②떡잎   ③ 뿌리   ④ 씨앗   ⑤ 나뭇잎

고구려를 건국한 주몽이 늠름하고 영특하게 생긴 모습으로 알을 깨고 태어났고, 일곱 살에 활과 화살을 만들고 백 번을 쏘면 백 번 다 맞히는 실력이었습니다. 이와 같은 모습에서 '잘될 사람은 어려서부터 남달리 장래성이 엿보인다.'는 뜻의 '될성부른 나무는 떡잎부터 알아본다'는 속담과 그 의미가 통한다는 것을 알 수 있습니다.

4 ㉠과 관련 있는 내용을 [보기]에서 찾아 기호를 쓰세요.

추론
하기

> [보기]   건국 신화에는 나라를 세운 영웅을 더욱 특별하게 보이도록 하기 위한 많은 요소들
> 이 숨어 있다. 우선㉮영웅은 평범한 부모가 아니라 특별한 부모에게서 태어난다. 그
> 부모들은 보통 신이거나 신비한 능력을 가진 자들이다. 또한 태어날 때에도 평범하게
> 태어나지 않고,㉯신성함을 상징하는 물건을 통해 태어나기도 하는데, '알'이 대표적
> 이다. 그리고㉰영웅은 태어나서부터 다른 인물들과는 차별되는 신비한 능력을 가지
> 고 있는 편이다.

(㉮)

㉠에서 주몽의 부모가 천제의 아들인 해모수와 물의 신인 하백의 딸 유화임을 알 수 있습니다. 즉, 주몽은 신이거나 신과 비슷하게 신비한 능력을 가진 특별한 부모에서 태어났음을 알 수 있습니다.

독해 정답	1. ⑤	2. ㉔, ㉕, ㉑, ㉒, ㉓, ㉔
	3. ②	4. ㉑	5. ③
	6. ①	7. ③	

어휘 정답	1. ②
	2. (1) 늠름 (2) 승낙 (3) 영특 (4) 심상치 (5) 괴이
	3. (1) ㉕ (2) ㉑ (3) ㉓ (4) ㉔ (5) ㉒

5 ㉡~㉢에 대한 설명으로 알맞지 <u>않은</u> 것은 무엇인가요? (③)

세부
내용

① ㉡: 유화는 햇빛을 통해 아이를 가졌다. → 햇빛이 따라다님.

② ㉢: 주몽은 특별한 방법으로 태어났다. → 알에서 태어남.

③㉣: 돼지는 큰 알이 무서워서 피했다.

④ ㉤: 주몽은 뛰어난 외모를 가졌다. → 늠름하고 영특하게 생김.

⑤ ㉢: 주몽은 뛰어난 능력을 가졌다. → 백 번을 쏘면 백 번을 다 맞힐 정도로 활을 잘 쏘았음.

금와왕의 명령대로 돼지우리에 버려진 알(주몽)을 돼지가 피해 다닌 것은 알(주몽)이 고귀한 사람임을 알고 알을 보호하기 위해서입니다.

6 [보기]의 ㉮에 해당하는 내용으로 알맞은 것은 무엇인가요? (①)

추론
하기

[보기]   주몽 신화는 '혈통이 고귀함. → ㉮출생이 신비하고 남다름. → 성장 과정에서 비범한 능력을 보임. → 좌절과 고난을 겪음. → 주위의 도움을 받아 고난을 극복함. → 큰 공을 세우고 높은 지위에 오름.'과 같은 대표적인 영웅의 일생을 보여 준다.

①주몽은 사람이 아닌 알로 태어났다.

② 주몽은 활을 백 번 쏘면 백 번 다 맞혔다.

③ 주몽은 외모가 늠름하고 영특하게 생겼다. → 성장 과정에서 비범한 능력을 보인 것임.

④ 유화가 난 알을 새와 짐승들이 덮어 보호하였다.

⑤ 주몽은 천제의 아들과 물의 신의 딸 사이에서 태어났다. → 혈통이 고귀한 것을 나타냄.

유화가 알을 낳고 그 알 껍질을 깨고 주몽이 태어났다는 이야기를 통해 주몽의 출생이 신비하고 남다름을 알 수 있습니다.

┌ 단군 신화

7 이 글을 [보기]와 비교해 감상한 내용으로 알맞지<u>않은</u> 것은 무엇인가요? (③)

감상
하기

[보기]   옛날에 환인의 아들 환웅이 인간 세계에 가고 싶어 했다. 아들의 뜻을 안 환인은 천부인 세 개를 주어 인간 세계를 다스리게 하였다. 어느 날, 곰과 호랑이가 환웅을 찾아와 사람이 되게 해 달라며 빌었다. 그러자 환웅이 쑥과 마늘을 주면서 말했다.
   "너희들이 이것을 먹고 백 일 동안 햇빛을 보지 않으면 사람이 될 것이다."
   곰은 백 일 동안 동굴에서 잘 견디어 여자가 되었고, 호랑이는 버티지 못해 사람이 되지 못했다. 여자가 된 곰은 환웅과 결혼해 아이를 낳았고, 이름을 '단군왕검'이라고 하였다. 단군왕검은 훗날 고조선을 세웠다.

① 나라의 시조가 된 인물의 아버지는 하늘에서 내려온 존재군. → 해모수는 천제의 아들이고, 환웅은 환인의 아들임.

② 이 글에 나온 해모수는 [보기]의 환웅과 비슷한 역할을 하고 있네. → 해모수와 환웅은 모두 시조의 아버지임.

③이 글의 유화와 [보기]의 곰은 모두 고귀한 혈통을 지닌 존재였어.

④ 이 글과 [보기]는 모두 새로운 나라를 세운 시조의 이야기를 전하고 있어. → 주몽과 단군은 모두 나라의 시조임.

⑤ 이 글의 유화와 [보기]의 곰은 나라의 시조를 낳은 어머니가 되기까지 고난을 겪는군.
                     → 유화는 집에서 쫓겨나고 웅녀는 백 일 동안 동굴에서 쑥과 마늘을 먹고 견딤.

유화는 물의 신 하백의 딸로 신성한 존재인 반면, 곰은 웅녀로 변하여 단군을 낳기는 하지만 고귀한 혈통을 지닌 존재는 아닙니다.

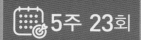

1 이 시에 대한 설명으로 알맞지 <u>않은</u> 것은 무엇인가요? (③)

세부
내용

① 이 시는 2연 14행으로 이루어져 있다.

② 사람이 아닌 것을 사람처럼 표현하였다. → '해'에 '-님'을 붙이고 '웃는다'를 사용해 사람처럼 표현함.

③ 말하는 이는 동무들에게 같이 춤추자고 강요하고 있다.

④ 흉내 내는 말로 대상의 모습을 생생하게 표현하고 있다. → '보슬보슬', '알롱알롱' 같은 흉내 내는 말로 생생한 느낌을 표현함.

⑤ 햇비를 맞으며 밝게 자라는 아이들의 모습을 표현하였다. → 1연의 내용에서 확인할 수 있음.

이 시에서 말하는 이는 동무들에게 다 함께 노래하고 춤추자고 했지만 이것을 강요하고 있지는 않습니다.

2 이 시에서 떠올릴 수 있는 장면으로 알맞지 <u>않은</u> 것은 무엇인가요? (④)

추론
하기

① 햇비가 조용히 내리는 모습 → 1연의 내용

② 무지개가 하늘에 떠 있는 모습 → 2연의 내용

③ 아이들이 무럭무럭 자라는 모습 → 1연의 내용

④ 말하는 이가 다리를 놓고 있는 모습

⑤ 햇비를 맞으며 즐거워하는 아이들의 모습 → 1연의 내용

이 시는 햇비를 맞으며 즐거워하는 아이들과 햇비가 그친 후 무지개가 뜬 상황을 표현하고 있습니다. 2연의 '하늘 다리 놓였다'는 실제 다리가 아니라 햇비가 그친 후 무지개가 뜬 상황을 비유적으로 표현한 것입니다.

3 ㉠~㉢이 비유한 대상을 알맞게 짝지은 것은 무엇인가요? (①)

어휘
어법

	㉠	㉡	㉢
①	햇비	아이들	무지개
②	햇비	무지개	아이들
③	아이들	무지개	햇비
④	아이들	햇비	무지개
⑤	무지개	아이들	햇비

이 시는 다양한 비유적 표현을 사용하고 있습니다. 조용히 잠깐 내리다 그치는 햇비는 아씨에, 쑥쑥 자라는 아이들은 옥수숫대에, 하늘에 떠 있는 무지개는 하늘 다리에 비유하여 나타내고 있습니다.

4 이 글이 노래하는 느낌을 주는 까닭으로 알맞지 <u>않은</u> 것의 기호를 쓰세요.

세부
내용

㉮ 일정한 글자 수를 반복한다.

㉯ 같은 낱말이나 구절을 반복한다. → '보슬보슬, 알롱알롱' 같은 낱말과 1연과 2연의 끝부분이 반복됨.

㉰ 일정하게 끊어 읽기를 반복한다. → '아씨처럼 ∨ 나린다 / 보슬보슬 ∨ 햇비'처럼 2마디로 끊어 읽을 수 있음.

㉱ 문장을 끝맺는 말을 같은 것을 써서 반복한다. → '~다.', '~자.'로 끝나는 문장이 반복됨.

(㉮   )

이 시는 '보슬보슬', '알롱달롱' 같은 낱말이나 1연과 2연의 끝부분, '~다.', '~자.'와 같은 문장 구조를 반복해서 노래하는 느낌을 줍니다. 또, 시조처럼 일정하게 끊어 읽기를 할 수 있지만 시에서 똑같은 글자 수가 반복되지는 않습니다.

46

5 다음 중 밑줄 친 부분의 표현 방법과 <u>같은</u> 것은 무엇인가요? (④)

추론
하기

> <u>하늘 다리 놓였다</u> / <u>알롱달롱 무지개</u>

① 초승달 같은 눈썹. → 직유법   ② 아, 이때가 가을인가? → 영탄법: 감탄하는 말을 써서 감정을 표현하는 방법

③ 돌담에 속삭이는 햇발. → 의인법   ④ 눈은 하늘에서 온 편지.

⑤ 봄은 고양이처럼 나른하다. → 직유법

주어진 내용은 무지개를 하늘 다리에 빗대어 표현한 '은유법'이 쓰인 부분입니다. ④ 역시 '눈'을 '하늘에서 온 편지'에 빗대어 은유법을 사용한 표현입니다.

6 다음은 이 시의 중심 내용을 정리한 표입니다. ㉮에 공통으로 들어갈 낱말은 무엇인가요? (③)

주제
찾기

| 1연 | 햇비를 맞는   ㉮ |
| 2연 | 무지개 아래 노래하고 춤추는   ㉮ |

↓

| 주제 | 햇비를 맞으며 밝게 자라는   ㉮   의 모습 |

① 아씨   ② 해님   ③ 아이들   ④ 무지개   ⑤ 옥수숫대

       → 햇비를 비유한 표현   → 아이들을 비유한 표현

1연은 햇비를 맞으며 친구들과 즐겁게 웃고 있는 아이들의 모습을, 2연은 무지개 아래 노래하고 춤추는 아이들의 모습을 그리고 있습니다. 각 연의 중심 내용을 정리하면 ㉮에 들어갈 알맞은 말은 아이들입니다.

— 시의 시대적 배경과 관련한 주제 분석

7 [보기]를 참고하여 이 시를 감상한 내용으로 알맞지 <u>않은</u> 것은 무엇인가요? (④)

감상
하기

> [보기]   이 시는 일제 강점기에 쓰여졌다. 일제 강점기는 우리 민족이 나라를 잃고 일본의
지배 아래 고통스러운 삶을 살던 시기로, 어둡고 절망적인 분위기에 휩싸여 있던 때
였다. 그런데 이러한 시기에 쓰여진 「햇비」는 비를 맞으며 친구들과 즐겁게 웃고 있는
어린이들의 모습을 산뜻하게 그리고 있다.   미래에 대한 희망을 드러냄.

① 글쓴이는 아이들에게서 희망을 찾고 싶었을 것이다. → 어린이들에게 미래에 대한 희망을 찾고 있음.

② 글쓴이는 미래가 현재와 다른 밝은 세상이기를 바랐을 것이다. ┐

③ 글쓴이는 현실은 절망적이지만 희망을 노래하고 싶었을 것이다. ┘ → 시대적 배경과 관련해 볼 때 타당한 내용임.

④ 글쓴이는 비를 맞는 것과 같이 아이들의 미래가 암울하다는 것을 알리고 싶었을 것이다.

⑤ 글쓴이는 웃음 짓는 해님이나 높이 떠 있는 무지개를 보며 밝은 내일을 소망했을 것이다.

     → 해님, 무지개처럼 하늘과 관련 있는 소재로 미래에 대한 희망을 드러냄.

이 시에서 '햇비'는 긍정적인 의미로 사용되었습니다. 비를 맞으며 친구들과 즐겁게 웃고 있는 아이들의 모습, 아이들을 바라보며 웃음 짓는 해님, 높이 떠 있는 무지개를 통해 시인은 미래가 현재와 다른 밝은 세상이기를 바라고 있음을 짐작할 수 있습니다.

야. 네덜란드의 문제이자 독일에게 점령당한 유럽 전체의 문제야.

㉮어쩌면 언니가 말한 것처럼 우리도 9월이나 10월에는 다시 학교에 갈 수 있을지도 몰라.

그럼 안녕.

안네가.

– 안네 프랑크, 『안네의 일기』

• • •

1
구조
알기

┌─ 일기

이와 같은 글을 쓰는 목적으로 알맞은 것은 무엇인가요? (④)

① 사람을 추천하기 위해

② 사람들을 설득하기 위해 → 논설문의 목적

③ 자신의 지식을 자랑하기 위해

④ 자신이 보고 느낀 점을 기록하기 위해

⑤ 다른 사람의 주장을 반박하고 비판하기 위해

이 글은 안네가 쓴 일기입니다. 일기는 '자신이 보고 느낀 점을 기록하기 위해' 쓰는 개인적인 글입니다.

2
세부
내용

이 글의 내용으로 알맞지 않은 것은 무엇인가요? (④)

① 유럽은 독일에게 점령당했다. → '이제 이 문제는 ~ 유럽 전체의 문제야.'에 나타남.

② 프랑스에서 상륙 작전이 시작되었다. → '"오늘은 디데이입니다." ~ 있다고 전했어.'에 나타남.

③ 안네는 은신처에서 자유를 꿈꾸고 있다.

④ 독일인들이 유대인들을 피해 숨어 지냈다. → '은신처 사람들은 ~ 행동하는 거야.'에 나타남.

⑤ 은신처의 사람들은 모두 전쟁이 끝나기를 소망하고 있다.

이 글에서 유대인인 안네와 은신처 사람들은 영국을 비롯한 연합군의 상륙 작전이 시작되었고 영국이 독일군과 싸우고 있다는 소식을 듣고 흥분을 감추지 못하고 있습니다. 이로 보아, 유대인들이 독일인을 피해 숨어 지냈다는 것을 알 수 있습니다.

3
어휘
어법

㉠~㉱과 바꾸어 쓸 수 있는 낱말로 알맞지 않은 것은 무엇인가요? (⑤)

① ㉠: 사는   ② ㉡: 시작   ③ ㉢: 이길

④ ㉣: 나르고   ⑤ ㉤: 한꺼번에

㉤'잇달다'는 '어떤 물체가 다른 물체의 뒤를 이어 따르다.'라는 뜻입니다. 이와 바꾸어 쓸 수 있는 말은 같은 뜻을 가진 낱말인 '연달다'입니다.

4
추론
하기

이 글에 나타난 글쓴이의 마음으로 알맞지 않은 것은 무엇인가요? (②)

① 상륙 작전의 소식에 흥분해 있다. → '은신처 사람들은 ~ 못하고 있어.'에 나타남.

② 반복되는 일상에 지루하고 따분하다.

③ 자유를 누릴 수 있다는 생각에 기쁘다.

④ 해방이 찾아올지 모른다는 기대감에 차 있다. → '오랫동안 기다려 ~ 기쁜 일이야.'에 나타남.

⑤ 하루빨리 현재 상황이 끝나기를 바라고 있다. → '은신처 사람들은 ~ 행동하는 거야.'에 나타남.

글쓴이의 마음은 '은신처 사람들은 ~ 있을지도 몰라.'에 나타나 있습니다. 글쓴이는 상륙 작전이 시작된 것을 기뻐하며 이 작전으로 해방이 찾아올 것이라는 기대에 흥분을 감추지 못하고 있습니다. 그러므로 글쓴이의 마음이 지루하고 따분하다는 내용은 알맞지 않습니다.

독해 정답	1. ④	2. ④	3. ⑤
	4. ②	5. ⑤	6. ③
	7. ②		

어휘 정답	1. (1) ㉯ (2) ㉺ (3) ㉤ (4) ㉰
	2. (1) 공습 (2) 개시 (3) 돌입 (4) 격전
	3. (1) ㉰ (2) ㉤ (3) ㉯ (4) ㉤ (5) ㉰

5 주제 찾기

[보기]에서 말하는 '이것'으로 알맞은 것은 무엇인가요? (⑤)

[보기]
• '이것'은 이 글의 중심 소재로, 오늘 '이것'이 시작되었다.
• 은신처 사람들은 모두 '이것' 때문에 흥분을 감추지 못하고 있다.
• 10시에 영국 방송은 '이것'에 대해 독일어, 네덜란드어, 프랑스어, 그 밖의 외국어로 발표했다.

① 연설   ② 뉴스   ③ 폭격   ④ 격전   ⑤ 상륙 작전

이 일기의 중심 소재는 연합군의 '상륙 작전'입니다. 글쓴이는 상륙 작전에 대한 자세한 소식과 이를 듣고 흥분한 은신처 사람들의 모습을 전하며, 자유와 해방에 대한 희망을 품고 있습니다.

┌ 글쓴이의 희망이 드러난 부분

6 추론 하기

㉮에서 짐작할 수 있는 내용으로 알맞은 것은 무엇인가요? (③)

① 9~10월까지 상륙 작전이 이어질 것이다. → ㉮는 상륙 작전이 끝나고 전쟁 상황이 정리된다는 의미이므로, 알맞지 않음.
② 9~10월에는 학생들만 해방이 될 것이다. → ㉮의 의미를 잘못 파악한 내용임.
③ 9~10월에는 연합군의 승리로 전쟁이 끝날 것이다.
④ 9~10월에 방학이 끝나고 새 학기가 시작될 것이다. → 현재 글쓴이는 전쟁 상황에 처해 있으므로, 학기 시작을 말하는 것은 아님.
⑤ 9~10월이 되면 안네는 학교에 갈 나이가 될 것이다. → 안네는 나이 때문이 아닌 전쟁 때문에 학교에 가지 못하고 있음.

9월이나 10월에 다시 학교에 갈 수 있다는 것은 은신처 사람들이 해방된 상태가 되었다는 것입니다. 그러므로 ㉮에서 짐작할 수 있는 내용은 '연합군의 승리로 전쟁이 끝날 것이다.'입니다.

┌ 역사 자료로서 일기의 가치

7 감상 하기

[보기]를 참고해 이 글을 감상한 내용으로 알맞지 않은 것은 무엇인가요? (②)

[보기]
일기는 개인에 관한 기록이기는 하지만, 역사의 귀중한 자료가 되기도 한다. 『안네의 일기』에는 2차 세계 대전에 대한 기록이 담겨 있다. 우리나라의 역사를 알 수 있는 일기로는 충무공 이순신이 쓴 『난중일기』가 대표적이다. 『난중일기』는 임진왜란이 일어난 1592년부터 전쟁이 끝난 1598년까지의 일을 기록했다. 이 글에는 당시 조선 조정과 실제 전투의 사소한 사정까지도 자세히 적혀 있어 그 당시 전쟁의 실제 상황과 시대상, 사람들의 생활 모습까지 짚어 볼 수 있다.

① 이 글은 2차 세계 대전이라는 슬픈 역사를 담고 있어. → 이 글의 전쟁 상황, [보기]의 설명과 관련한 감상임.
② 이 글에서 사춘기 소녀인 안네가 성장하는 모습을 엿볼 수 있어.
③ 이 글은 전쟁의 비참함을 후대에 일깨워 준 문화유산이라고 할 수 있어. ┐
④ 상륙 작전에 대한 내용을 통해 이 일기가 우리 모두의 역사임을 알 수 있어. ┘ → 일기의 배경이 제2차 세계 대전이므로, 타당한 감상임.
⑤ 이 글에서 독일에 점령당한 곳의 유대인들이 어떻게 생활하는지 알 수 있어.
    → 은신처 사람들이 상륙 작전 뉴스에 흥분하는 내용에서 알 수 있음.

[보기]는 역사를 기록하는 일기의 가치에 대해 말하고 있습니다. 『안네의 일기』에서는 개인적인 경험뿐만 아니라 독일이 점령한 곳의 유대인의 생활상과 전쟁 상황을 알 수 있습니다. 그러나 ②는 개인적인 기록으로서의 일기의 가치에 대해서만 말하고 있으므로, [보기]와 관련한 감상으로 볼 수 없습니다.

"멋지죠? 온 시내를 뒤져서 찾아냈어요. 당신 시계를 줘요. 얼마나 잘 어울리는지 보고 싶어요."

그러나 짐은 시계를 꺼내는 대신 빙긋이* 웃었다.

"델라, 크리스마스 선물은 잠시 보관해 둡시다. 난 당신에게 머리핀을 사 주려고 시계를 팔았어."

– 오 헨리, 「크리스마스 선물」

● ● ● ●

1 이 글의 내용으로 알맞지 않은 것은 무엇인가요? (②)

세부
내용

① 이 글의 시간적 배경은 크리스마스 전날이다. → '내일이 크리스마스인데'라는 표현에서 시간적 배경을 알 수 있음.

② 짐은 델라의 짧은 머리를 보고 화가 많이 났다.

③ 짐과 델라는 크리스마스 선물을 살 돈이 없었다. → 돈이 없어 머리카락과 시계를 팔았음.

④ 델라는 짐이 자신의 머리를 보고 놀랄까 봐 걱정했다. → "설마 짐이 ~ 살 수 있겠어?"에 나타남.

⑤ 등장인물들의 보물은 델라의 머리카락과 짐의 금시계였다. → '그녀의 길고 ~ 여기는 보물이었다.'에 나타남.

짧은 머리를 한 델라를 보고 짐이 얼떨떨한 표정을 지은 것은 화가 나서가 아니라, 짐이 준비한 크리스마스 선물이 머리핀이었기 때문입니다.

┌─ 백금 시곗줄

2 ㉠에 대한 설명으로 가장 적절한 것은 무엇인가요? (②)

세부
내용

① 델라의 처지를 알게 해 주는 소재이다.

② 짐에 대한 델라의 애정을 나타내는 소재이다.

③ 짐이 델라에 대해 호감을 갖게 되는 소재이다.

④ 짐과 델라가 서로의 사랑을 확인하는 소재이다.

⑤ 델라가 짐을 더 사랑한다는 것을 알게 하는 소재이다.

델라는 남편인 짐에게 줄 크리스마스 선물을 사기 위해서 자신의 머리카락을 잘라 팔았습니다. 선물을 사기 위해 자랑스럽게 여기는 머리카락을 잘랐다는 것은 그만큼 델라가 짐을 사랑하고 있다는 것을 의미하며 선물로 준비한 백금 시곗줄은 짐에 대한 델라의 애정을 나타내는 소재라고 볼 수 있습니다.

┌─ '얼떨떨한'

3 ㉡과 바꾸어 쓸 수 있는 낱말은 무엇인가요? (④)   ┌─ '어쩔 줄 모르고 이리저리 헤매다.'라는 뜻

어휘
어법

① 뒤숭숭한 → '마음이 불안하고   ② 갈팡질팡한 _____   ③ 허둥지둥한 → '이리저리 헤매며 다급하게 서두르다.'라는 뜻
　　　　　 걱정스럽다.'는 뜻

④ 어리둥절한   ⑤ 두런두런한 → '여러 사람이 낮은 목소리로 조용히 서로 계속해서 이야기하다.'라는 뜻

'얼떨떨하다'는 '뜻밖의 일로 당황하거나 여러 가지 일이 복잡하여 어찌할 바를 모르는 데가 있다.'는 뜻입니다. 이와 바꾸어 쓸 수 있는 낱말은 '일이 돌아가는 상황을 잘 알지 못해서 정신이 얼떨떨하다.'라는 뜻을 가진 '어리둥절하다'입니다.

┌─ 델라가 짐을 위로하기 위해 한 말

4 ㉢에 나타난 '델라'의 마음으로 알맞은 것은 무엇인가요? (⑤)

추론
하기

① 기쁘고 설레는 마음   ② 슬프고 안타까운 마음 ┐ → 델라의 말과 태도는 머리핀을 꽂을 수
　　　　　　　　　　　　　　　　　　　　　　　　　　　　　 없어 슬퍼하거나 실망하는 것은 아님.
③ 두렵고 걱정스러운 마음   ④ 원망스럽고 실망한 마음 ┘

⑤ 고맙고 위로하려는 마음

㉢은 델라가 갖고 싶어 하던 머리핀을 선물받고 나서 한 말입니다. ㉢의 내용으로 보아, 이 말은 델라가 짐에게 고마워하며 자신의 머리를 보고 실망하고 당황해할 짐의 마음을 위로하려고 한 말입니다.

5 등장인물들과 비슷한 경험을 말한 친구는 누구인가요? (⑤)

적용
창의

① 경남: 용돈이 모자라서 아끼던 책을 서점에 팔았어. → 자신을 위해 아끼던 물건을 판 것이므로 알맞지 않음.

② 선민: 친구가 필통을 잃어버려서 내 필통을 선물했어.

③ 민희: 어제 친구를 섭섭하게 해서 화해하려고 선물을 준비했어. → 친구에게 사과하기 위해 선물을 준비한 것이므로 알맞지 않음.

④ 주평: 내가 아끼는 인형을 선물했는데 친구가 좋아하지 않아서 슬펐어.

⑤예은: 동생에게 스케이트를 선물했는데 날씨가 따뜻해져서 스케이트장이 문을 닫았어.

예은이는 동생에게 스케이트를 선물했지만 선물이 소용없게 된 상황을 겪었습니다. 이는 델라와 짐이 자신들이 가진 가장 귀중한 보물을 희생해 상대방의 크리스마스 선물을 샀지만 선물이 소용없어진 상황과 비슷하다고 볼 수 있습니다.

┌─ 이 글에 나오지 않은 마지막 부분

6 [보기]의 ㉮를 통해 글쓴이가 말하고자 한 내용으로 알맞은 것은 무엇인가요? (②)

주제
찾기

> [보기]   나는 여기에서 가장 소중한 보물을 서로를 위해 가장 현명하지 못한 방법으로 희생시킨 두 사람의 이야기를 독자 여러분께 소개했다.
> 하지만 마지막으로 한마디 덧붙인다면, ㉮어떤 훌륭한 선물을 하는 사람들보다도 이 두 사람이야말로 가장 현명했다는 것을 꼭 알려 주고 싶다.

① 경남: 글쓴이는 이 글에서 부부 간의 소통의 중요성에 대해 말하고 있어. → 짐과 델라는 소통의 문제를 겪고 있지 않음.

②선민: 글쓴이는 두 주인공을 통해 부부 간의 진실한 사랑에 대해 말하고 있어.

③ 예은: 글쓴이는 쓸모없는 선물을 한 부부의 예를 들어 사랑의 어리석음에 대해 말하고 있어. → 짐과 델라는 소용없게 된 선물을 주고받으며 서로의 사랑을 확인했음.

④ 민희: 글쓴이는 부부를 가장 현명하다고 하며 진실한 사랑은 상대방이 원하는 선물을 하는 것이라고 말하고 있어. → 글쓴이는 선물의 조건에 대해 말하고 있지 않음.

⑤ 주평: 글쓴이는 자신에게 가장 소중한 보물을 희생한 인물을 통해 진실한 사랑은 희생을 통해 이룰 수 있다고 말하고 있어.→ 글쓴이는 진실한 사랑은 희생이 아닌 부부의 진심을 통해 이룰 수 있다고 말하고 있음.

[보기]는 글의 마지막 부분에 있는 글쓴이의 의견입니다. 글쓴이는 짐과 델라가 서로를 위해 보물을 희생시켰지만 가장 현명한 사람이라고 하고 있습니다. 상대방을 위해 자신의 가장 소중한 것을 희생시켜 선물한 것은 그 어떤 선물보다 값지고 훌륭한 사랑이었기 때문입니다.

7 이 글에 대한 감상으로 알맞지 않은 것은 무엇인가요? (②)

감상
하기

① 선물은 모두 소용없는 것들이지만 서로를 위로하는 결말에서 주제를 강조하고 있어. → 마지막 부분에서 짐과 델라는 서로를 위로하며 진실한 사랑을 드러냄.

②글쓴이는 사랑을 확인하려고 선물을 주며 서로를 끊임없이 의심하는 인간의 특징을 드러냈어.

③ 경쾌한 분위기로 선물을 준비하는 앞부분과 선물이 모두 소용없게 된 뒷부분을 대비시켜 읽는 재미를 주고 있어. → 델라가 설레어 하며 선물을 준비하는 앞부분과 소용없게 된 선물을 받고 서로를 위로하는 뒷부분은 서로 대비됨.

④ 글쓴이는 크리스마스라는 시간적 배경을 강조해 가난하지만 착한 사람들의 이야기를 뚜렷하게 드러내 보여 주고 있어. → 사랑과 용서를 상징하는 크리스마스를 시간적 배경으로 선택해 주제를 강조함.

⑤ 두 주인공이 상대방에게 선물하기 위해 희생시킨 보물이 무엇인지 마지막 장면에 제시하여 극적 반전의 효과를 주고 있어. → 마지막 부분에서 상대방에게 소용없어진 선물을 주고받는 충격적인 결말을 넣어 주제를 강조함.

글쓴이는 부부가 크리스마스 선물을 주고받는 사건을 통해 가난한 부부의 진실한 사랑을 표현했습니다. 짐과 델라가 선물을 주고받은 것은 사랑을 확인하기 위해서가 아니라, 서로에게 좋은 것을 주려는 사랑하는 마음에서였고 결과적으로 사랑을 확인하게 된 것입니다. 따라서 ②는 이 글에 대한 감상으로 알맞지 않습니다.